徳 間 文 庫

梶龍雄 青春迷路ミステリコレクション1

リア王密室に死す

梶　龍雄

徳 間 書 店

contents

イラスト　やまがみ彩
デザイン　鈴木大輔（ソウルデザイン）

リア王密室に死す

前篇

若者よ往け

吉田山に集う

1

「君が犯人だなんて、思ってもいない。君を知っている奴《やつ》なら、誰《だれ》だってそう信じている」

カミソリにいわれて、武志は胸を詰まらせた。

それまで、友人たちの友情を疑っていたわけではない。

ただ当時の旧制高校生には、何事にかぎらず、いささか気負った気宇壮大の身ぶりがあった。例えば交友にもだ。

だからそれに紛れて、どこまでが真の友情か、見分けがつかないところがないでもなかった。

だがカミソリの真摯《しんし》に明快な発言が、そのヴェールを取り払ってくれた。

皆が皆、すばらしい友達なのだ。

バールトがカミソリに続いて、汚い髭《ひげ》の顔の中から発言した。渾名《あだな》のバールトは、この〝髭〟のドイツ語である。

「状況が悪いというだけで、人を疑うのは、理性の人間のやることじゃない。理性の抽象である法律も、それを明言している」

バールトが青臭い理屈をこねた。文甲に在籍する、法律家志望だったのだ。

まわしのみの米国煙草《アメモク》を横から受け取って、ふかぶかと一服したカミソリが、また歯切れのいい口調でいった。

「だが、ボン、降りかかる火の粉は、自分で払わなくてはいけない。みんなといっしょに、微力ながらおれも手伝ってやろうじゃないか」

「ありがとう」

「このバールトやライヒから、すでにかなりの話は聞いているが、やはり何といっても君自身の話を聞かなければならない。話してくれ」

皆は崩れた輪になって坐《すわ》っている。その全部の目が、いっせいに自分に集まるのを、武志は感じた。

寮の東、歩いて十五分そこそこのこの吉田山の頂上。春には少し早かった。

だが、傾むきかかった西日が、暖かに皆の上に差し伸びていた。

しかしすぐに冷えてくるだろう。

眼下のまだ葉を出さない木立ち越しに、京大や三高の建物のたたずまいが見おろされた。散歩の目的地に、思索や読書の場に、また寮歌を高唱する場所に、三高生たちはよくこの吉田山頂に足をのばした。

そしてきょうは、武志の事件の相談のために、集まっていた。

「何から話したらいいのかな……」

武志はためらった。

「君が犯人として疑われている最大の点は、部屋に出入りできた者は、君しかないということだそうだが……?」

カミソリがそつなく、誘い水を入れた。

「ええ、リア王が死んでいるのが発見された時、部屋のドアの鍵《かぎ》は閉まっていて、ぼくがその鍵を持っていたもので……」

いいながら、武志は自分の表現の舌たらずを歯がゆく思っていた。

こんな時、武志はボンという自分の渾名をしかたないと感じる。ボンボンが略されて、そうなったのだ。

もっとも今は相手がカミソリだという、いささかの緊張もある。

カミソリこと紙谷《かみや》達弘は、武志より一学年上の上級生であった。しかも現在の三高生中でも評判の秀才の一人で、全校生からかなり畏敬《いけい》の念を持って見られていたのだ。

「君が鍵を持っていたというが、まさか君一人だけというんじゃないだろう?」

「もちろん、リア王も持っていました」

「下宿の主人だって持っているのだろう?」

カミソリはその渾名のとおり、剃刀《かみそり》のように鋭く斬《き》り込んでくる。

「主人といっても、未亡人の女性なんですが、ええ、もちろん持っています。しかし、事件の時は、財布に入れて外出していたのです」

「持って外出していたからといって、途中でもどって自分で使わなかったとはいえないだろ?」

武志は自分の説明力の不足にうんざりする。

「それが……アリバイ……というのですか、有馬の奥さんにはそれがあるのです。リア王が殺されたのは、午後九時前後ということですが、その頃《ころ》、奥さんは近くの家を訪問していたというのです」

「すると、残るところは、ボンひとりだけで、しかもアリバイがないというわけか?」

「そうなんです」

「しかし、君は無実だとすれば……これは密室というやつなのかな……」

「ああ、ぼくを調べた刑事も、何かそんな言葉をいっていました」

「おまえたちは、そういう言葉を知らないか？　探偵小説で使われるんだが……」

カミソリは皆を見まわしたが、誰ひとり知らないようだった。皆が空白の表情である。中の数人が微《かす》かに首を横にふった。

確かにその頃は、探偵小説は、まだ今のように一般的な読み物にはなっていなかったのだ。

「……おれは探偵小説のことは詳しくない。だが、この密室っていうやつをいくつかは読んでいる。簡単にいえば、殺人死体のあった部屋は中から錠がおりていて、犯人の出入りが不可能な状態なんだ」

カミソリはとうてい武志の手にも負えない漢籍から、ドイツ語のこむずかしい原書まで、あらゆる本を読破していると聞いていた。だが、探偵小説にまで手を伸ばしているとは知らなかった。

ライヒこと久能が、ヤミで手に入れた、ラッキー・ストライクのパッケージから、新しい煙草《たばこ》を一本出して、煙草好きのカミソリに差し出してたずねた。この叡智《えいち》の人に捧《ささ》げ物をして、面白い話を聞き出そうとでもするように……。

「しかし、けっきょくは犯人は、その部屋から出入りしたことになるんでしょ？」

「必ずしもそうともいえない。密室だと外面は思えたのが、実は思い違いだったとか、錯覚だったとかいうようなこともある。ライヒ、リア王が部屋で生きているのを最後に見たのは、今のところどうやらおまえとバールトの二人らしいが、ほんとうにリア王は中からドアに錠をおろしたのかい？」

ライヒはバールトの顔を見ながら答えた。

「なあ、そうやな。やつはドアの所までおれたちといっしょに来たけど、その時、手に確かに鍵を持っていたやろ？」

バールトはうなずいた。

「ああ、見た。そしておれたちがドアの外に出た時、うしろでカチャリと錠のかかる音も聞いた。第一、カミソリさん、おれとボンとが事件を発見した時も、ドアは押しても引いても動かなかったんですから。それで、ボンが慌ててポケットから自分の鍵を探し出して、ようやく開けたんです……」

カミソリの視線が、武志に来た。武志はうなずいた。

「ボンは自から状況を肯定することで、自からを不利に陥《おと》し入れているようなものだが……。しかたがない。それで、おまえのアリバイだが、このバールトやマーゲンにきいてはいるのだが……証人が実在するようで、実在しないようでもありという、へんなことになっていると聞いた。そのへんの所を、君の口から、もっと詳しく話してくれ」

武志は沈鬱《ちんうつ》に説明を始めた。

「おとといは、ぼくは午後の授業はサボって、いつものガイドのアルバイトに、三十三間堂の方に網《ネッツ》を張りに行ったんです……」

2

昭和二十三年の戦後の混乱期である。京都には今のような観光都市の色彩はなかった。食糧危機、物資不足、インフレ等々……殺伐な時代の波は、当然、京都にも押し寄せていた。

しかし空襲を蒙《こうむ》らなかったこの昔からの都市は、そういった物も、その古めかしいたたずまいの中に押し込めて、外面は古雅な静謐《せいひつ》を保ち続けていた。

その上、ともかくも終戦から足掛け三年という歳月がたっていたのだ。わずかばかりの観光客が神社、仏閣や名所旧跡に、ぽつぽつ姿を見せるようになっていた。

武志はこの観光客を相手に、いささか変わったアルバイトを見つけた。彼等《かれら》のガイドである。

武志には、子供の頃から、知らない土地とか、知らない風物、風俗に、人一倍強い好奇心を燃やす性癖があった。

東京在住なのに、三高を志望したのも、一つには、見知らぬ土地での生活に憧《あこが》れたという理由もあった。

だから彼は合格して、寮生活を始めるとすぐ、暇を作っては京都中を歩き回るようになった。

三高の寮は〝自由寮〟と高らかに名乗るだけあって、個性のある人間ばかりだった。カスムといって、三高の寮生たちは、良く散策に出た。……というより、あるいはこの古都はカスマずにはいられないようなたたずまいの町でもあるといえた。

にもかかわらず、その風習に抗して、寮の汚い布団と校舎の間の短距離を、ひたすらに往復することに固執する個性ぶりを発揮している男もいた。

彼は半年近くたっても、自分のおりた京都駅すらも、どの方角にあるか、まるで知らないというサムライぶりだった。

また別の一人は、金閣寺は京都、学校の間近にある銀閣寺はいまだに奈良にあると思っている勇ましさだった。

だが……とすれば、ものの数ヵ月のうちに、京都のあらかたの神社、仏閣、名所を精力的に巡って、京都人よりも京都の地理に精通してしまった武志も、けっこう変わった奴かも知れなかった。

この京都巡りのうちに、武志は嵐山《あらしやま》、清水《きよみず》、八坂《やさか》神社、本願寺といった一般的な名所には、観光客を見つけては、自からガイドを買って出る不定的な商売の人間がいるのを知った。やがてその中の幾人かの顔を、武志は見憶《みおぼ》えるようにさえなった。

彼等は見込みありそうな観光客に目をつけると、初めは自分の意図をあらわにしないで、軽い言葉をかける。

「奥の知恩院にもお参りやしたか?」とか、「清水様の奥の方もよろしゅうおまっせ」とかいったぐあいである。

二人連れの夫婦やアベックで、カメラなどを持っていると「お揃《そろ》いのところを、私が写して進ぜましょうか?」などという手も使う。

そしてそれをきっかけに、京都を案内させていただけないかと切り出すのである。

ガイド・ブックやパンフレット、地図や案内標識もまだ少い時代だった。

頼る交通機関も、市電と私鉄、それに数少い便数のバスだけである。

だからそういうガイドの必要性もあったのだろう。その商売は繁盛とはいかないまでも、けっこうそれなりに成立していた。

だが、武志はその商売に、それ以上の興味は持ってはいなかった。ある日、三十三間堂の横手の空地で、初老の紳士に声をかけられるまでは……。

当時、三十三間堂は、今のように東側に長い透塀《すかしべい》などはなかった。道からじかに広い空地となって、堂は吹きさらしに眺められた。

その日、武志は三十三間堂を訪れたわけではなかった。その空地を横切って、後白河天皇陵の方にむかっていた。

その時、初老の紳士に声を掛けられたのだ。

戦前の仕立ての古い背広を着ていた。だが、英国製でもあるらしい、いい材質だった。それだけでこの紳士の人物が解《わか》る感じだった。

「三高の学生さんだね？」

それは単なる呼び掛けで、三高生であることは、桜花に〝三〟の字の帽章に三本の白線の制帽で、明らかにわかることだった。

「もし暇があったら、アルバイトに市内を少し案内してもらえないかね？　京都のことは……少しは詳しいのだろう？」

「ええ、かなり」

武志は京都への知識の自負を、返事の中に匂《にお》わせた。

「お金のことをいっては失礼だが、ガイド料として五十円くらい差し上げてもいい」

金額は魅力的だった。市電二円、煙草の〝金鵄《きんし》〟が六円の時代である。

「あの連中の一人にも声をかけられたがね、あの人体《にんてい》ではとても気乗りしないし、そうかといって京都は初めてで不案内なのでね」

紳士は空地の端の木の下にたむろしている、数人のガイドたちの方に、軽く視線を投げた。

紳士のいうことはよくわかった。

客を物色するガイドたちの顔つきは、どれも貧しい品性で、服装もみすぼらしかった。ただ金が欲《ほ》しいために、案内するというだけで、案内先の神社仏閣や名所に対する知識などは、とてもあてにならないことははっきりしていた。

武志は承諾した。そして紳士に大いに気に入られ、二十円増しの報酬を得た。

貧乏学生の部類に入る武志にとって、これは思わぬ収入だった。

何しろ陸軍士官だった武志の父は、今もって消息がわからず、東京の母は売り食いで継いでいた。その生活の中から、仕送りをしてくれているのである。

この経験から、武志は京都ガイドをアルバイトにすることを考えついた。

そこで数日後、また三十三間堂におもむいた。

見込みのありそうな客を見つけることに当惑した。そして接触して声をかけることに、おじけを感じた。何かみじめな気持ちもした。

だが、度胸をきめて、一度、踏み切ってしまうと、あとはもうその仕事にためらいを感じなくなった。

自分から捕獲《ファンゲン》した最初の客は、岡山あたりの素封家らしい感じの老夫婦だった。

この老夫婦にも大いに感謝された。

「三高生の秀才さんに、京都を親切に案内されて、故郷《くに》へのいい土産話になりました」

夫婦はいった。

東京育ちの武志は、三高生が学生として、それほどまでに高い地位象徴《ステータス・シンボル》を持っているとは、よく認識していなかった。

京都に来て初めの頃は、町の人に〝三高さん〟と呼ばれて、いささかの特別扱いされることに、当惑の面映《おもは》ゆささえ感じた。

だがしだいにそれがわかって来た。

とすれば、それは遠慮なく利用することだ。

そこで、熊野《くまの》神社下の古本屋に本を売る時も、三高生ということで、少しでも高く買ってもらうことにした。質屋に質草を入れる時にもその特権を行使した。

そしてガイドのアルバイトでも、以後は遠慮なくそれを利用させてもらうことにした。

またそう誇るだけの、内容ある智的《ちてき》なガイドをしているはずだという自負もあった。

アルバイトはけっこう繁盛した。

出勤して、まったく客が見つからないのは、四、五回に一回くらいという、率の良さだった。

ある時、西本願寺の門外で、「あなたはガイドをアルバイトにしている三高生さんでしょう？　知人に、京都に行ったらぜひともあなたを見つけて、ガイドしてもらいなさいといわれましたよ」といわれた時は、自分の商売繁盛ぶりに思わずにやりとしたものだった。

このアルバイトには、ほかにもまだいくつかの利点があった。

自分の好き勝手な時に、時間がとれて、勉学にさしつかえないこともその一つだった。

(実はいささか調子に乗って、少し勉学にさしつかえるくらいだったのだが……)

また金銭の報酬以外にも、思わぬ余禄《よろく》にありつけた。客たちが家から持って来たという白米《ギンシャリ》の弁当や、その他の食べ物のお裾分《すそわ》けにあずかることもよくあった。伊丹《いたみ》の進駐軍基地《ベース》で、米軍の何かの顧問をやっているという客は、洋モクを五箱もくれたこともある。

寮に帰って、その煙草を皆に分けた。

「ボンにしちゃあ、よくやるよ。おまえにそういう才覚と度胸があるとは意外だな」

誰かがいった。

ボンボンのボンという武志の渾名は、高一になっても、どこか顔に少年の面影が消えないことからであった。また、その顔なりに恥《シャイ》ずかしがりな気弱さがあったからでもある。

「おれもひとつ、そのガイドっちゅうのをやってみるか」

そういった者もいたが、けっきょくは誰も手を出さなかった。

三高生という智者は、かえっておのれの分《ぶん》をよく知り、良心的であったのにちがいない。

そして二日前……。武志はアルバイト初めの地であるところから、いわば自分のホームグラウンドにしている三十三間堂横で、初老の夫婦の客を摑《つか》まえた。

夫人の方は和服姿の上に品の良い防寒コートをはおった、京の風景によくにあう人だった。歳《とし》は五十……というところだろうか……。

四、五歳年上らしい主人は、茶褐色のハットに、それよりややトーンの薄い背広の、細く背の高い人物だった。
教養のある人物にはまちがいなかった。だが、そのやや頬《ほお》のこけた顔の中の二つの目には、かなり狷介《けんかい》な色があった。

それが武志をやや躊躇《ちゅうちょ》させた。

だが、人の触れ合いとはふしぎなものである。

その厳しい目の輝やきにもかかわらず、武志はその人物が自分の客になりそうなことを直感した。なぜか、自分を呼んでいるようにさえ感じた。

武志は歩み寄った。そして交渉は楽にまとまり始めた。

「ちょうどよかったよ。これから嵯峨《さが》の大覚寺に行けないかどうかと、家内と議論していたところなんだ。友人にぜひとも行ったほうがいいと薦められてね。だが、京都にはまるで不案内で、場所もよく知らないし、時間的にも間に合うかどうか……」

相手の目が自分を呼んでいるのが、それで解った気がした。

時間は午後一時半近くになっていた。

「嵐山まで電車で行くのが一番速いのですが、そこからバスの乗り継ぎがうまく行くかどうか……。もしだめなら、ちょっとした距離を歩いてもらわなければなりませんが……。それでも、かなり見物の時間はとれると思います」

「どのくらいの距離だろう?」

「バスの駅にして四つばかりで、二キロはないと思います」

「歩くのはかまわない。なあ、おまえ」

主人は夫人にたずねた。

夫人はほとんど聞きとれないほどの声で「ええ」といった。さっきからのうつむきかげんのままで、武志の方は見ようともしなかった。

昔風の控え目な婦人なのだろうか。それにしても、陰気すぎる感じがないでもなかった。

武志は二人を案内し、市電を乗り継いで、嵐山線のターミナルの四条大宮駅に行った。嵐山につくと、心配したとおり、バスの乗り継ぎ時間がうまくいかなかった。そこで歩いてもらうことにした。

道みちの話に、夫妻は伊藤という姓らしいことがわかった。微かな訛《なま》りから、関西の……それもどこかの都市の住人らしかった。こんなことをいった。

「……空襲で家作の半分以上が焼けたり、学校用敷地で土地をたくさん持っていかれたり、その上財産税で追い討ちをかけられたりしたんだが、それでも私たち夫婦がのんびりやっていけるくらいは残ってね……」

そんな話で、二人の生活の、ささやかな優雅ぶりも察しがついた。

伊藤氏はひどく大覚寺が気に入ったようだった。東に控えた大沢池の風景を喜んで、岸辺を遊歩したいといい出した。

そのために、嵐山の駅にもどりついた時は、もうあたりはすっかり黄昏《たそがれ》ていた。

四条大宮駅についたのは、六時半頃だった。伊藤氏はいった。

「腹がすいたでしょう。特にあなたのような若い人はそうにちがいない。といっても、この御時世じゃ、そう手軽に食べる所が見つかるわけでなし……。そうだ、いい所がある、私の家で元番頭をしていた男がね、今、四条大橋のたもとにある先斗町《ぽんと》の家に住んでいて、これが闇屋《やみや》をやっているので、物資が豊富なんだ。私の親戚《しんせき》のようにしている所なんで、京都に来れば、よくそこに寄って御馳走《ごちそう》になっている。そこに案内しよう。なあ、おまえ、チカさんの所だよ、行ってみよう」

伊藤氏は夫人にいった。

夫人はあいかわらずのつぶやくような調子で「ええ」と答えた。あれからも、ずっとそうなのである。

こういう無意志の人格があるのか……。武志は夫人の人間としての存在さえ疑いたい気持ちだった。

京都に詳しくなっていた武志だったが、それは名所、旧跡というような、お固い所ばかりだった。

先斗町というような柔らかい場所は、名とその所在地を知っているだけだった。

高瀬川の四条を下った所にある〝フランソア〟という喫茶店に、懐《ふところ》の暖かいライヒなどをスポンサーにして、武志たちはよく行った。

ライヒはドイツ語の〝金持ち〟の意味である。

当時の高校生は、日常語から渾名にいたるまで、良くドイツ語を使ったものだ。

そのフランソア近くに、先斗町の道が口を開けていることは、武志も見付けていた。

だが、中に踏み込んだことはなかった。

だから武志の知っていることといえば、祇園《ぎおん》に似たような所で、それにしてはずいぶん狭い道に、小ぢんまりした家がぎっしり並んでいるなというくらいだった。

東京から京都に来た、十九歳の貧乏学生にとっては、花柳界の知識は、はなはだ漠然としたものだったのだ。

先斗町の南北に走る道は、現在は料亭、食堂、バー等《など》の電飾看板や、照明に彩られて、昔からの様子や、本来の性格までも変えつつある。

だが、当時は、戦時中から戦争直後の逼塞《ひっそく》状態からようやく脱《ぬ》け出て、わずかに活気をとりもどしたというところだった。

これまでの間に、先斗町の女性たちの座敷着の大半は、米やその他の食糧に変わっていた。

芸子たちのかなりの数が、故郷に帰っていた。中には茶屋の一族ごと、疎開してしまった。

た者もいた。

そうでない者も、工場動員や勤労奉仕に狩り出されていた。やがては舞子や売り出しの芸子と思っていた仕込みの少女たちも、学徒動員で飛行機の翼に乗ってリベットをうっていた。

だから、戦争が終ったといっても、昔の繁盛に復するためには、手放した着物や道具等を買いもどさねばならなかった。

町を離れた者には、もどってもらわなければならなかった。

そしてひととおりの芸を、もう一度さらいなおしたり、しこんだりしなければならなかった。

その上、酒や料理の材料も、恰好《かっこう》がつくくらいは調達しなければならない……。

そんな不自由に、ようやく好転の目安がついたというのが、その頃の先斗町だったのだ。

だから、夜になっても、まだ人影は途切れ途切れで、絃歌《げんか》のさざめきもまばらだった。

おまけに、季節は薄寒い初春である。鴨川《かもがわ》に突き出た川床もとりかたづけられて、河原の闇が町の中まで忍び出て、各戸の門灯の光だけが、ひっそりと明かるかった。

武志は老夫婦のあとについて、北の方からそんな中に歩み込んだ。そして、ひどく長い一本の道に、格子作りの同じような家が、どこまでも続いているのを初めて知った。おまけに西側には、これまた同じように狭い路地口がむやみに開いている。

伊藤氏もそのために、行く先に迷ったようで、路地の入口にかかった木札の〝参拾壱番〟、〝参拾弐番〟といった番号を、ひとつひとつ闇を透かして確かめていった。

「ああ、ここだ、ここだ。この三十六番だ……」

通りを半分以上も行った頃、伊藤氏は指さすと、路地の中に歩み込んだ。

路地はますます暗く、行く先がどうなっているか、判然としなかった。

右手、二軒ばかりの茶屋を行き過ぎ、同じように格子作りに犬矢来をしつらえた家の前で、伊藤氏の足は停《と》まった。

「ああ、ここだ」

伊藤氏が振り仰いだ門灯は、千鳥《ちどり》灯といわれるこの町独特の、吊提灯《つりぢょうちん》型をしたものだった。そこに〝近家〟という姓が書かれていた。

下横には表札と、茶屋営業の鑑札らしいものもあった。だが、薄暗さと小さな字では、よく読めなかった。〝近家〟は、〝ちかいえ〟と読むのだろう。そういえば伊藤氏はこの家の住人を〝チカさん〟と呼んでいたようである。

格子戸を開けて、伊藤氏は何度か中に声を入れたが、何の返事もなかった。

入口からまっすぐに厨《くりや》に突き当たる通り抜けの土間に沿って、二間《ふたま》ばかりの部屋が突き通しに見えた。電灯はつけたままであった。

障子の開いた手前の部屋は小綺麗《こぎれい》にかたづいていた。もっともそれはほとんど家具のない簡素さのためだったかも知れない。

「この様子では、近くに用たしに行っているんだろう。さあ、上がろう。おまえ、台所に行って、何かないか見て来てくれ。近さんの家はたいてい食べ物が何か用意されているはずだ。そうだ、酒もあるにちがいない」伊藤氏は夫人に呼びかけた。「おい、おまえ、探してくれ。いや、私もいっしょに行ってみよう」

伊藤氏は立ち上がって、次の間から、厨にむかいながら、武志の方に振り返った。

「先刻もいったように、なあに、私の家のようなものだから、かまわないんだ。そこに坐って待っていてくれたまえ」

伊藤氏は部屋の中ほどに置かれた、食卓を指さした。小さなものではあったが、漆塗りの上等のもののように思えた。

しばらくしてもどって来た夫人の手には、盆があった。乗っている幾つかの小鉢や皿には、鰊《にしん》と野菜の煮物、はんぺん、漬け物等があった。

続くようにして、伊藤氏が一升壜《びん》を持って現われた。

「やはり酒もあったよ。ちゃんとした蔵物《くらもの》らしい。君もやるんだろ?」

酒をおぼえてからまだ一年にもなっていなかった。飲むかといわれたら、「やります」と突っ張りたい時期だった。

「ええ、少しは……」

「それはよかった。こういう上等のものは冷《ひや》でやったほうがいいのだ。どうやら、飯まではなかったが、米はあったから、家内に炊かせよう。それまで待ちながら、ゆっくりやろう」

また奥にひっこもうとする夫人に、伊藤氏は盃《さかずき》や徳利を持ってくるように命じた。

いきなり上がり込んだ見知らぬ家での、突然の酒宴である。落ち着かなさを感じないわけにはいかなかった。

だが、それは初めのうちだけだった。

酒の酔いがまわって来た。その小さな住まいを包み込む、京の夜の静かさも、悪くない感覚になった。

それでも……頭の片隅では、武志はその状況の中に、何か異様な物を感じていないでもなかった。

何か普通ではないことがある。そこはかとない異様さが流れている……。そんな気がした。

だが武志は、機嫌良いムードの中で、そんな事も、いささかのアバンチュールめいた感じで楽しむ気持ちだった。

伊藤氏は何度か奥の台所に立った。

その何度目かに、奥で前とは違ったひそやかなごそごそ声が聞こえた。

やがてすぐに次の奥の間にあるらしい階段のきしむ音が、上にむかって上がって行った。しばらくして、伊藤氏がもどって来る。

「この家の主《あるじ》が帰って来たんだがね、せっかく宴たけなわなところに、突然、見知らぬ自分が帰って来ても、興を殺《そ》ぐばかりだといって、二階に行っちまってね……」

武志は恐縮した。だが、実のところ、それのほうがありがたい気がした。

としてもやはり何かひっかかる気がしないでもなかった。

ひっかかることが、宴の終りにもあった。

別に追い出すという調子ではなかった。だが、あれほど落ち着いて、むしろ武志をいつまでも引きとめる感じだった伊藤氏が、少しせっかちな調子でいったのだ。

「寮の門限は大丈夫なのかな？」

「今は寮はないのです。一月末に全焼してしまって、今はぼくは下宿生活なのです」

「それは……。しかし、下宿の門限は……」

「下宿といっても、大きな邸《やしき》の離れ家というか……ちょっと倉庫めいたものの別棟を、いま一人の友人と借りているので、その点は自由なのです。しかし、ぼつぼつ失礼しなくてはいけないと思っています……」

いずれにしても、引き上げ時だと武志は決心した。

武志がその家を出たのは、九時四十五分だった。

だが、武志がそうして馳走になっているうちに、同宿の友人リア王こと伊場富三《いばとみぞう》は殺されていたのである。

「ボン、実をいうと、あの日、おれは君がその初老夫婦と歩いているのを目撃してるんだ。その点でも、おれは君を信じるぜ」

話の途中で、カミソリが口を入れたのに、武志はびっくりした。

「いつ？　どこで？」

「四条大宮の所で、家庭教師に行く途中の市電の中から見たんだ。午後六時半少し過ぎかな。その時は、君にしか注意がいかなかったから『あっ、ボンがいる』と思っただけだが、こうして話を聞いて思い出した。君のうしろに、今、君の話に出て来たような夫婦が確かにいたよ。しかしその時間じゃ、アリバイの裏づけ証言にはならないな」

「いや、それでもいいんです！」武志は興奮の速口になった。「今はどんな小さな証拠でも、有利なものなら、何でも欲しいんです。ともかく、今のぼくには不利な状況が揃いすぎているんです」

「その中でも、特別不利な状況というと……？」

「どれもひどく不利なんですが、特別不利なのは、やはり現場の部屋に出入りできたのは、ぼくしかいないということでしょうか……」

「そのへんの所も、もっと詳しくききたいな……」

3

リア王が殺されたのは午後九時前後だった。

それはほぼ確定的だった。

死体変化の様子から見て、検死医が三十分前後の幅をもって、九時頃と推定したのだ。

そのあとで、バールトが八時五十分頃に、部屋にいるリア王に電話したこともわかった。

そのため、犯行時間は少しばかりだが、もっとせばまって、八時五十分から九時十五分の間といえることになった。

九時四十五分に、先斗町の路地の家を出た武志は、東大路通りを銀閣寺門前町の下宿まで、全部、歩くつもりだった。

夜気はかなり冷たかった。だが酔いにほてった顔には、かえって気持ち良かった。

第一、その頃の学生は、日常生活では、歩くことが常識だった。

三高生伝統の〝散策《カスミ》〟も、学校から、岡崎、丸山公園と迂回《うかい》してから、四条河原町に出て、今度は鴨川沿いに溯行《そこう》するというような十キロにあまる距離のコースを普通にこなしていたのだ。

食糧難の戦後数年の、空《すき》っ腹を抱えての〝散策《カスミ》〟は、かなりつらかった。だが、先輩の伝統に忠実な戦後の後輩たちもがんばった。その点では、彼等の方がファイトに燃えていたかも知れない。

しかし、その夜の武志は、珍しく満腹であったのだから、五キロの散策には、絶好の条件だった。

にもかかわらず、彼が市電に飛び乗ったのは、ガイド料をもらって珍しく金持《ライヒ》ちであったことと、八坂神社前に出た時、暗闇の中から現われた市電の光の暖かさに惹《ひ》かれたからだった。〝PASS STOPPED CAR AT 5 M. P. H〟と進駐軍用の標示が前後部に大きく書かれた京都の市電は、いつもデッキから外まで、人が溢《あふ》れていた。

だがさすがに、その夜更けの電車はすいていた。十数人の乗客しかいなかった。

銀閣寺道の終点でおりたのは十時少し過ぎ、そこからは徒歩で下宿の邸の土塀についたのは、十時二十分頃であった。

邸は三方を塀にとりまかれている。その東側の塀の潜《く》り戸を開いて中に入る。

この戸の戸締りは、武志たち下宿者の責任下にあったから、武志かリア王のどちらかが外出しているうちは、中側から閂《かんぬき》がはずされていた。いや、実際をいうと、学生独特のルーズさから、常時、開け放されているようなものだった。

自分たちの部屋まで行ってから、どちらかが帰っていないのを知って、また閂をはずしにもどるのは、めんどう臭い話だったからだ。そしてこの点は、下宿の方でも了解していたのだろう、あまりうるさくいうことはなかった。

武志たちの下宿している離れ倉は、北の山の斜面を背にして建っていた。母屋は庭木や石を間に置いて、三十メートルばかりむこうにあった。潜り戸からまっすぐに離れ倉に行けば、ほとんど見えない。

低灌木《かんぼく》や立木の群の間をうねる小道を辿《たど》って、やや爪先《つまさき》上がりの屈曲を抜けると、離れ倉が見えて来る。

倉といっても、平屋瓦葺《かわらぶ》き、白壁と剝《む》き出しの太い柱と梁《はり》をシンメトリーに構成した、松本地方にでもありそうな民家風の建物だった。その中に明治洋風の窓や扉等の建具が、けっこう雰囲気良くおさまっている。

灌木の縁をもう一つ曲って、出入口の扉の見える所に出ようとした時、そこではげしくドアを叩《たた》く音があがった。

武志は速足になった。扉の前の高校生のマント姿の黒い影がふりかえった。顔はおぼろでも、髭だらけであることで、バールトとわかった。

むこうも武志を見たらしい。声がかかった。こわばっていた。

「おう、ボン！　リア王が変なんだ！　中で倒れてる！　まさか死んでるんじゃないだろうが……！」

バールトはまた、はげしくドアを叩き始める。

「リア！　伊場！　リア……！」

バールトは渾名と本名とを交互にして、中に向かって叫んだ。

「待てっ、いま、鍵を出すから！」

武志はズボンのポケットをさぐった。

だが、鍵を入れてあるはずの財布がなかなか手に触れない。

慌てて反対側のポケットをさぐる。

そこにもない。

酔っ払っているせいかも知れないと、必死に意識を澄ませようとしながら、こんどは上衣《うわぎ》のポケットをさぐった。

「ほんとに倒れているのかい？」

ポケットをさぐりながら、武志はバールトとドアの間に潜り込んで、身をかがめた。

鍵穴に目を当てる。

ドアの錠はレバータンブラー式だった。その頃は、まだシリンダー錠は少なかった。

だから鍵穴は突き通しになっていて、中が見えた。

とはいえ、その穴からの視界は、腹だたしいほど狭いものだった。初めにわかったこと
といえば、中に電灯がともっていることと、それが畳のわずかな部分を照らしていること

だけだった。

　だが、良く見ると、視界の中に両足先のような物が見える。

「あれは……リアが倒れているのか!?」

「どうもそうらしい。だからさっきから、呼んでいるのだが、返事もしないし、身動きもしないんだ！」

　バールトは武志より二、三分前に、そこに来たのである。

　彼は午前中にも、ライヒといっしょにリア王の所を訪れていたのだ。

　その時、部屋に金《かね》の入った紙入れを落したまま帰った。

　それに気づいたのは、午後九時近く、正確にいえば、八時五十分だった。彼はリア王に電話して、あるかどうかをたずねた。

　あるから、あずかっておくとの返事だった。

　リア王が八時五十分まで生きていたのは確かだというのは、このことだった。

　その時、バールトは麻雀《マージャン》をやっていたので、それをすませて、再びリア王の下宿の離れを訪れた。そして、事件を発見したのだ。

「おい、カギ、カギ！　カギはどうしたんだ!?」

　鍵穴を覗《のぞ》いている間、武志は鍵を探すのをやめていたわけではない。必死に探していたのだが、見つからなかっただけである。

だが、ドアの前から立ち上がった瞬間に、はっと思いついた。

市電に乗って料金を払った時、財布にさっきのガイドの報酬の十円紙幣が入っているのに気づいた。酔っていて落してはいけないと、上衣の裏の胸ポケットに移動したのだ。念を入れての保管の時に、よくやることだ。

そこに手を入れると、あった！

いそいで取り出して口を開き、鍵を鍵穴に入れる。

確かに錠はかかっていて、固い抵抗があってから、カチリとはずれる音がした。

ドアを開く。

リア王は奥の物置場との境の扉の方を頭にして、倒れていた。

上半身はうつむけに、下半身はねじれるようにして上むけになっていた。右腕は体の下に、左腕は頭の方に長く投げ出されている。

土気色《つちけいろ》の顔は、武志が東京の空襲で見た時の爆死者のそれである。

それだけで、もうリア王が死んでいることはわかった。

「これはもう……だめだよ……」

泣くような武志の声に、バールトは唾《つば》を嚥《の》み込む音をさせながら答えた。

「しかし……やはり医者を呼ぼうか……それから警察も……」

「そうしよう」

武志はたたきに靴をぬいで、部屋にあがった。部屋の東側の壁に取り付けられた電話機に行こうとしたのだ。

「よせっ！」部屋の半ばまで入った武志のマントの裾《すそ》を、バールトが上《あが》り框《がまち》から体を倒して引っ張った。

「何にも手を触れないほうがいいんじゃないか、こういう時は……」

〝こういう時〟というのが、〝殺人事件の時〟ということだとは、いったバールトさえ、はっきり思っていなかったにちがいない。

ただともかく、〝こういう時〟だった。

武志は入口にもどった。

「何か……あったの？」

声がした。母屋に通ずる小路の上に低く伸び出た小枝を、軽く払うようにして、下宿の女主人の有馬夫人が近づいて来た。

「……何か騒がしいので、来てみたのだけれど……」

開け放たれたドアから、中を見た夫人は、その場に凍りついた。

「もうだめです……」バールトがつぶやくようにいった。「……あんなかっこうで。……あの顔色では……」

長い間、夫人に見せてはいけないと、武志は思った。

武志だけが知っている事情があるのだ。それに彼女の繊細な性質も良く知っている。ともかく、今は立ち去らせたほうがいい。

「奥さん、すぐ電話で警察にしらせてください。それから一応、医者も呼んだほうがいいかと思います」

呆然《ぼうぜん》としている夫人に、武志はいま一度、せかせた。

夫人はようやく身をめぐらせた。ゆるやかに体を横にゆらがせるような身振りで歩き出した……。


近くの交番の巡査が到着したのは、十五分ばかりたってからだった。

それまで、初めは武志たちは開け放たれたドアに寄りかかって、中を見ていた。

だが、長い間、そうしていることは耐え切れなかった。

入口を離れて、庭の闇の中を、小さくまわったりし始めた。

だが、リア王をそんな死体のままほうりっぱなしにしておくことも、何か申し訳ない気持ちだった。

またもどって来て入口に立つ。そしてまた入口の前を小さく歩きまわる。

バールトもまったく同じ思いだったにちがいない。

同じような行動をくりかえした。

けっきょく、二人は入口の前をつかずはなれずの距離で、交代に歩きまわったり、時にいっしょに庭木の下にたたずんだりして、落ち着かぬ時間を潰《つぶ》した。

だから、巡査が到着した時には、まったく救われた思いだった。

それからまた十五分としないうちに、警察の捜査担当官も現われた。

武志たちは、ひとまず母屋の方に遠去《ざ》けられた。

だが、ひととおりの現場検証が終ると、次つぎに呼び出されて、事情聴取が始まった。

武志とバールトが交代に呼び出され、有馬夫人も呼ばれた。

それが終ると、こんどはまたあらためて、武志とバールトがいっしょに事情聴取された。

リア王の死体はもう現場から運び出されていた。

夜がふけるにつれて、ひどく冷えて来た。

武志たちは母屋で脱いだマントを、またはおって、刑事たちの所に行った。

その頃には武志たちも、事件の詳細をしだいに知り始めていた。

リア王こと伊場富三は、殺されたのである。

それも変わった殺されかただった。

腕に毒を注射されて、殺されたのである。

毒が何かは、まだ分析を待たなければならなかった。だが、筋肉か神経を強力に麻痺《まひ》させるものだろうということだった。苦しげにひねられた死体の状況から推察されたのだ。

毒はかなりの即効性のもので、麻痺は注射直後にあらわれ、死に到《いた》る迄《まで》には三、四分しかなかったのではないかと思われた。

犯人はリア王の隙《すき》を見て、かなり凶暴な力で、服の上から注射器の針を刺し込んだらしい。

注射器は十ミリリットル入りくらいの、小型の皮下注射用だった。だから針の先端は鋭く尖《とが》っていた。

被害者はそれを抜き取ろうとした形跡がある。だが発見された時もまだ一センチ近くも、二の腕の外側に突き刺さったままだった。だから初めはピストンの接合部近くまで、腕に入っていたのではないかとも想像された。

犯人が注射器を持って襲いかかる前後に格闘があったのかも知れない。注射筒は針からはなれて、武志の使っていた坐机の下の壁際に、転がっているのが発見された。

だがあるいはこれは、被害者が注射器を抜こうとしたり、苦しんでもがいた時に脱《ぬ》け落ちたのかも知れなかった。

ともかく坐布団が入口近くの壁際に飛んだり、リア王と武志の坐机の上のものが、畳の上に転がったりして、部屋の中ではげしい動きがあったことを物語っていた。

毒のことを聞かされた時、武志とバールトは思わず顔を見合わせた。二人の頭をちらと掠《かす》めたものがあったからだ。

だが二人とも、今、それを事件に結びつけるには短絡すぎると思ったにちがいない。けっきょく、彼等の間でも、そのことは、かなりあとになるまで話題にならなかった。

ともかくその時は、武志はひたすらに混乱していた。

しかし、ただ一つだけ、はっきりと浮かび出ている物思いがあった。

なぜリア王という特定の個人が、こんな災厄に会わねばならなかったかということだった。

「伊場はなぜ殺されたのです？」

武志が思わず出した問いかけに、刑事は首を横に振った。

武志の持つ刑事のイメージにしては、若い感じの、三十前後の男だった。

南波《なんば》という姓の、警部であることを知ったのは、翌日に、再び訊問《じんもん》された時であったが……。

「わからない。まだ何とも断定できない……」

言葉つきに関西の訛りはなかった。

「やはり強盗か何かでしょうか？」

「どうしてそう思うのだね？」

「別にはっきりしたことは……ただ……」

武志は漠然と答えながら、むしろ刑事に考えをまとめることを助けてもらいたい気持ちだった。

だから南波警部のかなり機敏に畳み込んで来る調子は、ありがたいくらいだった。

「ただ……何だね？」

「ただ……ここは前にも、泥棒というか……そういう人間に狙《ねら》われたことがあるんです」

「前というと、いつ頃？」

「去年の十二月半ばとか……。この家《うち》の奥さんが、泥棒たちが侵入した直後に、運良く掃除か何かでこっちの方に来たので、泥棒たちは慌てて、何も盗《と》らずに逃げ出したということですが……」

「何も盗らずにというが……ここには何があるのだね？」

「いっていいことなのか……ここは半分は蔵というか、倉庫のようなもので……いろいろの物がしまわれていて……」

「私は強力《ごうりき》犯罪捜査の刑事だよ。隠退蔵物資といったようなものには興味がない」

「中には、呉服とか反物、布地といった物がしまってあるんです。泥棒たちはどこかからそれを嗅《か》ぎつけて、やって来たらしいんです。その時、入口のドアの錠はうっかりしてかけ忘れていたのですが、運良く奥さんが現われたので、危い所を救われたそうです。そんなことが一度あったことから、ぼくたちは半分、見張り番というようなことで、そのかわり下宿代を安くしてもらって、ここに入ったのです……」

三高の自由寮が全焼したとたんに、武志たちは身寄先に困った。とりあえずは旧寮や武道場に寝泊りを始めたものの、そういつまでもいられない。どこかに下宿先を見つけなければならない。

その時、リア王がおれといっしょの部屋に同居しないかと、いい下宿の話を持って来たのだ。

「……そうすりゃあ、また毎日、ゆっくりと将棋の手合わせもできるしな……」

実際、武志とリア王は、暇さえあればよく将棋をさした。寮の同室の中でも、もっとも親しくなったのは、この将棋がきっかけだったともいえる。日曜などには暇にまかせて、十四、五番さしたこともある。二人ともふしぎなくらい同じ腕前で、負けたり勝ったりだから、そんなに続いたのだろう。

ともかく、伊場の持って来た下宿の話は、この上ない、いい条件だった。

現実主義者《リアリスト》であることから、その頭の二字をとって、リア王と名づけられた伊場だ。その如才ない社会性を発揮していい話を見つけ出して来たのだ。

下宿は銀閣寺門前町の有馬という大きな邸の中だった。西陣の中でも、指折りの織元でもあり、織維品問屋でもある家の住居だそうだった。

しかし、若い当主が戦死してからは、未亡人の細腕ではどうにもならず、すっかり傾むいてしまった。

だが戦前から保有していた、布地、反物、着物類が、邸内の離れの木造平屋倉庫に、まだかなり残っていた。

そこでこれを操作して、ともかくも暮しを続けていた。だが、どこからその事実を突きとめたのか、複数の盗賊がそれを盗み出しに来たのである。

実際のところ、それは何も有馬夫人の邸ばかりではなかった。当時は集団窃盗団の倉庫荒しとか、隠退蔵物資の強盗団というのは、新聞記事の日常事件だったのである。

有馬邸の離れ倉は、建築自体に防犯のための配慮はかなりされていたし、戸締りも厳重ではあった。

だが、母屋からはかなり離れた建物であるため、二十四時間中監視されているわけではない。

そこで、下宿という意味で、その建物に人が住んでくれれば、見張りということにもなるのでありがたいという話だったのだ。

武志はリア王につれられて、そこを見に行った。

建物は八十平方メートルばかりの、東西に長いものだった。

建築主の凝った趣味が良く生かさせているその建物を、武志はひと目で気に入った。

便所が外の離れにあることはいささか不便だった。しかし、京都の古い大きな邸には、かえってその様式が多いのが普通だったから、これは我慢してもよかった。

だが、リア王はいかにも彼らしく、別のことで喜んでいた。

「ボン、すごいじゃないか。しかもここは電話つきなんだ」

建物の東三分の一は、土壁で区切られていた。どうやらそこは、帳合いや、品物の整理をする板張りの事務所ふうになっていたらしい。

そのために、電話も引かれていたのだ。

しかし、武志にとって、電話は何の利益《メリット》にもならない感じだった。これまでの生活で、電話をかけたことはないし、また必要を感じたこともなかったからだ。

しかし高校生のくせに、世俗的な対社会関係も比較的多いリア王にとっては、これは嬉《うれ》しいことだったかも知れない。

その元事務所ふうらしい板張りの上には、すでに畳が敷かれて、居住スペースの形が作られていた。そこが武志たちの下宿する部屋になるわけだった。

畳数を数えると、八枚もある。

寮生活でもかすかすの経済生活をしている武志だった。

それが寮よりもやや高いにしても、ガイドのアルバイトで補いがつきそうな下宿代で、そんな広い空間がとれれば、これは願ってもない話だった。

武志はリア王とともに、さっそくそこに移り住んだ。

生活を始めてわずかのうちに解ったことは、下宿の若い女主人の存在は、実際にはひどく弱いものであることだった。

すべてを握っているのは、有馬の家の元番頭をしていたという、堀切という五十がらみの男だったのだ。

もちろん、リア王はその間《かん》の消息にも通じていた。

「現実にはあの陰険なホソ番が、奥さんが何も知らないことをいいことに、店の実権をかっぱらってしまったのさ。この蔵にある物資だってみんな彼のもので、奥さんはその管理保管という名目で、わずかの金を受け取って暮らしているんだ。この邸だって、あのホソ番が抵当にとっているらしい」

ホソ番とは、リア王が番頭の体の細さに名づけた渾名である。

確かに鶴《つる》のように細い。

彼はその体に、いかにも関西商人風の、地味ではあるが、そつないきっちりした和服の着こなしをしていた。そして月に四、五回は、角袖外套《かくそでがいとう》を比叡《ひえい》下ろしの北風にひらめかせながら邸を訪れ、蔵に姿を現わした。

「お勉強中を、すんまへんな。またちょっと、おじゃまさせてもらいまっせ」

彼の物言いは、その目の光と同じようにいつも柔和だった。

そうであればあるほど、武志はその男が嫌いになった。

コートをとったあとの、歳のくせに妙に艶《なま》めかしい細い腰にも、ひたひたと畳や板の間を叩く足袋《たび》の音も、時にたてる気取った空咳《からぜき》も、何もかも不快になるのだ。

ホソ番は西側との境の壁のドアを開けて、中に入る。

冬になると、すぐそのあとで、有馬の奥さんが、火を起こした炭をホソ番のために、火鉢に入れに来た。

武志はその光景に、憤りをまじえた同情を感じる。そして小学五年生の女の子と広い邸に二人暮しの夫人に、ますます淋《さび》しい美しさを感じる。

そんな出入《ではいり》の時、武志は開かれたドアから、中の方を見ることがあった。手近にはあまり上等でないような布類が、紐《ひも》でしばられて、山に積んであった。だが、奥の方には衣装箱や葛籠《つづら》に入れられた、上等の着物もずいぶんとあるらしかった。時にドアから、ホソ番がそういう着物を開いているのが見えたり、大事そうに風呂敷《ふろしき》包みにして出て来るのを見たりしたからだ。

だが、詳しいことは知らない。武志自身は中に入ったことはなかったし、第一、まったく興味がなかったからだ。

それでもホソ番は武志たちにいうのだ。

「まったく三高さんに来ていただいて、ありがたいことですわ。いくら見張りをしてもろうにしても、この御時世では、なかなか信用できる人はおまへんからな……」

しかしそんな言葉にも、武志は虫酸《むしず》が走る。

もちろん、武志は訊問の刑事に、そんな番頭への自分の気持ちなど漏らしはしなかった。

「この邸の番頭が……」そういう呼び捨てでわずかに鬱憤《うっぷん》を晴らして、事情の説明を続けた。

「……いつもこの蔵の中には、かなりたくさんの高価な品物がしまってあるといっていました。それに、前にも今、話した未遂事件があったことですから、ひょっとしたら今度も泥棒かと……」

「なるほど。しかし、そこの境の扉は錠がおりていて、泥棒の侵入の形跡はないんだ」

「中の品物にも異状はなかったんですか？」

「ああ。その境のドアの方の鍵は、堀切さんと……それから君たちが一つあずかっているとか？」

堀切はホソ番の姓だった。

「そうです」

「それで、堀切さんに、持っている鍵でドアを開けてもらって、一応、中の点検を頼んだ。だが、盗まれているものはまったくなかったそうだ……」

警察に呼ばれた番頭は、まっすぐ現場に来たらしい。ともかく母屋には姿を見せなかった。

「……君たちはそこの境のドアの鍵は、どこに持っている?」

「ぼくの机の引き出しですが……開けてお見せしましょうか?　中に入っていいですか?」

「ああ」

武志は北向きの窓の下にある、坐机の前に歩み寄り、正面の引き出しを大きく引いた。鍵は一番奥の縁の方にあった。ひょっとしたら、番頭からあずかってから、一度も手を触れていなかったかも知れない。

ホソ番は、鍵を渡す時、いった。

「万一、火事にでもなったら、できるだけ中の物《もん》を運び出してもらわなあかんで、特別にあずけさせてもらいますけどな、やたらとあっちがわには入らんように願います。そやけど、まずはくれぐれも、火の元には気いつけておくれやす」

その言い方にも、武志たちを倉庫番扱いしている態度にも腹がたった。

第一、この邸の主である有馬夫人には鍵を持たせていない。蔵の中の物を独占しようとする態度があらわである。

武志たちに鍵の一つをあずけるのも、よほどの決心だったのだろう。だが、虎《とら》の子を火災で焼失する恐怖には勝てなかったのだ。

バールトが南波警部に意見を吐いた。

「犯人は……やはり泥棒たちで……この中の物資を狙って入って来て、リア王に見咎《みとが》められて殺したのではありませんか？　それでこわくなって、逃げ出したというのでは……？」

「しかし、人がここにいるということは、状況的に考えて解っていたことだ。見咎められてというのは、どうも考えにくい」

「あるいは泥棒たちは、初めからリア王を脅かして、奥の品物置場に入るつもりだったかも知れない……」いい出してから、バールトは続けて発想を得たようだ。「犯人たちは何かの用を装《よそ》おって、中からリア王に出入口のドアを開けさせます。それからいきなり毒入りの注射器を取り出して、そこの境の扉の錠を開けないと、こいつを注射すると脅迫したのです」

「注射器をか？　脅かすのだったら、刃物だって、飛び道具だっていいだろう？　注射器というのは、ちょっと変わり過ぎている。それにもしそうだったら、伊場君を殺したあとで、急に逃げ出すというのはおかしい。その境のドア自体も錠も、そこの入口のものから比べれば、ちゃちなものだ。ぶち破っても、奥に盗みに入るのが普通じゃないか？　ただし、犯人は奥の物資が目的でなく、君たちの物を狙ったとしたら、少し話は違ってくる」

武志は驚きに、反射的に問い返した。

「えっ、ぼくたちの何かを盗む!?　しかしぼくたちの持ち物にろくな物は……」

「君たちにとって重要ではないが、犯人にとっては重要なものだったかも知れない。それにこの仮定だと、犯人は伊場君の知り合いだという可能性も強くなるから、犯人の部屋への侵入方法はもっと楽になる。犯人は親しい訪問者として、ここに入って来たのだ」

「ぼくたちの知り合いの誰かが、犯人だというのですか?」

警部にはすでに固まりかけている、自分の考えがあったらしい。少しばかり断定調だった。

「考えてみるがいい。さっきもいったのだが、蔵の中の物資めあての窃盗か強盗が、侵入のための武器として、毒の入った注射器などという、ふうがわりな物をもってくるだろうか?　何か考え方に単純でない、複雑なものがある……」

バートルトは警部の考えを追って、髭面の顔を少ししかめた。

「……つまり、犯人はそこいらに転がっているありきたりの犯罪者ではない……例えばぼくたち学生かも知れないというのですか?」

「あるいは……」

「……というと、犯人はリア王の知り合いで、訪問者として部屋の中に入り、その注射器でリア王を殺して、それから狙った物を盗もうと……」

「そこまでは断定できない。犯人は伊場君と話している隙を見て、うまく盗む、しかし万が一失敗して見咎められた時は、注射器を使おう……そんな考えだったかも知れない。木津君、ともかく伊場君や君の所有物で、何かなくなっている物はないか、探してくれたまえ」

リア王の坐机は、武志のものと並んで北向きの窓の下にあった。

武志は二つの机の上を、ひとわたり見まわした。

気がつくことはないようだった。

次に武志は自分の机の引き出しを開いた。

ここにも異状はないようである。

「伊場の引き出しを開けてもいいですか？」

「いいとも」

すぐに気づいたことがあった。

「リア王はいつもこの引き出しの手前の右隅に、入口のドアの鍵を入れているのですが、それが紛《な》くなって……」

「ああ、それなら彼のズボンの右ポケットの底に入っていた」

「とすると……その他にはぼくの知る限り、何もなくなっていないようですが……。こっちを調べてもいいですか？」

武志は部屋の東側の壁下を指さした。そこには寝具の山の横に、武志の行李《こうり》や、リア王の革トランクなどが積み重ねてあったのだ。

倉の改造という性質上、部屋には押し入れというようなものはなかった。そのためにそういった物も、出しっぱなしであった。しかし、部屋が広かったために、場塞《ふさ》ぎにはなっていなかったのだ。

武志はかなり念入りに調べてから答えた。

「伊場の持ち物の方は断言できませんが、ぼくの知る範囲では、何も盗られた物はないようです……」

「とすると……物盗りも目的でないのかな……」

刑事が呟《つぶ》やくようにいった時、武志は声をあげた。

「あっ！　ひょっとすると……」彼は再びリア王の坐机の前に歩み寄ると、机の上の奥の本立てに手を伸ばした。「このテキスト・ブックの並んだ中に、それといっしょにノートがあったのですが……その中の……西史と哲学のノートがなくなっている……そうです、ありません！」

「西史というと、西洋史だね？　他のノートは？」

「あります。いや……あれっ？　このバールト……菱川の作文帳もなくなっているようです」

警部と同時に、バールトも顔をしかめた。

「おれの……?」

「そら、君の中学の時の作文帳だ。この前、リア王の机《ちち》の上に、君の名が書かれた、薄いノートがあった。何なのだときいたら、こんど小っぽけな同人誌を何人かの仲間で作る気なので、君にも原稿をといったら、『じゃあ、おれの中学時代の作文を載せてくれ』といったとかで……」

「ああ、あれか、おととしの秋に、白浜の方に行った時のことを、紀行文みたいにして書いたんだ。同人誌に寄稿といったって、おれは文学者タイプじゃないからな。それでリア王が、この前の冬休みにおれの故郷の駒原に寄った時に、その作文帳をもらって来てもらったんだ」バールトの声は、ますます疑惑に曇ったものになった。怒っている調子でさえあった。

「しかし、何でそんなおれのノートを、犯人は盗んだというんだ!? あのノートには、あの時の南紀紀行っていうやつしか書いてないんだ。あとは白いページばっかりだ。おまけに内容は他愛のないもので、とても同人誌に載せられるものじゃないかも知れない。だからリア王に、ともかく読んでみて、検討してみてくれといったんだ」

「犯人の狙いは君のノートじゃなくて、哲学か西史の方だったかも知れない。慌てていたろうから、横にあった君のノートもいっしょに盗んでしまったのかも知れない」

警部が割り込んだ。

「伊場君は、きちんとノートをとるほうか?」

「ええ、そりゃあ、きっちりした性格ですから……。一番完全なノートを持っていると思います」

「学年末試験も近いな……」

呟やくようにいった南波警部の意味を、武志は理解した。だが、反論した。

「だからといって、リア王を殺してまで試験勉強のためにノートをかっぱらうなんて……バカげてますよ!」

「いや、待て!」警部に思いつきがあったようだった。

「つい今だ。私たちの仲間の一人が、この建物の戸締りを調べに、裏手の北側の空地に行った。その時、夜気の中に、物の焦げたような匂いを微かに鼻にしたといった。あたりを調べてみると、何か紙のような物の燃えたあとの灰を二つ、三つ、見つけたといっていたが、ひょっとしたら……」

警部の考えを追っているバールトが、あとをついだ。

「……そのノートを燃やしたというんですか!? ますます信じられませんね。さっきの刑事さんの考えでは、試験のためにノートをかっぱらったというのでしょ? だったら、燃やしてしまうのは、おかしな話じゃありませんか?」

「あるいはそのノートに、講義以外の何かが書き込まれていたかも知れないな。それとも君の紀行文か何かに、犯人が知られてほしくないような何か重要なことが書かれていたのか……」

「何にも書いてありませんよ。岬《みさき》から見た夕陽に光る海が美しかったとか、岩礁で蟹《かに》をつかまえて、石川啄木《たくぼく》のうたを思い出したとか、浜辺で一人の漁師にあって話を聞き、彼等の海と戦うあらあらしい生活に感心したとか、……青臭いことばかりです」

「伊場君の失《な》くなったノートのどこかの部分に、日記とか感想文とかが書かれていたというようなことはなかったかな?」

武志はかなりの確信を持って答えた。

「彼はきっちりした男でしたから、もし書くとしたら、別のノートを使ったでしょう。そしてぼくの知る限り、彼はそんなものはつけていませんでした」

バールトはまだ怒っているような声だった。髭面のせいもあって、いささか刑事を圧倒している感じである。

「ノートが盗まれたとか、リア王の日記に何かあったとか……刑事さんはリア王の周辺の人間……つまり、ぼくたちの仲間の誰かが、犯人とでも考えているのですか?」

刑事はしたたかの平静さだった。

「状況的にはそうだ。注射器というひねった凶器もその状況を裏書きする一つだが、もっと重要な状況としては犯人の出入りだ。君たちが死体を発見した時、確かにこの建物の入口のドアには錠がおろされていたという。そしてさっきから、みんなで手分けして調べたのだが、倉めいたこの建物は、窓はあってもまったく入れない状態であることを確認した……」

保存される物が陽射《ひざ》しを嫌うためだろうか、建物の南側は東端に扉がついているほかは、すべて白壁で、窓は北側と東側だけであった。

武志たちのいる部屋にも、北側に床上から一メートル三十ばかりの所に半間《はんげん》幅のガラス窓が四枚ついていた。ガラスは曇りの物である。

そのほかには東側の天井近くに一メートル四方ばかりの、嵌《は》め込みの窓があるだけだった。

だから、部屋は一日中、かなり暗かった。重たい雲の垂れ込める雨の日などには、昼間でも電灯をつけなければいけないこともあった。

そんな点も、下宿代が格安の理由になっていたろう。

だが、武志はこの湿《しめ》った沈鬱さも、古都のムードの一つとしてけっこう楽しんでいた。風の日には裏山の竹藪《たけやぶ》が、神秘な不気味さで騒ぐのさえ、悪くないと思っていた。

裏手の北側は、ついさっき、物を燃やした匂いがあると刑事がいった場所で、七、八メートル幅の平地には、いつも落ち葉が重なっていた。そのむこうはかなり急な斜面を作って竹藪となり、山にむかって這《は》いのぼっていた。

壁で区切られた建物の西側にも、北に半間幅の窓が八枚ばかりあって、ここも曇りガラスになっていた。

そしてこの部屋の窓も、そして武志たちの部屋の窓も、内側から螺子《ねじ》錠で厳重にしめられていたのだ。

しかもまたこのすべての窓の外に、幅広で頑丈な縦格子が窓にとりつけられていた。そのわずかな隙間からは、外から手を入れても、指先が窓まで届かないという状態だった。

「だから……」刑事は数学的事実でも述べる調子で、淡々と説明した。

「……君……菱川君と、ライヒという渾名の久能君がこの部屋を出た時、伊場君が中からドアに施錠したのだとしたら、犯人が中に入ることができたのは、被害者が積極的に中に招き入れたためと考えるほかはない。つまり、犯人は伊場君と顔見知りということになる。そこでこのへんの錠の問題をもう少し煮詰めたいと思って、もう一度、二人に来てもらったのだ……」

刑事は今は開けっ放しになっている問題の出入口のドアのそばに歩み寄った。

「……このドアは内からも外からも、同じ鍵で開けられるもので、そのほかには手で動かす錠のようなものは、まったくないことは、さっき木津君から聞いたし、確かにそのとおりだ。さて、順を追って確認していこう。菱川君、君と久能典雄君という友達の二人が、帰るためにこの部屋を出たのは、午後五時半……そのくらいだったね」

「そうです」

「来たのは十二時五分前頃……そうだったね？」

「ええ」

「その君たちを入れる時も、伊場君は鍵を鍵穴にいれて、錠をはずしたのかい？」

「そうです」

「ばかに厳重だね」

　これは武志が横から口を入れて、解説しなければならなかった。

「戸締りを厳重にすることだけはホソバ……いや、番頭に固く約束させられたんです。君たち若い人たちは、どうもそういうことにはだらしないようで、ちょっとそこまでだからという調子で、開けっ放しにされて、その間に泥棒に入られたりしたら、君たちを置いた意味がない。部屋から出入りするたびにまめに鍵だけはかけてくれ。そういわれたのです」

　刑事はバールトに質問をむけた。

「ここに来た用というのは？」

　不機嫌ムードのバールトは、そんなことまでいわなければならないのかという表情になった。

「陣中見舞いですよ。リア王は妙な特技があるんです。簿記というやつです。東京の実家で習いおぼえたらしいんですが、それで小さな会社や商店の帳簿づけの仕事を如才なく探して来て、アルバイトにしていたんです。そういう時は、一日じゅう、この部屋に籠《こ》もって、算盤《そろばん》をパチパチやったり、何か小さな数字をまめまめ書いたりしているんで、ひとつ疲れ休めにと差し入れのためのいささかの食い物を持って、昼飯時をねらって来たんです……」

食い物はライヒがつごうしたものにちがいなかった。

ライヒの家は、京都でも有名な食料品問屋ということだった。

詳しいことは武志もよく知らない。ともかく今も、がっちりした流通ルートのようなものをつかみ、闇値時代の上げ潮に乗って繁盛しているらしかった。

左京区の岡崎に、煉瓦《れんが》塀をとりまわした、明治時代の和洋折衷建築の邸を持っている。

ライヒの家は、商売柄、進駐軍の横流し食糧も、よく手に入れられたらしい。

ライヒはそれをまた家から横流しして、飢えたる友人に満腹感と、アメリカ文化のエキゾチズムを味わわせてくれていた。

おそらくきょうも、パック入りのクラッカーとか、缶詰《かんづめ》ジャム等を持ち込んで来てくれたのだろう。

警部はリア王の机を、顎《あご》で軽くしゃくった。

「あれが、その仕事らしいね?」

「そうです」

机の上には伝票や、きっちりとした線や細かい字が書き込まれた帳面、ペン、インクなどがあった。

だが、算盤や、赤インク用のペンは前の畳に転がっていた。

武志たちが現場を発見した時のままである。

「ここを出てから、菱川君たちはどこに行ったのだ？」

「ライヒとは白川通りにぶつかる、市電の銀閣寺道の終点で別れました。ぼくは発車待ちの停まっている市電に乗って、ライヒが今出川通りを西の方に行くのを見てましたが、彼は通りにある古本屋の二、三軒に寄って、それから家に帰るといっていました」

「八時五十分に、ここの伊場君の所に君が電話した時、部屋に誰かいっしょにいるようなことは彼はいわなかったんだね？」

「ええ」

「言葉の端にそういうことを匂わすような事とか、また部屋の気配にそういう感じとか……今、考えてみて、そんなことを思い出さないかね？」

このへんは冷静な南波警部にも、必死に期待を持とうという、いささかの乱れがあった。

「まるで感じられないようでしたが……」

武志はこの間の事情は、すでにバールト自身の口から詳しく聞いていた。

バールトは竹川という家に、麻雀をしに行っていたのである。

武志もその家を知っている。

犬矢来に、格子構えの、いかにも古風な格式をたたえた、京都独特の民家だった。家は骨董《こっとう》商を営んでいるということだった。だが、店をもっているわけではなかった。富裕な実業家や商人の好事家《こうずか》の間をまわって、大きな売買だけを扱っているらしかった。京都にはまるで時代の風には無関係に、そういう優雅な商いをしている人間が多いらしいことを、武志はこの頃知り始めていた。

その家に青白い顔の、いつも和服姿の青年の息子がいた。結核を患って、片肺を切除したとかいう話である。だが、今はもうほとんど回復しているということだった。一富《かずとみ》とかいう名だと聞いた。

バールトはこの竹川一富を中心としたメンバーの所に、よく麻雀をしに行った。

武志の仲間たちは、皆、何かに凝っていたといっていい。それがその頃の高校生だった。リア王は人生数学論に凝って、人生を数学で説明するという新学説の樹立に情熱を燃やしていた。マーゲンは慾望《よくぼう》こそ人生だという哲学に凝っていたし、武志は京都の町と歴史に凝っていた。

とすれば、バールトはギャンブルに凝っていた。ギャンブルの中にある、かけひきと運と慾望の調和こそ、人生の真《しん》だとりきんでいた。花札やポーカーもやったが、やはり一番熱中しているのは麻雀だった。

武志も二度ほど、バールトにつきあわされて、竹川家を訪れたことがある。奥にむかって、意外に長く広い敷地に驚かされた。

その薄暗い長い廊下の途中に、昔ながらの形の電話室があった。

中には縦型フック式の電話機が、ぽつんと置かれていた。しかし、すでに自動ダイアル式だった。

商人や置屋、茶屋の多い京都では、電話は不可欠なものだったのか、戦前から比較的発達が早かったらしい。そして、空襲から免れた戦後も、電話事情は他の都市から比べればはるかに良かった。

バールトはその電話で、リア王と話をしたにちがいなかった。

バールトは武志に秘《ひそ》かに告白した。

「実をいうと、少し負け込み始めてね。懐《ふところ》工合《ぐあい》が心配になったんで、ポケットをさぐってみると、紙入れがないんだ。来る時はポケットに小銭があったんで、電車賃にはそいつを使ったんで、それまで気付かなかったんだ。それで慌てて電話したんだが……」

バールトたちは賭《か》け麻雀をやっていたのである。

バールトは岐阜のほうの素封家の息子だから、まず金には困らなかった。だが、武志はそういうわけにはいかなかった。

だから二度ほど、竹川の家で麻雀をつきあってから、以後は敬遠していたのである。しかし、賭けのことは刑事には憚《はばか》られるから、もちろんバールトはいわなかったにちがいない。

刑事のほうもそんなことは頭にはなかったろう。自分の考えを押し進めていた。

「……もしそうならば、犯人は伊場君が電話を終った直後に部屋に入って来て、おそらくはすぐに犯行を犯した可能性が強い。その間接的な証拠になることもある。君の電話で、伊場君はちょっと待ってくれと、部屋の中をほんのわずかの間さがしたようだったが、それからすぐに布団の山の下に見つかったと返事して来たのだね？」

「ええ、それで、こっちの用が終ったら、すぐそちらに行くからあずかっておいてくれといったのですが……」

「紙入れはこれだね？」

刑事はポケットから、紺染めの布地の紙入れを取り出した。

「あっ、見つかりましたか！　それです！」

「伊場君の机の奥の脚にひっかかっていた。しかし、もし伊場君がこれを見つけて手に持ち、君に返事の電話をしたら、そんな所にあるのはちょっとおかしいと思わないかい？　ちゃんとどこかに置かれているのがふつうだ。とすると、これは君との電話が終って、伊場君がまだ手に持っているうちに、訪問者があった。そして訪問者である犯人は、ただちに伊場君を襲った。その時の格闘で、これはとんでもない所に、飛んで行ったとしたらどうだろう？　ああ、これは返しておこう」

　バールトは紙入れを受け取りながらいった。

「一応、机の上に置いてはあったのが、格闘の時、そんな所に飛んで行ったとは考えられませんか？」

　警部の声にためらいがあった。

「うん、……あるいは……そうかも知れない。しかし、机は壁際にぴったり寄せてある。奥の脚の下というのは何か不自然だ……」そして警部は語調を立て直した。

「ともかく、死亡推定時間からいっても、犯人は部屋に入って来てから、そうたたないうちに行動に移ったことは確かだ。そしてその犯人は、さっきもいったように、伊場君に招き入れられた、知己の人間である可能性が強い。木津君はさっき、被害者はいつも机の引き出しの右隅に入口の鍵をしまっていたといっていた。ところがそれはズボンの右ポケットの中にあった。ということは、伊場君は引き出しからそれを出して、犯人のためにドアを開けてやって、とりあえずそれをポケットに入れたことを物語っているのではないだろうか？」

　武志にはちょっとひっかかるものがあった。

　ここでリア王と起居をともにしているのだ。彼の日常の些細《ささい》な動作まで、無意識のうちに、おぼえているような気がする。

その記憶だと、リア王はドアの鍵を開けて、人を迎え入れる時は、そのあとはまっすぐにまた机にもどって、引き出しにもどしているような気がする。そういう几帳面《きちょうめん》な性格の男なのだ。

だが、反論するほど確かなものでもない。その時にはそうしただけだといえば、それだけの話である。

南波警部は説明を続ける。

「……だが、被害者がポケットの中に鍵を持っていたということには、もっと重要な別の問題がある。今までの調べだと、ドアの鍵は三つしかないということだった。そしてその一つは伊場君が持っていた。いまひとつは、木津君、君だ。それからいまひとつは、有馬さんの奥さんだ。堀切さんも持っているのではないかと思ったが、そうではないそうだな?」

「ええ、持ち歩いていて落してもいけないから、有馬さんにあずけてあるのだといっていました。ここに入る時は、有馬の奥さんから受け取ってくるらしいです」

「ところが有馬さんは、きょうの夜は、その鍵を財布に入れて、東久保田町のある家を訪問していた。ここから疏水《そすい》沿いに歩いて十分もかからない所だから、いま一人に行ってもらって、ウラをとって来た。確かに奥さんは八時半から十時頃まで、お子さんといっしょにその家にいたそうだ。そして伊場君の鍵は、今もいったようにポケットの中にあった。すると、残る所は君の持っていた鍵だが、これもずっと君が持っていたということになると……犯人がこの部屋の中に入った方法は納得できても、出て行った時にどうして錠をかけたかが大問題になる……」

武志が南波警部の自分に対する疑惑を初めて感じたのは、この時からだった。しかしまだはっきりとしたものではなかった。

三つの鍵のうち、有馬夫人の鍵、リア王の鍵と消去していって、『残る所は……』と持って来た論法に、黒い口を開いた罠《わな》のような物を、それとなく感じ始めたのだ。

警部はやや語調をあらためた。

「それできさたいのだが、確かに君は鍵を持って出たのだね?」

「ええ。これです」武志は財布を抜き出し、中から鍵を取り出してみせた。「事件を発見して、ドアを開けた時も、これを使ったのです。そうです、バールトが見ていたはずです」

バールトがうなずいた。

「話に聞くと、君は鍵を取り出すのに、ばかに時間をかけたそうだね? どうしてだ?」

「どうしてだといわれても……ただ鍵の入っている財布をいつもと違った所に入れてあったので……」

武志は嫌な気分になった。

「まあ、それはいい。ここでもう一度確認しておきたいのだが、ドアを開いて君たちが中を見た時、人影はまったくなかったのだね？」

「ええ、誰もまったくいませんでした」

武志は反射的に答えてから、何か話がへんなぐあいになり始めたのを感じた。

「例えばどこかに隠れているというようなことも……」

「こういう部屋ですから、押し入れもないので、そんな所はどこにもないはずです」

「例えばそこの積み重ねた寝具のうしろに隠れているとか……」

「見てのとおり、じゅうぶん隠れきれるほどの高さではありませんし、ぼくは初めここで電話をかけようとして、半分中まで入ったので、寝具のうしろまで見れる位置に来たはずですが、誰も……」

武志はあっと気づいた。自分を不利にする証言をしているのである。ようやく警部が何を考えているか理解した。自分を疑っているのだ。これではいわれなく、何か自分の墓穴を掘っているような感じである。

警部から密室という言葉を、初めて聞いたのはこの時である。

「とすると……これは、密室ということになるのかな……。いや、これは……」

警部は密室を説明して、問いかけた。

「……木津君、どう考えるね？」

武志は警部の言葉の中に、悪意を感じた。

腹の中で叫んだ。

そいつを考えるのが、おまえたちの商売じゃないか！　ぼくの知ることか！

警部は急に話を打ち切り始めた。

「ありがとう。ともかく、もう夜も遅い。今晩はこのくらいにして、またあした、迷惑をかけるかも知れないよ」


「ボン、まさかこんなことになるとは思ってもいなかったから、これまでおまえの下宿のドアもよく見てはいない。だが、かなり頑丈そうなものだったな？」

事件の話が、密室のことにおよんだところで、カミソリが口を入れた。

「ええ、用途が用途の建物ですから、厚い樫《かし》を使ったもので、切ったり穴を開けたりしようとしても、そう簡単ではないと聞いています。錠も外国製のがっちりしたものらしいです」

「すると、ドアの周辺に隙間《すきま》のような物はないんだろうな」

「南波という刑事は、そのへんのことも調べたようですが、そういう隙間はまるでなかったといっていました」

「密室のしかけには、ドアの隙間から糸などを中に引っ張り込む方法がよく使われる。中の落し錠を外から糸で引っ張ってかけたり、内側から入れた鍵を糸を引いて回転させ、そのあと鍵を引っ張り落して、疑わしくない所まで持って行って糸からはなすとか……。しかし隙間がなければ、どうしようもない」

「待てよ」バールトが口を入れた。「しかし、ひとつ隙間があるじゃないか、鍵穴という。現にぼくもボンも、そこから中を覗いて、リア王の足のあたりを見たんです」

カミソリはライヒからの捧げ物の煙草を、二本の指で豆をつまむように短かくしながら、まだ吸っていた。

「確かに鍵穴という大きな隙間が残っている。しかし、問題はリア王の鍵は、彼のズボンの中に入っていたことだ。それも話を聞くと、奥深くだったとか、なあ、ボン」

「そうです」

「さっきいった、内側から糸で鍵をまわして錠をおろし、その鍵をリア王の所に持って行くしかけにしても、もしそうなら鍵穴から覗いて、死体がはっきり見える所にないと、非常にむずかしくなる。ところが、ボンが穴から見た所では、死体は足の部分がわずかに見えたというだけだ。その上、その鍵を、リア王のズボンのポケットの……それも一番底の方に落し込もうなんていうのは、あまりに大それている」

「南波という刑事も同じようなことを考えたようです。ただ一つ、鍵穴にちょっと変なことがあったらしいです」

「何だい？」

「鍵穴の中に、ほんの胡麻粒《ごま》のような小さな紙っ切れらしい物が幾つか見つかったと……。事件に関係があるかどうかはわからない。おそらくは以前、誰かが入れた鍵の先に、小さな紙っ切れでもついていて、それが潰れたのかも知れないがといっていましたが……」

「ふーむ……」

カミソリも、その事実を、すぐには意味づけて考えられないようだった。

今まで黙っていたマーゲンが少しいらだたしげにいった。夕食時に近いせいかも知れなかった。

マーゲンはドイツ語で胃袋である。いつも腹をすかせているこの男は、人間は胃袋で行動するということを、人生のポイントに標榜《ひょうぼう》していたのだ。

「しかし……どうもよくわからないんですがね。糸でどうするこうするにしても、犯人はどうして密室とか何とかいうような、手間をかけるようなことをしようとしたんです？」

「胃袋《マーゲン》で考える男にしては、いいことを考えついた」カミソリは冷やかした。「まさにそのとおりだ。どのような方法で密室ができたにしても、犯人はどうしてそんな状況を作る必要があったかが大問題だ。探偵小説などでは、時にこけおどしのような意味のない密室があるがね……」

「第一、ボンが犯人なら、そんな密室とかを作るのはばかげているじゃありませんか？　まるでは犯人は自分しかいないという状況を、わざわざ作り上げているようじゃありませんか？」

「おれは胃袋の思考力を信じる気になったよ。まさにそのとおりだ。これはボン無実説の一つの状況証拠になる」

武志はうなずいた。

「南波刑事もその点は認めているのです。彼はかなり率直《オーフェン》な人物らしいんです」

バールトが不機嫌な声でいった。

「だったら、何もボンを疑うことはない！」

事件のことになると、彼はあれ以来、怒りっぽくなっている。それだけ武志を思う友情に溢れているともいえる。

「だから問題はぼくのアリバイになってくるんだ。鍵を持っていて自由に使うことができるということなら、有馬の奥さんだって疑われていい。だが、奥さんは犯行時間の頃、よその家にいたという、数人の証人の裏づけのあるアリバイがあった。だがぼくはきのうの夜、君に話したように、ひどくへんなぐあいになってしまっているんだ……」

カミソリがいった。

「君が京都案内をした初老夫婦が、まるで実在しないように消え失《う》せたという問題だな。今更確かめても意味はないかも知れないが念のために確かめておこう。夫婦の名は……」

「伊藤というそうです。これは本人が自から名乗ったところです。しかしそれ以上のことは、ほとんどわかりません。むこうからいわない限り何もたずねないのが、ガイドとしての礼儀だと思っていたからです。社会人としての手腕も教養もありそうな人でしたから、言葉もほとんど標準語で、ただ微かに関西訛りや方言みたいなものがあって、そう遠い所でないという感じでした……」しゃべっていくうちに、過去の記憶の塊まりの一部がほぐれた。

「……そうだ！　『近くの大須観音』とかいう言葉があったのを思い出しました！　大須観音というと……」

「名古屋だよ」

「そうだ、『何とか屋でも、わずかだがういろうを売りに出していると聞いた』と、奥さんに話していました。ういろうも名古屋の名物でしょう？」

「どうやら名古屋の人間らしいな。ところがその名古屋の伊藤という夫婦の存在は、現実上はひどく曖昧《あいまい》で、警察は君がアリバイ作りのために、嘘《うそ》をいっていると考えているというのだな？　その辺の所をもっと詳しく話してくれ……」

4

事件の夜は、武志は有馬家の母屋で寝た。

有馬夫人は、おそろしいくらい、感情を必死におさえていた。

だが、おさえすぎて、あまりにも重たく無口になり過ぎていた。

夫人の日常を知らない、刑事たちには解らないだろう。もともと憂愁な姿と振る舞いを持つ人なのだ。

武志は夫人とはほとんど口をきかないままに、布団の敷かれた一室に入った。

世話をしてくれたのは、今年十一歳になる夫人の娘の育子《いくこ》だったといっていい。

彼女はこの異常な椿事《ちんじ》に、子供らしい他愛ない興奮に包まれてでもいるようだった。深夜にもかかわらず、大きな目を見開いて、母のいいつけた手伝いを、次つぎに実行してまわっていた。そのようすは、むしろ嬉しげでさえあった。

床についたものの、武志が眠れるはずもなかった。

リア王のねじれた死体の不気味さ、ついさっきまでいきいきと生きていた者へ襲いかかった死の強烈さ、人が人を殺すことができるという恐ろしさ、そして親友を失ったという足元が脱け落ちて行く空虚さ……。

リア王と自分の間に、争いがあったことを、武志は否定はしない。だがそのために、二人の友情は、ますます固く結ばれたともいえる。だからこそ、いっしょに下宿生活を始めたのだ。

だがその男は、今、存在しない……。

存在しないということは、ほんとうのところ、いったい何なのだろう……？

さまざまの物思いに、武志の意識は混乱し、神経はたかぶった。そして障子窓の外に、しらじらあけから、あかあかとした昼の光までを見てしまった。

そして眠ったらしい。しかしそうわかったのは、何かの音で目がさめてからだった。ふすまを開いて、育子の小さい姿が立っていた。彼女の声で起こされたのだ。手を伸ばして、枕元《まくらもと》の腕時計を見ると、もう午後一時をまわっていた。

育子はおまわりさんが訪ねて来たといっている。

服をつけて玄関に出ると、制服の警官が立っていた。

南波警部が、近くの家で待っているから、御案内しますという。

武志は警官といっしょに外に出た。

南波警部は銀山亭という看板のかかった、休み所の奥座敷めいた所で待っていた。

疏水分流が西の方向から南にむかって流れを変える地点の小橋を渡ると、銀閣寺へのだらだら坂の参道となる。

銀山亭は、そのすぐ初まりにある。

名だけはりっぱだが、営業しているかどうかわからないような店先だった。

風雨にかなりくたびれた縁台が二つ、何の装飾もなく不愛想に表に置かれていた。

〝茶菓あります。お休みください〟

情熱なく書かれた一枚の紙だけが、営業していることをようやく教えているだけだった。

飲食店の営業が全面的に禁止されている時代だった。喫茶店やこういった休み茶屋は除外されていたが、主食類を出すことはいっさい禁じられていた。まんじゅう、せんべい類もそれに入る。としたら、販売するものはほとんどない。商売への情熱も失われようというものだ。

もっともこういう店でも、顔や伝《つて》で入れば、けっこう色いろの物が出されるという話だった。裏口営業である。

だが、武志のような学生にはまるで無縁だった。

「何しろ事件の中心が三高生なんでね。私たちも扱いには気をつけている。それでこんな所に呼んだのだが……」

南波警部は思慮深い調子で前置きすると、以後の現場の調査や、自分の考えも隠しだてのないようすで話した。

だが、ドアの鍵の問題におよぶにつれて、率直さの中に、妙にからんでくる調子が出てきた。あるいは、武志の気のせいかも知れなかったが……。

「……鍵を持っている有馬の奥さんには……もちろん、今のところ殺人の動機も考えられないが……ともかく午後九時前後のきちんとしたアリバイがあった。そこで残るのは君なんだが、やはりアリバイはあるらしいが、まだウラはとっていない。それで今日はそれをやろうというのだが……君が案内をしたという夫婦は……」

「伊藤という姓だそうですが……」

「伊藤……なんというのだね？」

「さあ……そこまでは……」

「というと、住所なども知らないな？」

「ええ。関西の気がしましたが……」

「長い間つきあっていたのだから、何か手がかりになるようなことを聞いたのでは？」

武志はちょっと沈黙した。

すぐ濡《ぬ》れ縁に続く部屋の外は、いささかの体《てい》をなした石庭になっていて、西陽が暖かく降り注いでいた。

山の方で鶯《うぐいす》が鳴いていた。それも数羽の鳴き交わしだった。

しかし部屋の方はかなり暗くて、空気も薄寒い。亭のおかみさんらしい女性が新しく出してくれた茶が、その中に微かに白い湯気をたてていた。

「……どうも、はっきりしたことは、何も聞かなかったようです。ただ昔はかなりの金持ちの地所や家作持ちだったとか、そういうことを聞いたくらいで……」

手帖《てちょう》を開き、鉛筆をかまえている警部から、微かな溜息《ためいき》が漏《も》れた。

「……しかし、大丈夫です。きのうもいったように、御馳走になった近家という家《うち》が、その伊藤さんの所で元番頭をしたというのですから、その人にきけば、伊藤さんの住所はわかるでしょう」

「その近家という人には会っているのだろうから、その人に証言してもらえば、それですむよ」

武志は詰まった。

「それが……直接、顔は合わせていないのです。自分が顔を出しても何だからといって、姿を見せずに、まっすぐに二階にあがってしまったので……」

「ともかく、その先斗町に行ってみよう」

昼間見るその町は、きのうの夜見た時とは、かなり違っていた。

夜の闇のヴェールを落されて、いまだにしらじらとした朝寝をむさぼる静かさに包まれていた。

昼間の光で見る、紅殻《べんがら》格子の褪色《たいしょく》もわびしかった。

あいかわらず、人影はほとんどない。武志は同じように口を開く路地に少し当惑しながら、木札の番号を追って行くうちに、きのうと同じものを見つけた。

「ああ、あの三十六番です」

武志は先に立って、路地に歩み込んだ。

このくらい歩いて右手だったと、目を上にあげると、〝近家〟という、きのうの門灯があった。

留守でないことを祈って、玄関の格子戸に手をかけると、びっくりするほど軽く開いた。

きのう、食事をした部屋の上り框に出て来たのは、藍染《あいぞめ》の着物に、京袋帯の女性だった。ひと目で水商売とわかる。

四十がらみだろうか、化粧の浮きあがった白さが妙に目につく、小さな顔である。

武志にはとても美人とは思えなかった。だが、こういう顔が、日本的美型として、ある人たちには喜ばれそうだくらいは知っていた。

「近家さんのお宅ですか？」

「そうどす」

「きのうの夜、伊藤さんといっしょにおうかがいしたものですが……」武志は番頭という人物を、どういっていいのかちょっと立ち惑った。「……御主人いらっしゃいますか？」

いいながら、家の中の一部を目に入れていた武志は、不安をおぼえた。違うのである。間取りこそそっくりだが、どことなく違うのだ。家具が違う。第一、きのうの夜の家は、ほとんど家具もなかった。

その時は、いかにも京都風の町住いの、簡素さと思ったが、考えてみれば、おかしくもある……。

応対に出た女性の眉《まゆ》が、癇性《かんしょう》にしかめられた。

「主人はわてどすが……。何ぞ御用でっしゃろうか？」

「あの……そうではなくて、男の方なのですが……きのうの夜、いらっしゃった……」

「この家《や》には、男はんなんどおらしまへんどす。わてのほかに女二人どすえ。ごらんのとおり、お茶屋どすさかい……」

彼女は男がいるということに、自尊心を傷つけられたような表情さえした。

「あの……伊藤さんというごぞんじでしょう？　きのうの夜、来られた……ぼくといっしょに……」

「伊藤はん……？　東京におひとり、お知り合いにならしてもろうとる方がおいでやすけど……さあて……。あの……昨晩、ここに来られたとかおいいやすけど、わて、あなたはんのこと、存じよりまへんが……」

たまりかねたように、とうとう南波警部が警察手帳を見せて乗り出した。手短かに事情を話す。

だが、ちょっとした事件があって、といっただけで、殺人事件とはいわなかった。

しかも、女主人の答は同じだった。

昨夜も、少しばかり人の出入りはあった。だが、伊藤さんなどという人は来なかったし、この三高さんも知らない。もちろん酒食をさしあげたなんて……そんなことは夢みたいな話であるという。おかしなことだが、武志にもそれが今は納得できる気がして来た。

小さなお茶屋の櫛比《しっぴ》する特殊な界隈《かいわい》である。間取りや建具等はそっくりだが、家具やその置場所も違う。見ると襖《ふすま》の絵も違うようである。

「どうもやはり家が違うようですが……」

武志は弱々しくいった。

警部は別の考えを抱いたようだ。

「この界隈に、近家さんという家は、別にありませんか?」

「変わった名どすさかい、気いつけておりやすけど、まだ聞いたことがあらへんどす」

警部は沈黙した。それから武志の肩に軽く手を置いた。

「ともかく出よう」

あいさつして外に出ると、警部はいった。

「どうも話を聞いた初めから、へんな感じはしていたんだ。君は先斗町のことを詳しくは知らないらしいが、ここはお茶屋や置屋ばかりの女っ気ばかりがぷんぷん匂う界隈でね。そこに中年男が主人になって住んでいるというのは、どうもぴーんと来なかったのだ。ただ通りかかっただけで、近家という珍しい姓をおぼえていて、一時的に利用したのにしては、場所が悪かった……」

武志は突然、頭が燃えるのを感じた。声が縺《もつ》れた。

「利用したって……このぼくが利用したと……」

「何か別のことで、きのうの行動について隠したいことがあるというなら、それはそれでもいい。だが、私には正直にいってほしい。さもないと、君自身が……」

武志は怒りを隠さなかった。

「ぼくは正直にいっているんです！　隠したいことなどありません！」

警部に持っていた武志のかなりの好意も、この時、たちまちのうちに崩れた。

武志を信頼しているように見せて、実は抜かりない疑惑の目を光らせていたにちがいない。あの率直《オーフェン》に親しみ深い態度も、容疑者に対する刑事の汚い常套《じょうとう》手段にすぎなかったのだ。

「しかしね……」南波警部はちょっと区切ってから続けた。「私は信用するにしても、他の者を納得させるわけにはいかないだろう。君が訪れたという家もない、その家の持ち主という男もいない、いっしょにいたという老夫婦もいない……こうないないづくしでは、たとえぼくが君の弁護士でも、他の人を説得する論拠がない……」

自分は信じているのだが、他の者は信じてくれないだろう……何と狡賢《ずるがし》こい逃げだろう！

武志の頭にますます血がのぼった。

開きなおって、突っかかるようにいう。

「じゃあ、ぼくをどうします？」

警部は静かだった。

「今は何も考えていない。もう少し事件の展開を待てば、また新しい局面が出て来ないともかぎらないしな」

二人は別れた。


「これは君にしかけられた罠だな」

武志の話を聞き終ると、カミソリがいった。

「罠？　つまり、誰かがぼくを陥し込もうとしたというんですか？」

「どうもそうらしい。初めからいろいろおかしな所がある。例えばその伊藤という人物は、京都には不案内で、大覚寺もよく知らないと君に案内してもらいながら、一方では先斗町の一軒が知り合いで、良く行くので、自分の家のようなものだといっている」

「そういえばそうですが……ということは……ぼくに罠がしかけられたことと、リア王が殺されたこととは……」

「関係があるようだ。そしてその伊藤という夫婦も事件にかかわっているように思える。そういう年寄りまでがくわわっているところを見ると、これは大陰謀かも知れないぞ」

「大陰謀って……ぼくやリア王にどうしてそんなことをしかけるんです!?」

「おい、ボン、おまえ、日頃は、うちは貧乏でなどといっているが、ひょっとすると何かの大遺産でも転がり込むチャンスがあるという人間じゃないのか?」

カミソリの調子は、多少、ふざけ気味だった。

「まったく心当りがありませんね」

「じゃあ、リア王のほうは?」

「これも、ぼくと同じようなものです。おととい、親戚の伯父《おじ》さんという人が、遺体を引き取りに来たのですが、東京へ車で輸送する費用にさえ困っていたようで、さかんに交渉していました。リア王は東京の大空襲で、家もすべての財産も焼かれ、おまけに親爺《おやじ》さん以外は、母親から三人の兄妹まで焼死してしまったという身の上なのです」

「しかしな……敵はやることがいささか凝りすぎているよ……」

カミソリは途中で口をつぐんだ。

太陽はすっかり西に傾むいて、もう山上に陽溜《ひだま》りが消えていた。すると急に冷えて来た。

皆がマントをはおり始める。

戦後の衣料不足の時代だったというのに、ふしぎに新入生の皆がこのマントを揃って調達していた。

ナンバー・スクールの象徴の一つであるこの外套は、何としてでも手に入れるべきものだったのだ。

今までは山上に、武志たちのグループのほかにも何人かのマント姿もあったのだが、すっかり消えていた。

武志は思い出して、腕時計を見た。

「いけない。五時半に、また銀山亭で、南波っていう刑事と会う約束になっているんです。すぐ行かなくては……」

「よしっ、おれもいっしょに行くぜ。ボンの弁護士役だ」

「しかし……いいのですか。アルバイトのほうは？」

二軒の家庭教師を掛け持っている、カミソリのアルバイトは真剣だったのだ。

カミソリの金沢の実家は、経済的に大危機に瀕《ひん》しているという話だった。

何でもかなり山師的なおやじさんが、投機的事業で大失敗をし、行方を晦《くら》ましてしまったのだそうだ。

あとに残されたおふくろさんと二人の弟は、とたんに生活に困り始めた。その上に、債権者が押しかけて来る……。

数ヵ月前、カミソリは一度、故郷《くに》に帰り、一週間ばかりしてもどって来ていった。

「このままの状態じゃ、来年の新学年までいれるかな……。いくらアルバイトでがんばるといったって知れているよ。故郷《くに》の家族の面倒まではみきれやしない……」

この英才が三高から消えることは、大きな損失である。

何とかならないかと武志は思った。

だが、一介の高校生に過ぎない、社会的にはまったく非力な彼に、どうなるわけでもなかった。

しかし、カミソリは外面は冷ややかに、悩みのない様子でいた。

「心配するな。アルバイトを一日や二日休んだって、どうということもない。それよりおまえはまかり間違えば、殺人などというとんでもない罪を着せられるかも知れないのだぞ。何としてでも身の証《あかし》をたてねばならない」

「すみません。それじゃあの時、ぼくが伊藤夫婦とつれだって歩いているのを見たということも、証言してくれますか？」

「もちろんだ」

「それですがね……」バールトが口を入れた。「法廷的かけひきとして、こちらのプラスになるでしょうか？　ボンのアリバイ立証の直接証拠ではありませんし、もしぼくたちがこういう相談をしているとむこうが気づけば……いや、気づかなくても……ぼくたちがボンを庇《かば》うために、虚偽の申し立てをしたというふうに考えられたら、かえって不利ではありませんか？」

カミソリは鋭く反問した。

「法律家志望らしいおまえの考え方だがな、今は裁判の場じゃないんだ。第一、真実は一つで、まちがいなく存在するのだ。そのためには掛け引きなしに、ボンに不利なことも有利なこともぜんぶさらけ出してしまって、あとは我われの持つ崇高な智恵で、その中から真実を探り出すこと……道はそれしかないいさ」

ライヒが急に発言した。

「カミソリさん、それで安心しました。その不利なことも有利なこともなんですが……あるいはぼくは、そのボンに不利なことを警察にいってしまったかも知れないんです。へたに隠しだてすることは、かえってボンのために良くないと思って……」

どんなことか武志はききたかったが、もう約束の時間に少し遅れてしまうことは確実になってしまっていた。

「何かわからないが、いいよ。あとでゆっくりきくから……」

カミソリが宣言した。

「よしっ、あとはおれに任せてくれ。ともかく〝ボンを救う会〟の第一回は、これで解散だ」

皆はそれぞれに、マント姿の黒い影を立ち上がらせた。

自由寮のつわものたち

1

　カミソリといっしょに吉田山をおり、銀閣寺道の交叉点《こうさ》の所迄《まで》くると、左手の白川通りの広い道から、高らかな朴歯《ほおば》の音が近づいて来た。

　聞こえよがしな大袈裟《おおげさ》さで、歯を地面に叩《たた》き鳴らすその音は、おそらくは……と思って黄昏《たそがれ》のヴェールを透かし見る。やはりそうだった。

　カラバンこと、田中豊《ゆたか》である。

　敝衣破帽《へいいはぼう》に、薄鼠《うすねずみ》色の手拭《てぬぐい》、明治書生張りの気張った物言いとその声……。すべては揃《そろ》い過ぎた蛮カラさは、典型過ぎて、かなりむなしく見えるところがあった。

　カラバンの渾名《あだな》は、バンカラの前半分と、後半分を転倒されたのではなくて、空《から》っぽの空《から》蛮なのだ。

だが、カラバンは恬然《てんぜん》として照れることはなかった。

「帰らざる青春に、三高生活を迎えたこの我等《われら》が僥倖《ぎょうこう》を享受せざるは愚者である」

彼は高らかに唱《とな》えて、むしろ自分を軽蔑《けいべつ》する者をこそ、大いに軽蔑していた。

終戦の翌年にはさっそく復活した記念祭、そして嵐山《あらしやま》清遊、対一高戦の応援などには、必ずといっていいほどカラバンの姿があったし、寮生でもないのにストームから寮生劇の端役まで、集まりという集まりには、たいてい顔を出していたといっていい。

例外といえば、教室に姿を現わすことだけで、このほうはめったに顔が見られなかった。ともかくカラバンは、学ぶということを除いたら、もっとも三高生らしい三高生かも知れなかった。

だから本来ならば、さっきの吉田山の集まりにも、彼の顔があってもよかった。だが、風邪《かぜ》をひいて下宿で寝込んでいたのだ。そのことは皆も聞いていた。

おそらく、今初めて起き出て、下宿から出て来たのかも知れない。

カラバンの下宿は、銀閣寺道交叉点から北にそう遠くない、瀬之内町だったのだ。白川通りに面した、古びた建物の乾物屋の二階である。

「よう、もういいのか？　そういえば、まだ少し顔色が悪いな」

カミソリが声をかけた。

確かにいつものカラバンに比べると、蒼《あお》い顔色で、浮かべた笑い顔も心なしか弱よわしかった。

「もう大丈夫です。ボン、下宿に帰るのか？」

「そうじゃないんだが……」カラバンは五日以上顔を見せていないことを武志は思い出した。それに新聞を見る男でもないことを考えると、事件のことはまるで知らない可能性が強かった。

「君が寝込んでいるうちにたいへんなことが起こったんだが、今は急ぐんで話していられない。ライヒがマーゲンやバールトに、家《うち》で夕飯を御馳走《ごちそう》してやるといって今連れて行ったから、君も行って、そこで話を聞いてくれよ」

「おお、ありがたい《ダンク》、ありがたい《ダンク》、ライヒの家ならうまいものにありつけそうだな。病後の栄養摂取にはもってこいだ。なぜ、おまえたちも行かないんだい？」

「だから急ぐ用があるんだ。ライヒの所に行って話を聞けばわかるよ」

武志とカラバンとは、東と南に別れた。


南波警部は手元の和菓子を、妻楊子《つまようじ》で切りわけながら、四条大宮で武志を目撃したというカミソリの話を聞いた。

菓子は水無月《みなづき》という京都名物だった。少数がひそかに作られているのを、この店の好意で出してくれたのだと、警部は勧《すす》めた。

つきあいに武志も一口切って食べた。うまかった。だが、そんなことに長い間、感心している気にはとてもなれなかった。

すぐに口を動かすのをやめて、警部の顔の上の反応をうかがった。

だがやはり、予期したものだった。

カミソリの話を聞き終ると、警部はしばらくは角火鉢の火の上に手をあぶってから、ゆっくりと口を開いたのだ。

「……午後六時半頃《ごろ》では、アリバイの証明としての直接的な価値はないがね……しかし、ともかく木津君が老夫婦といっしょだったという事実があったことの証明にはなるし……まあ、君のアリバイ主張の信憑性《しんぴょうせい》の一助にはなるかも知れない……」

持ってまわったような言い方は、武志には警部の狡猾《こうかつ》な誤魔化しのようにしか思えなかった。

それは正しかったかも知れない。

警部はすぐに話を切り換えて、鋭く斬《き》り込んで来たからだ。

「……きょうききたいのは、君と菱川君の姉……奈智子《なちこ》さんといったね……その人と、それから伊場君のことだ。つまり……そのことは、君の友人なら、たいていの者は知っているらしいのだが……君の口からも、正直のところをきいておきたいのだ……」

来たなと、武志は思った。

南波警部の部下らしい刑事たちが、きょうの午前中から、その事で盛んに友人たちの間を聴き込みに回っていることは、すでに武志も知っていたからだ。

カミソリ弁護士が機先を制するように、警部の言葉に覆《かぶ》い被せた。

「つまり刑事さんは、この木津を犯人ときめて、今度は動機方面から固めにかかろうとしているのですか？　つまり木津が菱川の姉《シュヴェステル》をめぐって、伊場と争っていたという事実を動機にしたいのですか？」

警部はあいかわらずの平静さだった。

「一つの仮定としてだ。もっと正確にいえば、数ある仮定の中の一つとしてだ」

「了解しましょう。だがそれなら……はっきりと、どぎつくいいましょう。殺すのは伊場の方で、殺されるのは木津の方ですよ。この木津がすでに菱川の姉《シュヴェステル》の心を摑《つか》んでいたことは誰《だれ》でもが知っていることで、伊場が敗者であることは、明らかだったのです。それなのに、なぜ勝者の木津が、今更のように敗者の伊場を殺すことがあるのです？」

「だからこそ、私はそのことについて、木津君自身から正直な話を聞きたいと思って、きょうここに来てもらったんだ」

「しかし、聴き込んだことで、すでに事実は明白でしょう？」

カミソリの斬り込みに、けっこう警部も負けていなかった。

「ああ、事実は明白だ。だが、その解釈となると、これはまた別の問題だ。確かに菱川君の姉は木津君の方を好きだったらしいし、伊場君はその点では振られた形だったようだ。だが、そういう恋敵《こいがたき》同士にある二人が、なぜ以後も仲良くつきあい、寮が焼けたあとも、同じ下宿に同居するようになったかだ……」

武志はいささか詰まった。そう追及されると自分でも良く解《わか》らなくなってくる。

「ウマが合ったというか……ともかく暇があれば毎日将棋をささないと気がすまないし……二人とも東京出身というせいもあったかも知れません」

そんなことで刑事が納得するとは思いもしなかった。だが、武志は思い浮かぶままにいっていた。

「二人とも将棋ファンか……」

「もちろんそれだけじゃないんですが……」

どうもうまくいえない。しかし親友というのはそういうものではないだろうか？　かえって具体的に理由がいえるようになったら、その親友の仲はよそよそしい影がさしたようにも思える。

そのへんまでは、つかんでいたのだが、その頃の武志にはそれを表現する能力はなかった。

カミソリは哲学青年調の憤慨を隠さなかった。

「あなたたち刑事にはわからないんですよ、我々高校生が！　友情とか恋とか、生と死……人生のそういうことは、我々は頭で考えるより、胸で感じるんです……。感性で真剣に受け入れ、智性《ちせい》で浄化するのです」

「待ってくれ！」南波警部が少し平静さを失った、どこかに懇願の調子さえまじえて口を入れた。「私にはわかってるよ！　わかりすぎるほどわかってるよ！　私も実は……ナンバー・スクール出なんだ。……」

　武志とカミソリは思わず顔を見合わせた。

　警部は低く小さくいった。

「私は一高だ……」警部は二人の返事がないと知ると、話を続けた。「……この捜査の責任担当者になれと、府本部長から命令されたのもそのためなんだ。つまり事件関係者が三高生が多い事件だけに、その取り扱いには注意しなければならない。それにはやはり同じナンバー・スクール出の、私がいいだろうというわけだったのさ」

「失礼しました」

　カミソリは素直に敬意を表した。

「だから。……武者小路実篤《さねあつ》や倉田百三《ひゃくぞう》くらい読んでいるし、今の高校生や大学生がどんなことを考えているかくらいは、多少知っている……」

　武志は普通の刑事にはない南波警部の理論っぽい物言いや、鋭い会話の運び方をようやく理解した。

「……だが、痴情とか怨恨《えんこん》、情婦……というようなヴォキャブラリーで捜査を進めている種類の刑事たちには、それでは納得いかないのだ。それどころか、私のような……彼等にいわせれば出世組の警察官は、かつての同じ仲間の学生に、必要以上の同情を寄せていると思うらしいんだ。そういう意味では、私がこの事件にかかわったことは、かえってまちがいだったのかも知れない……」

武志は南波警部に対する考えを、また一転させ始めていた。

「……私は木津君の無実を疑ってはいない。だが、木津君のほうはどうもいまだに、私が必死に追い込みの罠《わな》をしかけようとしていると考えているらしい。そうではないのだ。この前もいったように、他の連中も説得できるようなどんな状況でも証拠でも拾い出せないかとあせっているんだ……」

警部はちょっと言葉を切ると、かなりいつもの平静さをとりもどして続け始めた。

「……と、こう、楽屋裏まで話したのだ。私の知りたいことのすべてを話してくれないか？　話してみないことには、そこから何が拾えるかもわからないのだ」

「わかりました」

武志は再び心を開いた。

無定見な変節ではない。若さの率直さなのだ。

2

武志は昭和二十二年、三高に入学した。

古い教育制度では、中学は五年制だったから、旧高校一年生は、新制の高三にあたるわけで、すでに多感な青春時代を迎えていたことになる。

武志の入学科目は文甲だった。

旧制高校は、第一外国語に英語をとる者は甲、ドイツ語は乙、フランス語は丙というように区分されていた。

理科にも甲、乙の区別があったが、戦時中からとりやめになっていた。

昭和二十二年の入学試験は、戦後復活した、初めての本格的なものといわれた。

前年の二十一年の試験は、戦後初のもので、戦後の大混乱の渦中の変則のものだった。

内外地から引き揚げて来た学生の再編入、戦争中の学力低下による百余名の大量落第《ドッペリ》……で、校舎は学生で溢《あふ》れていた。

自然、入学定員も制限せざるをえない。いつもの半分に削減され、競争率も通年の十倍から二十倍にあがったといわれる。

その試験問題も珍《ちん》にして難解だった。

「深山木《みやまぎ》のその梢《こずえ》とも見えざりしさくらは花にはあらはれにけり」を英訳せよという英語の問題、「砂糖の配給は無くても良いのか?」という生物の問題等《など》は、今でも卒業生たちの記憶にある。

だからこの年の入学者は、粒揃いの優秀な者ばかりだったという。（カミソリは、その中でも秀才の名が高かったのだ！）

武志たちの入学は、その翌年である。

試験はようやく、戦前の形態をとりもどし始めたが、戦後の混乱や変則はまだ続いていた。

戦時中に中学は、臨時処置で五年制から四年制となったが、敗戦後は旧にもどった。終戦時、四年生で工場動員で働いていた武志たちは、学校にもどって、いま一年の勉強をして五年生で、卒業をした。

最後の一年間は戦時中の遅れをとりもどすべく、勉学の猛特訓がされた。

武志がどうやら三高に入学できたのも、そのおかげである。

三高入学試験の形体は、前年と違って、ようやく常態をとりもどしつつあった。

といっても、戦後の社会混乱の方は、まだまだ続いていた。……というより、クライマックスを迎えている時期であった。

駅前や焼跡には闇市《やみいち》が繁盛し、食糧要求のデモやストが頻発し、闇の女が跋扈《ばっこ》し、長距離列車には乗客が列を作り、都会地ではやたらに停電があった。

武志も受験で京都に来るためには、切符買いで行列し、夜行列車内では徹夜で立ち通し、旅館には米の入った袋を持参しなければならなかった。

せっかく三高に合格した受験生の上に、とんでもない悲劇もあった。愛知県津島市の某生などは、京都に来る夜行列車から転落して死亡してしまったという。詳しいことはついに不明だった。

ともかく乗降口や連結器上のデッキまで、買い出しや闇屋をまじえた乗客でいっぱいだった時代である。

人のことなどかまっていられるか……というより、人など押しのけて生きていかなければならぬという、殺伐たる空気がみなぎっていた。

そのため、転落事故を見ていた余裕のある者はいなかったようであった。あるいは見ていても、知らぬ顔をきめこんだのかも知れない。

そして当局も詳しい調査を積極的にすることはなかった。

ともかく買い出しの女性ら十人を強姦《ごうかん》殺害した、連続暴行殺人魔小平義雄の犯行が、まったく警察の注意もひかずにまかり通った時代であった。

武志にしても、京都駅についた時は、ようやくたどりついたという感慨で駅頭に立ったものだった。

朝の七時四十分に東京を出て、到着したのが夕方の六時半近く、十一時間近くの長旅であった。それでも急行だったのである。

武志は三高寮へ入った。

自由寮とあえて名乗るこの寮の自由の空気と、焼けなかった京都の静謐《せいひつ》のたたずまいは、しだいに武志の心を和ませていった。

武志は三高に入学したことを、しみじみしあわせに思った。実のところ、三高で勉学することに、それほど期待を持っていたわけではなかったのだ。

寮は北、中、南の三つに別れて東西に並んで建っていた。

武志は北寮の一《ひと》部屋に入った。

その室長が紙谷達弘こと、カミソリだったのだ。室長はそのように、二年生がなるのがふつうだったのは、三年生ともなると大学進学などが控えていたせいだろう。

武志はそこで〝自由〟というものはどんなものであるかを、つくづくしらされた。

小学校から中学卒業のほとんど終りまで、戦時下の軍国主義教育を受けた少年である。〝自由〟という言葉の意味も、その範囲内での解釈でしかなかった。

もちろん戦後押し寄せた民主主義政治風潮の中で、武志の意識も大きく変わりつつはあった。

だが、自由とは何と放縦《ほうしょう》なものであり、生き生きとしたものであるかを、ショッキングなまでに教えられたのは、この寮に入ってからだった。

舎監のような存在の、ある程度うるさい目やお説教があり、上級生の圧力があり、門限や消灯時間があり、面倒な寮則のようなものがあるのは、寮というものの運営上しかたがないと思っていた。

だが、全自治を標榜《ひょうぼう》するこの寮に、そんなものは皆無だった。

門限は一応はあって、門は閉まることになっていたが、それからあとは塀を乗り越える道に変わるというだけだった。

ばかに朝早く起きて勉強する者もあり、まるで教室に行かないで一日中寝転がっている者もある。皆がそれぞれの勝手な生活テンポで暮らしているのだった。

驚くことには、どうやら学校からの許可なしで、寮生として巣食っている連中さえいるらしいのだ。

そしてそれを室長も、寮総代も何も咎《とが》めることはない。来る者は来たれ、去る者は去れ、皆、同じ三高生の仲間という調子であった。

そういう気風のもっともいいあらわれは、上級生も呼び捨てにせよだった。

これは初めのうちは、何ともやりにくいものだった。

およそ社会的習慣に反する。しかも高等学校での一年の差は、単なる数字の差ではない。

上級生は肉体的にも精神的にも、そして智能的にも数年の差を感じる。むこうはひどく大人で、彼等の前に出ると、自分は実際以上に子供に思える。

ちょっと議論めいた話になると、第一、ヴォキャブラリーから違う。理論の筋道などついていけない。自分がこんな学校に合格したのは、間違いだったとしか思われなくなる。

ともかく畏敬《いけい》の念を持つ上級生ばかりだったのだ。

それを呼び捨てにするというのは、何ともやりづらいものだった。

しかし、数ヵ月のうちに、しだいにそれも馴《な》れて来た。

またそれはそれなりに、尊敬の念をあらわす方法もあるという、抜け道も発見した。

名物上級生には、その渾名に〝さん〟づけをするのだ。〝カミソリさん〟もその例である。〝アラクマさん〟〝偉大《グロース》さん〟などというのもある。

そして新一年生も、この上下のない自由の気風に染まって、しだいに個性を出し始めた。

カミソリはこういう三高の気風をこんなふうにいったことがある。

「……ここはみんながそれぞれに、自分の人生哲学で生活しているんだ。だが、その自由気儘《きまま》な生き方を越えた所で、固い連帯感を持った共通の世界を持っている。これこそ三高の伝統なんだ」

まったくそのとおりだと、武志は身震いするほどの嬉《うれ》しさを感じた。

戦争下の中学時代は明けても暮れても、叱責《しっせき》の罵声《ばせい》と、制裁のビンタばかりだった。

だが、ここにはそれは皆無である。

それどころか、放縦を通り越して、ルーズなくらいに自由なのである。

このこわいくらいな自由……それこそほんとうの自由であり、それを享受する者は、またそれを守るためには意気高らかに結束しなければならない。

武志は初めてほんとうの自由ということの意味と、それを守るための真の意味とを教えられた。

新一年生たちは、さっそく、自分の人生哲学を固め始めた。

これまで持っていた人生観をそれなりに固めて、実行し始めた者もいる。競争意識に駆られて、とりあえず手近な人生哲学を見つけた者もいる。

青臭くてもいい、できあいでもいい、三高生たるもの、すべからく個性的に生きなければならなかったのだ。

武志の同室の新一年生たちもそうだった。

バールトは入学試験の時から、すでにかなりの髭面《ひげづら》だった。

こんな薄汚い顔の受験生が合格できるのだろうかと、武志は受験場の中で怪しんだくらいである。

だが、彼は合格した。実力本位以外には、まったく偏見も情実もない三高の試験官を称讃《しょうさん》すべきなのか……。

入寮後、バールトはますますその顔を髭の中に埋めていった。

文甲に在籍する彼の目標とするものは、美学的法体系であった。法はその理念をつきつめて行く時は、抽象美の極致に達するはずだと信じているのだった。

かなりはったりめかしたその理論は、武志にはよくわからなかった。しかしカミソリを除いたら、同じ部屋では、一番頭の切れる人物に違いなかった。

理科にいる市原徹ことマーゲンは、唯物的に、人生のすべての動機《モーティヴァーラング》は欲望《よくぼう》……特に食欲と性欲であると唱えていた。

彼は自分の慢性空腹感を、先天的グルカゴン分泌不足体質に帰した。

グルカゴンというホルモンは、対立するインシュリンとのバランスで、血液中のブドウ糖の濃度を加減する。

ブドウ糖が不足すると、視床下部にある食欲調節機能が刺戟《しげき》されて食欲が起こる。

グルカゴンはブドウ糖を作る機能があるが、自分は持って生まれてこれがあまり出ない体質なのだ。

マーゲンはもっともらしく説明したが、文科系の多い武志の部屋の連中は、いささか煙《けむ》に巻かれた思いだった。

だがそういうことならば、同室のみんながグルカゴン不足だった。

何しろ逼迫《ひっぱく》した食糧事情のさ中だったのだ。

それでも自由寮は、関係者の努力で、配給以外にもさまざまの食糧を入手できたほうだったという。

三高という名でさまざまの好意ある便宜がはかられたし、地の利の関係から、近在からの食糧入手も、まだ容易の方だったからだ。

とはいえ、食堂でのメニューは、ハコベの具だけのライスカレーとか、トウモロコシ粉のスイトンとか、索漠としたものばかりであった。

あとは生徒個人個人が、食糧の補いをつけなければならない。

京都付近に親戚《しんせき》知人のいる者はまだよかった。

武志やカミソリ、リア王等のように、遠くから来て、おまけに懐も豊かでない者は、食べることにはなみなみならぬ努力を払わねばならなかった。

その点、久能典雄こと、ライヒの休みない差し入れには、いつも感謝感激であった。

ライヒはカミソリを、過剰なまでに尊敬していた。豊富で贅沢《ぜいたく》な差し入れも、その表現手段であったのだ。

おかげで武志の部屋と、その部屋に屯《たむろ》する外部の友人たちも、その余禄《よろく》にありつくことになったのだ。

もっともライヒの行動の裏には、もう一つの考えもあった。それはこうだった。

有産階級《ブルジョワジー》の存在自体が正当でない。不幸にしてそういう家庭に生まれた以上、自分はその不正なる財産を奪取して無産階級《プロレタリアート》に引き渡し、財産の均等配分をはからねばならない……。

ライヒの未来の夢は、世界大旅行であった。観光、冒険、漫遊、賭博《とばく》……と、ありとあらゆる目的の旅行をして、帰国した時はすべての家産を蕩尽《とうじん》している。

痩《や》せ細った体に、くたびれた衣服をまとい、手にボストンバッグ一つを持って、横浜埠《ふ》頭《とう》におりたった時、初めて本当の久能典雄の姿が始まるというのだ。

事実、ライヒの叔父《おじ》という人物が、同じような考えからか、戦前、大長期の世界旅行に出たのだそうである。

だが日米開戦にはばまれて、雄図むなしく、強制帰国させられて来たという話もあった。

しかし、ライヒの意志とは裏腹に、彼の父親は食糧品の取り引きでせっせと儲《もう》けて、ますます息子の夢を遠い所に持って行ってしまっているようだった。

半ば盗むようにして、ライヒの方もせっせとおやじの闇食料品を、寮や友人に持ち運ぶというのに、久能家の金も物資も、ますますふえるばかりだったらしい。

ライヒは月に数回は、友人を自宅に呼んで、夢のような馳走《ちそう》でもてなした。

だが、底無しにゆとりがあるらしい久能家は、少しもそれを迷惑がるようすもなかった。

小背で、色白で、微笑を絶やさないライヒの母親は、息子の友人の三高生なら歓待を惜しまないというように、あらゆる食べ物を武志たちに提供してくれた。

コーラーという飲み物を初めて知ったのも、葉巻というものを吸ったのも、バーボンという酒の智識を得たのも、すべてライヒの邸《やしき》でである。

しかしライヒの父親は、ついぞ一度も姿を見せなかった。

ライヒにいわせれば、〝資本の蓄積に病的にとりつかれている男〟で、ろくに家にいないし、いる時はたいていい寝ているのだそうだった。

だが、そうかといって、ライヒが共産主義者かというと、そうではなかった。

ブルジョワジーだの、プロレタリアートだのと先鋭っぽい言葉を口にするくせに、アダム・スミスやマルサスの名は知らず、せめてマルクス、レーニンどまりだった。

（もっとも武志も、それらの名を知っているというだけのことだったが……）

リア王が彼らしい現実的な分析で、ライヒを断じたことがある。

「要するに彼は金持ちが、貧乏人に対して抱く、引け目を持っているのさ。多分に被害妄想的な強迫観念から、罪ほろぼしにと、貧者に味方し、持つ物を与えようとしているのさ。案外、そういう立ち場からコミニストになる奴《やつ》が多いっていうぜ。ほら、あの慶応出のブルジョワジーの野坂参三っていうのも、そうだっていう話だ」

ひねた見かたではあるが、かなり正しいのではないかと武志は思った。

だが逆にいえば、武志はリア王のその言い分に、こんどは貧しい者の金持ちに対する被害妄想的な心理を感じないでもなかった。

リア王は、東京大空襲で、すべてのものを失った。たった一つ残ったものは、火傷《やけど》で全身不随になった父親だけであった。

計理士だった父親は、ほとんど外出もできず、その上、闇とインフレの乱脈な社会経済状態では、あまり仕事もなくなっていた。

リア王は苦笑まじりにいったことがある。

「その点じゃ、京都のほうが焼けないですんだ大店《おおみせ》や中・小会社があって、経済的底力を持っているから、けっこう商売になるんだ。そこでおやじから習いおぼえた会計技術で、ぼくのほうが少しばかりアルバイトもできるんだが……けっこうおやじより、商売は繁盛しているんじゃないかな」

放縦な暮らしかたをしている他の仲間にはない、几帳面《きちょうめん》な生活感覚が、リア王の雰囲気には漂っていた。それもそういった計理技術をマスターしているせいかも知れなかった。

自分にはまったくないものだけに、武志はそれには感じ入っていた。

もう一つ武志が感心していたものがある。その積極的なアルバイトの探し方である。どこでどういうふうに見付け出すのか、武志はまるで知らなかった。きいたこともなかった。

だがともかくも、高校生でありながら、然《しか》る可《べ》き店や会社にかかわりをつけ、自分の実力を正しくしらせて仕事をとってくるのは、なみなみのことではなかった。

武志はその堅実に世馴れた度胸を、見習いたいと思った。

ボンと渾名されるくらいの、子供っぽい彼にはまったくないものだったからだ。

武志がガイドなどというアルバイトに踏み切る勇気が出たのも、実はこのリア王に負けてなるものかという気もあったことは否定できない。

リア王はそういった点では、もう学校に行かなくても、独り立ちできるようなものだった。

だが彼は武志にいった。

「だめだよ。これからはそのくらいのことでは生きていけるものか。もっと底の深い、独創的なもの……つまりは学問という奴を身につけなければ。おやじがそのいい例だ。計理士という資格は、事実上、今年からは廃止されて、あとは会計士だけになるんだ。そうなれば、おやじの底の浅さではもうどうしようもなくなる……」

事実、リア王は暇を見ては、よく経済学の本を読んでいるようだった。

カミソリがいったことがある。

「あいつはかなりやるぜ。スミスの〝国富論〟をあれだけ理解しているやつを、おれはまず知らないよ」

「……その、伊場君のアルバイトの会計整理とか、簿記づけのことだがね……」南波警部は途中で口を入れた。

「それをやっていた会社とか店とかの間で、何か面倒事があったというような話を聞いたことはないかね？　あるいはそういった所の噂話《うわさ》というか……秘密というか……そういうものを伊場君がいうのを聞いたことはないかね？」

武志には警部が何を考えているか解った。

「ありません。というより、リア王はそのことについては、ぼくに何ひとつといったことはありませんし、ぼくもあえてききませんでした。ですから、会社や商店の名といったものも、一つも知らないのです」

「いや、その点は、こっちはわかっている。伊場君はそれをメモした手帖《てちょう》を残してあったので、今、あずかって検討しているのだが……。これは……思いつきなのだが、堀切さんだったね……あの倉の品を管理している……あの人の商売の会計も、伊場君が手伝っていたというような……そういうことは知らないかい？」

「リア王のメモに出ていたのですか？」

「いや、いや、出てはいない。出てはいないだけに、かえって意味があるとも考えられないこともない」

南波警部の仮りの想定は、見当はずれであった。だが、この想定を突き詰めていくと、思わしくない別のことが露《あら》われてくる危険性があった。

できればそれは避けたいというのが、武志の思いだった。

武志は微《かす》かな動揺を、顔の下に隠して、いささか強調した。

「あの番頭の仕事のアルバイトを、リア王がしていたとは、とても考えられません。もしそうなら、相手が相手ですから、リア王もぼくにいったでしょう。それにあの番頭はケチで、何でも独りじめしたがる人間で……物資置場のドアの鍵《かぎ》を有馬の奥さんに持たせないことなんかもいい証拠ですが……そんな男が自分の商売の手の内を人に見せるような仕事をリア王に頼むとは、とても考えられません」

「木津君は堀切さんが嫌いのようだね？」

しまったと武志は反省したが、これはもう手遅れだった。

いささかポイントをそらすような調子で、カミソリが口を入れた。

「その番頭のアリバイは解っているのですか？」

「ああ、あの夜は、紫明通りの自宅で商売上の客と、酒宴をやっていた。午後七時半から十時少し前までで、ウラもとれている。しかしまだいろいろのことも考えられる。まあ、このへんの所は、私にまかせておいてくれたまえ……」

3

バールトが、手帖のページの間に、一人の女性《メッチェン》の写真を挟んでいるのに武志が気がついたのは、いつ頃のことだろうか……。

ともかく入学後、まだ一ヵ月もたたない頃だったにちがいない。

写真に気付いてからは、何かそれが心にひっかかるものとなった。そしてとうとう五月一日の記念祭の準備の時に、バールトの隙《すき》を見て、その手帖をそっと開いてみるという罪を犯してしまったのだから、期日の点は確かだ。

旧制高校の記念祭にもあたる、現在の大学学園祭の趣向にも、ナンセンスな物はかなりある。だがその頃の旧高のナンバー・スクール……特に三高の記念祭ときたら、ナンセンスを通り越して、馬鹿々々《ばかばか》しさの極致を追及したようなものばかりだった。

自由寮の寮祭という名のもとに、一般に開放し、各部屋がデコレーションと称する何かの趣向をこらして、中を見物させることになっていた。

といっても、乱雑と不潔の限りをつくした部屋を、一夜にして展示場としようとするのだ。おまけに金もなければ、物もない。

案に窮して、部屋いっぱいに汚れた褌《ふんどし》やパンツをぶらさげて、そこを通らなければ出られないようにして、〝韓信《かんしん》の股《また》くぐり〟と名づけたものなどもあらわれた。若い女性《メッチェン》などは、ここにくれば、身をすくめるので、〝寒心の股くぐり〟にも通じるというわけである。

のちにこのデコレーションは定着して、祭のたびに寮の玄関の入り口に、その他の汚らしい下着やガラクタとともにぶらさげられ、一つの名物になってしまった。

寮生たちはデコレーションの資材調達のために、かなり蛮カラにして、不敬的行為をやったという話もある。

寮歌を大声で合唱しながら、大文字山の竹林に竹を切りに行ったり、御所の白砂をちょうだいして来たり、寺から墓石を拝借して来たり……というぐあいだ。

これも三高さんのこの日だけの無礼講として許されていたふしがある。また一般の人にも、それを受け入れる、現在にない大らかな気持ちと、ユーモアのセンスもあったようだ。

この自由寮祭の盛んな頃のこのへんのエピソードは、土屋祝郎氏著の〝紅萌《も》ゆる〟に詳しい。昭和初期の頃の話である。

デコレーションの前の各室は、お互いに趣向の秘密を保つのに必死である。

〝天使のみ入るべし。俗衆の濫入は許さず。禁を犯すものは絞め殺されん。天使の家・南四〟とか〝入室厳禁。絞め殺すぞ。呪《のろ》ひの家〟等々の脅迫の紙がよく部屋の前に貼《は》られていた。

その日、武志は用があって下の勉強室のデコレーション作業から脱《ぬ》け出して、上の寝室に行ったのである。

部屋にバールトの上衣《うわぎ》が脱ぎ捨てられ、ポケットから問題の手帖の端がのぞいているのが見えた。

武志は少からず罪の意識を感じた。しかしその手帖を取り出して、中の写真を見る誘惑に勝てなかったのだ。

その女性は写真の中からでも、ほんとうにこちらを見つめているようだった。

それほどひたむきな……何かまだ子供っぽいような目を持っていた。

だが、全体の面立《おもだ》ちには、ひきしまった成熟さがあった。といっても、武志より二、三歳年上というところだろうか……。

口元あたりに、ずいぶん利かん気のようすが漂っていたが、それが何かひどく幼っぽくもあった。

成熟と未熟のアンバランスが、美しく見える人である。

良く撮れていない写真なのに、いかにも色白の、しかし肌の生き生きした人であることがわかった。美しい女性というのは、そういうものなのだ。

武志はひと目で、彼女に魅せられた。そして秘《ひそ》かな心の恋人にしてしまった。

戦争中、〝スター〟という、古い映画雑誌で、一枚のスチール写真の中に、名もわからぬ一人の少女スターを見つけた。とたんに、武志はその少女に恋をした。

バールトの写真の女性にも、まったく同じ気持ちだった。

男女共学も経験せず、異性との交際も少なかったその頃の高校である。武志にかぎらず、学生の多くが、そんなプラトニック・ラブに、あるいらだたしさをまじえた情熱を燃やしていた。

だが、このいらだたしさに満足できない者もいた。そういう学生の中には、一応の哲学的背景をこしらえたデカダンスで、色街の五番町あたりに突貫しに行く者もあった。

だが、この種族は上級生で、それもいささか金の都合のつく少数者であった。

武志は写真の女性を思い浮かべては、胸苦しく悩むようになった。

彼女は、バールトのいったい何なのだろう？　手帖にだいじそうに挟んでいるところを見ると、恋人なのだろうか？　それとも婚約者なのだろうか？

彼女は自分より歳《とし》上なのだろうか？　歳下なのだろうか？　写真が撮影されたのは、ずいぶん前のことで、十歳以上も上だということもありうる。としても、きっと今でも美しいにちがいない……。

もう一度、見てみたい。いっそのこと、盗んでしまおうか？　まさかバールトも誰かが盗んだとは思うまい。落したとしか考えないだろう……。

武志はそんなことまで考えた。

リア王がまったく同じように、その写真に気づいて、こだわっているのを知ったのは、それから一ヵ月もたたない、嵐山清遊の時だった。

その時、武志はグループから抜け出て、桂川《かつらがわ》の土堤《どて》下に坐《すわ》り、リア王といっしょに、煙草《たばこ》のまわしのみをしていた。

七、八十メートル離れた広場では、寮生たちが〝紅萌ゆる〟から始めて〝琵琶湖《びわこ》周航の歌〟、〝行春哀歌〟〝東征歌〟……と、寮歌総まくりをやっていた。

打ち鳴らす太鼓の音が、合唱の声から上に抜け出て、中之島《なかのしま》の空気を低く、大きくゆさぶる。

何かの話題のきっかけがあったことは確かなのだが、リア王がいい出した。

「ボン、バールトが手帖の中に、すごくきれい《シャン》な女性《メッチェン》の写真を持っているのを知っているか？」

「ああ、知っている。じゃあ、君も見たのか？」

リア王もおそらくは武志と同じことをしたのではないだろうか……。

「ああ、ちらっと見た。彼女はいったい誰だ？」

「それはこっちが知りたいくらいだ。あるいはバールトの恋人か婚約者かも知れない」

「あんな汚い髭に、あんな美女がか？」

「バールトも髭をとれば、けっこうハンサムなんじゃないか」

「バールトの姉か妹の写真ということだってあるだろう?」

武志はリア王がまるで自分と同じ希望的観測を持っていることを知った。

「自分の姉妹の写真を、身につけて持って歩く男がいるか?」

「いたって悪くないだろう。よしっ、今度、おれ、きいてみるよ。何気ない調子でな」

「おまえだったら、うまくきき出せるかも知れないな」

事実、リア王は彼独特の世馴れた調子で、バールトから事実をきき出してしまったのだ。

数日後、校庭の隅にいる武志の所に彼が近づいて来た。

「あの写真、わかったぜ。バールトの姉貴なんだ。二つ年上で、奈智子というんだそうだ」

「ほんとかい?　姉貴の写真なんかを、バールトは持って歩いているというのかい?」

「写真の裏を見せてくれたら、菱川奈智子とちゃんと書いてあったよ。仲のいい姉で、姉がいつもちゃんと持っていろと押しつけたんだそうだ」

「どこか利かん気の顔をしていたからな」

「だが、美人《シャン》だよ。今は故郷の岐阜県海津郡の駒原にいるそうだ。京都に来ることはあるのかときいたら、年に一、二度は遊びに来るというんだ。それでその時には、おれに紹介してくれといっといたんだが……」

リア王らしいそつのなさだった。

武志はリア王にいささか出し抜かれたのを感じた。

バールトに、自分にも彼の姉を紹介してくれといおうと思った。

だが、けっきょくはいい出せなかった。このへんはやはりボンという渾名どおりなのかも知れなかった。

日が流れていった。

ストームだコンパだ、どこどこの清遊、逍遥《しょうよう》と、寮独特の行事の中で、武志もしだいに寮生活の中に溶け込んでいった。

だが、どこかに、何か、衰退の兆《きざ》しが流れ込んでいた。

初めての寮生活であり、三高生活だった。それがほんとうにわかるはずがないのに、やはり何か感じ取れたのだ。

やがて先輩や、かつての関係者の話から、それがまちがいでないことがわかるようになって来た。

ストームはかつては、もっと強烈なものだったという。

突如、火山の噴火のように、夜陰に騒ぎは持ちあがり、主謀者たちは半裸……時には丸裸であり、威勢のいい奴は、寝ている者の布団をかたっぱしからひっぱがしていったという。

〝新入生歓迎ストーム〟は、バケツ、金だらい等の乱打音と、〝紅萌ゆる〟の交錯の嵐を、坐って呆然《ぼうぜん》と見つめる新入生の頭に爆発させるという話だった。

だが、ついに武志はこれを知らなかった。

〝深夜の叡山《えいざん》のぼり〟というのもなかった。寮につきものの、賄い征伐もなかった。

食糧難で、誰でもが空腹を抱えている時代では、そんなエネルギーも減退するのは当然のことだったかも知れない。その上、賄い征伐などというのは、食糧があっての上での話なのである。

だが、衰退の兆は、時代の流れが旧制高校の存在を、すでに危うくしていたという原因にあったことも否定できない。

占領軍の総元締であるGHQ（連合国統合総司令部）は、日本の軍閥、財閥の解体政策の延長として、学閥の解体にも手を伸ばし始めていた。

旧制高等学校……特にナンバー・スクールは狙《ねら》われた。

官立のナンバー・スクールから、官立大学へという学歴《キャリアー》を持つ人間の間から、多くの軍国的政治家、教育家、実業家等の指導者が生まれたことは確かである。

だが、これは山の片側だけを見た、まったくの誤りである。

その一方では、多くの自由主義者、徹底的反戦主義者も生んでいたのである。特に三高、京大はその先鋒《せんぽう》であることは、日本の智識人なら誰でも良く知ることであったはずだ。

だが、勝って驕《おご》れる占領軍は、独断的自信に満ち溢れていた。しかも主体となるのは、アメリカニズムの民主主義的愚民平等教育に毒された施策者ばかりであった。

彼等は日本の伝統ある教育制度の長所などには、まったく目をくれなかったといってい

い。そしていささかヒステリックなまでに、日本の軍隊を恐れた。

終戦の翌年の新入学年には、軍諸学校からの転入生を一〇パーセント以内に制限するよ

うにとの通達を出したりした。

この実施をめぐってGHQと文部省の間に齟齬《そご》があり、二十一年度の試験合格者は、七

月に入ってようやく合格入学になったという変則的なこともおこった。

そして翌二十二年三月には、六・三・三制の教育基本法が施行されることになった。

その年、武志は三高に入学したのである。

入学そうそうの授業で、武志はある教授がこういうのを聞いた。

「……GHQで日本の教育施策を牛耳《ぎゅうじ》っている人間というのが、アメリカのどこかの田舎の州の教育委員をやっているという、オールド・ミスのおばさんでね。自分が育ち、今生きている場所が、絶対〝真《しん》〟であると信じているんだそうだから厄介だ……」

またある教授は、アメリカの教育制度と現状を説明していった。

「……だが、学校は学問の場なのだ。栄達の手段の場でもなければ、就職の手段の場でもない。ただ、よく学べば、栄達も就職の道もおのずから開けて来るというに過ぎない……」

こういうことで、もっとも事情通だったのは、田中豊ことカラバンだった。

彼は落合太郎校長が「六・三・三制など、アメリカのいくつかの州でやっている制度にすぎず、政府官僚の一部の連中が、ＧＨＱに阿《おもね》っているのだ！」と、憤慨しているなどというエピソードを皆に話したりした。

三高教授会の中に、新しい学制を検討する学教委（学制教育委員会）という物ができたなどという固い情報をつかんで来たのも、やはりカラバンだった。

だが、未来に溢れた青年期を迎えたばかりの武志は、今いる世界にむちゅうだった。口では人生だの、社会の幸福などと青臭いことをいい始めていたが、それだけに、今いる世界に生きることに精一杯だったし、また充足もしていた。

教育制度の改革などという世界は、別の世界だった。

それは武志にかぎらず、ほかの仲間も同じだったらしい。皆の間で三高の将来などという話が起こることは一度としてなかった。

もしそれをほんとうに憂えている者があったとしたら、カラバンひとりかも知れなかった。

ともかく武志もその仲間も、生徒の低い学力など無視した諸教授の、高踏な授業を追いかけるのに忙しかった。しかも学校行事も多い。空腹をみたす努力もしなければならない。

その上、武志はその頃から、ガイドのアルバイトも始めていたのだ。

夏休みがすぐに来た。七月の半ばだった。

武志は東京に帰るのを控えていた。

汽車賃もかかるし、アルバイトも、夏になってからのほうが、繁盛するように思えたからだ。

七月もあと一週間くらいで終ろうという日だった。熊野《くまの》神社下の古本屋を覗《のぞ》いて、東山丸太町の交叉点に来た時、武志はリア王に出会った。

彼の肩には、大きくふくれたリュックサックがあった。

リア王はすでに東京に帰っているはずだった。

「よう、リア、もう東京から帰って来たのか?」

武志のかけた声に、リア王はひどく明かるい顔を見せた。

「さにあらず」リア王は肩のリュックサックの方をふりかえった。「買い出しだ。中に白米《ギンシャリ》や豆や鶏《とり》のしめたのや、……酒まであるぜ。おまえも部屋に帰るんだろう? 大宴会をやろうじゃないか?」

「どこに行ったんだ?」

「岐阜県の駒原だ」

武志は思わず足を停《と》めた。

「駒原って……バールトの所か?」

「そのとおり。ただし、バールトは東京の方に行っていて、とうとう会えなかったがね……彼の姉《シュヴェステル》には会って来て、一週間も厄介になって来てしまった。写真以上の美人《シャン》だ」

武志はしてやられたのを感じた。

あれ以後も、何度となく写真の彼女の顔を思い出していた。そしてはやく京都に来るのを期待した。

だが、バールトから、そんな話はいっこうになかった。

しだいに武志の胸の中で、焦慮感がつのっていった。同時にそれだけ彼女へ憧憬《どうけい》の念もつのることにもなっていた。

リア王も同じ気持ちだったにちがいない。武志にいったことがある。

「バールトの姉《シュヴェステル》っていうのは、京都に来ないのかな？　バールトのやつ、おれたちみたいな悪い虫がついちゃいけないっていうんで、来るなって故郷《くに》に手紙でも出してるんじゃないか？」

だが、この半ばふざけたような発言も、今はリア王の作戦のように思えて来た。

バールトの姉に会うのはこの京都でだという既定観念のようなものを、武志に植えつけようとしたのではないか？

そして自分は出し抜いて、自からバールトの故郷《くに》に行く……。

しかし考えてみれば、そんなに彼女を見たかったら、自からそこに出かけるというだけでよかったのだ。

リア王は渾名の由来のとおり、その現実的思考から、それを当然として実行し、武志の方はただぼんやりとしていたにすぎないともいえる。

武志はリア王に負けたと感じた。

だが、その敗北感と、多分の嫉妬《しっと》感が、すぐに彼にこれまでにない競争意識を湧《わ》き起こさせた。

よしっ、ぼくも行こうっ！　恋愛の競争に、ためらいや遠慮はいらないのだ……。

彼はあえて、〝恋愛〟という言葉を使って、決心を固めた。

リア王はぼくを出し抜いて、優位の立ち場を取った。ぼくはこれから、彼と同じ高さの立ち場に追いつこうというにすぎない。それからあとに、平等のフェアーな戦いが始まるのだ。

そのためには、今度はぼくがかなり厚顔の手段をとっても、決して恥じることはないのだ……。

内心、いささか弁解めいていると思いながらも、武志は競争心に燃えたっていた。

寮の部屋に帰って、リア王と二人だけの宴会をしながら、武志はバールトの故郷に行く道順や、むこうの様子を冷静にきき出した。

リア王は自分の戦果に、かなり有頂天になっていた。いつもの重たい口つきを忘れ、軽い速口で、バールトの姉の、好意ある知遇を受けたこと、引き留められて一週間も滞在したこと等々を話し続けた。

武志は一日置いて、出発した。

リア王には名古屋の親戚に行くといった。

名古屋に遠い親戚がいることは確かだった。だがもちろん、彼の向かう先は、バールトの故郷《こきょう》だった。

岐阜県海津郡駒原村は、輪中《わじゅう》の中にあった。木曽《きそ》、長良《ながら》、揖斐《いび》の三大河に挟まれる、いわば州《す》の上の村落である。

土を堆積《たいせき》して、肥沃《ひよく》な農業地帯でもあるが、洪水も多い。

また、川にはばまれて、交通の便も悪かった。

京都からだと、東海道線で大垣に出て、そこから桑名との間を走る電鉄の養老線で、駒野か石津でおりる。

駒野からだと津屋川、揖斐川の二つの川を渡船で渡って、一時間近くを歩かねば駒原につけなかった。そして石津からだと、渡船こそ使わないが、一時間半以上の徒歩が必要だった。

いま一つのコースがあった。名古屋に出てから、私鉄の津島線で津島に出る。そこからはバスで、木曽川岸の八開《はちかい》に出て、木曽と長良を渡船で乗り継いで、駒原村の岸におりたつのである。

手間はかかるが、これだとほとんど歩かなくてすむ。

武志はこの最後の道順をとった。

京都から名古屋経由で津島まで、五時間近くかかった。そこからバスで木曽川岸の終点の八開迄にも、待ち合わせの時間も入れると、また一時間以上を必要とした。

バスの終点をおりた目の前に、高い土堤があった。乗客のほとんどが、そこにのぼり始める。

武志もそのあとに従った。

堤防の上に出ると、三十メートル幅ばかりの砂地のむこうに、木曽川の流れが見えた。

そこですでに渡船が待っていた。

船頭は「もう誰も来《き》ならへんか？」と全員の乗船を確認すると、船を流れに押し出した。

渡船などというものに初めて乗る武志は、この経験を楽しく思った。

遮《さえぎ》るもののない川の上では、夏の陽射《ひざし》が苛烈《かれつ》に頭上に降り注ぐ。

無帽の者はハンカチや手拭《てぬぐい》を頭に載せた。頭にハンカチの中年の男が、武志の制帽を見ながら話しかけた。

「あんた、三高の学生さんやね？」

「そうです」

「それじゃ、菱川さんの所に行きなさるんかな？」

「そうです」

「菱川さんのお坊っちゃまは、今、東京に行きなされとるの……知っとりゃあすか？」

「ああ、そうなんですか？　知らなかった」

武志はしらばくれた。

リア王からとっくにそのことは聞かされていた。だが、武志は知らないことで、押し通す決心をしていた。そうでなければ、バールトの家に押しかける理由がつかないではないか。

バールトの姉に会うという決心は、もう武志の執念になっていたのである。

話しかけた男は一方的に能弁だった。

その話の中から、武志は男がどうやら駒原村の役場の人間らしいことを知った。

「……菱川のお坊っちゃんも賢い人でしたがの、駒原にはもう一人、坊っちゃんと仲の良い友達で、同い歳《とし》の、ようでける子がいなはっての、この人も坊っちゃんといっしょに八高か三高に入るだろうと噂しとりましたがな……」

手拭をかぶった、農夫然とした初老のおかみさんが口を入れた。

「時川の増夫のことをいうとりなさるかなもし？」

「そうやがな。菱川のお坊っちゃまといっしょに東京に勉強のために行っとる間に、重い病気になってしもうての……」

「急に……肺を悪うしたとかじゃなもし？」

「急性肺炎というんやがな……それで亡《の》うなってしもうての……そやなかったら、村から二人もいっしょに……数字のつく学校の高校生が出たと、皆で残念がっての……」

ナンバー・スクールの生徒が、それほどの選良であるという意識は、合格当時の武志にはあまりなかった。

京都に来て、〝三高さん〟と呼ばれるようになってから、初めて解ったようなところがある。

その認識からいけば、この田舎では、もっとその価値は大きいものだったろう。教育に少しでも関心のある者なら、近くの在や町のどこの学校では、誰がどこのナンバー・スクールに合格したか、大いに興味を寄せていたにちがいない。

げんにこの役場吏員も、武志に対してある敬意を持っている感じがあった。

船は流れをさかのぼって川の中ほどまで出ると、こんどは流れに乗って、斜めにむこう岸にむかう。

すぐに対岸につく。また高い堤防が行く先を塞《ふさ》いでいた。

この地方で中堤《なかてい》といわれるもので、これ一本で木曽川と長良川が区切られているのだった。

中堤を越えると背丈より高い葦《あし》が密生し、その中を小道がうねっていた。蒸《む》れた熱気が籠《こ》もっている。

その中を列を作って抜けると、またまぶしく光る川に出た。

そこにもまた、渡船が待っていた。

船はすぐに川に出た。

饒舌《じょうぜつ》なあの役場吏員も、他の乗客もほとんど口をきかなくなっていた。皆、暑さに疲れ始めたようすだった。

船頭の櫓《ろ》の音と、船ばたを叩く水の音もけだるかった。

対岸は二十メートルばかりの草原からすぐに堤防になっていた。

そこにあがると、役場吏員が足元の木立ちのむこうを指さした。

「菱川さんの家はあそこだわな。そこんとこの道をおりて行きゃあせ」

吏員の指先に、寺の瓦《かわら》かと見紛《みまが》う屋根の一部が見えた。

堤防をおりると、もう武志以外に人影はなかった。

菱川の邸は高い石垣をとりまわしていた。正面からは急傾斜で広い石段をのぼり、楼門《ろうもん》をくぐって中に入る。

あとで知ったのだが、洪水の多いこの輪中の村では、ちょっとした資産家なら、ほとんどがこうして石垣をめぐらせた、台地の家に住んでいたのである。

そしてその楼門の中や、高倉の天井には、出水に備えていつも小船が用意されているのがふつうだった。

資産家である地主に直結する小作人たちの家も、洪水の時のために、その地主の敷地内の裏手に建てられていることが多いという。

それにしても、菱川の邸の楼門も石段も、そして中の庭も大層なものだった。リア王や菱川の口から、ある程度のことは聞いていたが、それでも武志の予想をはるかに上回るものだった。

敷台のある玄関には、うねった石畳の道が通じていた。良く手入れされた両側の庭木は、夏の陽射しの中にも涼しげだった。

玄関の屛風《びょうぶ》にむかって何度か声をかける。だが、返事がなかった。

玄関をはなれて、建物の横にまわる。下からのぼって来る通用道を横切ると、厨《くりや》の入り口らしい所が、暗い口を開けていた。

前に立つと、中からの冷ややかな空気が流れてくるのが感じられた。

その中に二度ほど声を入れると、薄暗がりの中から、ゆっくりと色と形を浮き出させて人影が現われた。

それが菱川奈智子だった。

できの悪い写真の中でも生き生きとしている彼女だった。なまの姿にはますます輝やかしい生気があった。その上、薄暗がりの中からの、多分に幻想的な現れかただった。

武志はほとんど戦慄《せんりつ》に近いものを、背中に感じた。

「菱川君はいらっしゃいますか？　菱川一造君は？」

武志はいってのけた。

嘘《うそ》をいう罪の意識に、かなり心臓を鼓動させていた。だが、それでも我ながら度胸あるしらばくれかただと思った。ここに来るまでに、何度となく胸の中で、その言葉を繰り返し決心を固めていたからだ。

奈智子は武志の肩のうしろの外の夏の光が、かなりまばゆかったらしい。武志の姿自体もシルエットになっていたようだ。

少し目をすぼめ、斜めに視線を流すようにした。

だが、その様子は武志のほうにも、少しおぼろだった。台所の土間の暗がりに、まだ目が馴れていなかったからだ。

「弟のお友達ですね？」

「そうです」

「ああ、わかりましたわ。木津さんでしょう？」

武志は彼女が自分の名を知っている嬉しさを、返事に隠さなかった。

「そうです！」

「弟は……こっちにはいないんですけど……よくいらっしゃいました。まあ、お上がりください」

「バール……いや、菱川君はこっちにはいないんですか？」

「ええ、夏休みになると、こっちに寄らずにまっすぐに東京の知り合いの方に行ってしまったんです」

「寮を出る時は、こっちに来るようすだったんですが……」

「伊場さんという人も、そう思ってここにいらっしゃったんですよ」

「へえー、伊場も来たんですか！」

「ええ、一週間近くここにいらっしゃって……でも、とうとう弟には会わずに帰られたんですが……。まあ、どうぞ、上がってください」

奈智子は武志の持っているボストンバッグに手を伸ばした。微かに触れた彼女の手の柔かみにさえ、武志は胸を躍らせた。

奈智子は、ボストンバッグを持って、台所の土間の奥に歩き出した。武志は彼女のあとに従った。

暗さにようやく目が馴れた。

武志は奈智子がずいぶん、しなやかな細身であることを知った。

夏物の簡易なワンピースなのに、かえってそれが爽《さわ》やかな肉感性で良く似合う。ともかく写真で見た奈智子は、半身像だったから、そんなことまでわかるはずはなかったのだ。

「菱川君はいつ頃、こちらにもどって来るのです？」

厨の高い上《あ》がり框《がまち》をあがって、長い廊下に入りながら、武志は奈智子の後姿《うしろ》にきいた。

「弟は……わかりませんわ」

「しかし、そのうちに、こっちに帰ってくる予定なのでしょう？」

「予定はないんです……」

奈智子は急に何か不機嫌な声になった感じがした。武志に負い目があるせいかも知れないが……。

だが、その次の瞬間には、彼女はまちがいなく明かるい声になっていた。

「でも、ゆっくり滞在していってください。ともかく弟に速達を出してみますから、その返事がくるまで、いらっしゃってもいいでしょう？」

「しかし、それでは……」

もちろん、これは心にもない遠慮だった。

通された奥の客間は、鬱蒼《うっそう》とした木にかこまれた日蔭《ひかげ》の庭を前に置いて、涼しい風が吹き抜けていた。

蟬《せみ》のかしましい声も、ここでは夏のけっこうな景物だった。

「ほんとうに、ゆっくり滞在して行ってくださいね……」奈智子は藺《い》坐布団をすすめながらまたいった。「……今、この家には、家族は私ひとりで、淋《さび》しくて、退屈なんです。両親も弟に会いに東京に行ってしまっているんです……」

「そうなんですか」

武志は初めて知ったようにいってみせたが、これも嘘だった。

リア王から、バールトの両親が東京に行ったということも聞いていたのである。

リア王は話した。

「……バールトの両親がハイヤーで名古屋までまっすぐ行って、そこから東海道線で東京に行くというんでね、帰りは同乗させてもらったよ。豪華なものさ」

ガソリンも車も、まだ不足していた時代である。それなのに車の都合をつけて、長距離のドライヴができる菱川家の豊かさが確かに良くわかった。

「ともかく弟から連絡があるまで、ここにいてください。何にも無い所ですが、こんな田舎だと、かえって都会の人にも珍しいこともあるかも知れません。それに寮よりも少しはましな食べ物も出せると思います。そうですわ、ちょうどこれから蛍がたくさん出るんです。それだけでも、一見の価値はあると思います……」

どうしてバールトの邸に滞在するか？　どうして彼女と親しくなるか？　どうしてリア

王を出し抜いてやるか？……と、武志は腐心していた。

そしてともかく図《ず》ずうしく、当って砕けろという気持ちでやって来たのだ。

しかしそれはまったく無用の心配だったらしい。

気味悪いくらい、話がうまく展開していくではないか……。

「それじゃあ、菱川から連絡があって、彼の予定がわかるまで、おじゃまさせてもらいます」

武志は外面は遠慮勝ちにいった。

だが内心では、子供のように単純な喜びの叫びをあげていた。

〝木津武志、おまえ、やったぜ！〟


それからの駒原での一週間は、武志にとって一生忘れられないものとなった。

奈智子は弟の菱川一造以外には、兄弟姉妹を持っていなかった。

そこに両親が上京してしまったのでは、広い邸に残された菱川家の者は、確かに彼女一人だけだった。これでは無聊《ぶりょう》をかこつのもむりはなかった。

使用人の姿は多かった。また邸の裏手の何軒かの小さな家から、小作人らしい男女の姿が子供づれなどで、かなり頻繁《ひんぱん》に出入りもしていた。

だがひと目見て人間の違う彼等にかこまれて、彼女の姿はますます孤独に見えた。

　奈智子は使用人たちに、毎日の家事の大まかなことを指示に行くほかは、ほとんど一日中、武志といっしょに過ごした。

　彼女はよく小説を読んでいた。

　そして武志も読んでいるほうだった。

　そのことだけでも、二人の話はつきないものがあった。

　彼女の文学の見方には、驚くほど辛辣《しんらつ》な所があった。それもどこか虚無的にである。かと思うと、底抜けにユーモラスな所もあった。特につまらない小説に対しては、辛辣の針をひっこめて、諧謔《かいぎゃく》で批評をした。それがまた、かえって辛辣に感じられないでもなかったが……。

　奈智子は文学的智識でも、感性でも、自分よりはるかに上だと、武志は認めないわけにはいかなかった。

　すぐにわかったのだが、彼女は大阪の女子大学の国文科に、一年間在籍していたのだという。だが、今は休学して帰郷しているのだそうだ。

「どうして？　体が悪そうでもないのに？」

　武志の問いに、急に奈智子はずいぶん投げやりな調子になった。時おり、彼女はそんないかにも金持ちのお嬢さんのような気むらな不機嫌を見せることに、武志はようやく気づいていた。

「つまらない事情なの。それに学校にいてもあまり意味はなかったし……」

こういう時、すっかり身近になっていたと思っていた彼女の存在が、また急に遠去《ざ》かるのを武志は感じた。


奈智子の推薦した蛍の光景は、息を嚥《の》む美しさだった。

東京育ちの武志の知っている蛍といえば、縁日で買って来て蚊帳《かや》に放つ遊びくらいのものであった。

だが、ここには一匹の蛍はいなかった。何百、何千の蛍が塊《かた》まって、灯《ひ》の塊《マス》りの饗宴《きょうえん》を提供するのだった。

小川沿いの両岸の草に、太く長くのびる蛍の光の帯に沿って歩く時には、銀河の中を行くという感じは、こんなものではないかと思わせた。

自からは輝やかしく光りながら、ほとんどあたりを明かるくしない、このふしぎな虫たちは、川岸の草から光の塊りをところどころで、道の中や草地の中にはみ出させていた。そしてその形を幻妙なゆるやかさで変えるのだ。

武志たちはやや小高い草地に坐って、その変化を見つめた。

どういう生態的意味合いからかはわからないが、息づく光にはある統一があるようだった。ある個所が暗くなると、そのまわりが崩れるように連鎖的に暗くなる。

明かるくなる時も同じである。

塊りを伸ばしたり、拡《ひろ》げたり、縮める時にも、ふしぎな連鎖作用を作る。

綾《あや》なすこのふしぎな連鎖で、闇の底に描かれる青白い光の拡がりは、休みなく、思いもつかない形から形へと変わっていく。

時にそれは人の顔に見え、時にそれは蛇に見え、あるいは鳥になる。

二人はそれにアポロとか、ヒドラとか、人魚、ヴァンパイアー、フェニックス等々、できるだけロマンチックだったり、ミスティックだったりする名前をつける遊びに熱中した。

時折、村の者が涼みがてらに、見物に来る。

別にはっきりした理由はないのに、そんな時、二人は急に押し黙る。息をひそめさえする。

その秘密めかした共同の沈黙に、武志は嬉しい戦慄を感じる……。

二日ばかりたったあとである。夕食後、奈智子は別の面白いものを見せてあげる……いいえ、聞かせてあげる……と、また武志を外に誘い出した。

楼門を潜《くぐ》って石段をおり、右に曲って高い石垣の下を行くと、広い沼に出た。

風ひとつない、蒸し暑い曇天の夜だった。

その夜は、奈智子は浴衣《ゆかた》を着て、少女っぽい方の姿態を見せていた。その衣服のおぼろな白さが、息詰まる熱帯夜の闇の中で、ほのかな涼しさを感じさせた。

奈智子は沼岸に、適当な草地を見つけると、武志をそこに坐らせた。

「静かにして、ちょっと耳を澄まして」

一分とたたないうちに、ポンと……闇の中に、おとなしやかに点でもうつような音がした。

数秒後に、今度は二つ、三つ、続けざまにまた音がした。

「何？　あれは？」

「蓮《はす》の実のはじける音なの。こういう蒸し暑い日に盛んなの」

奈智子は前の沼のおぼろな闇から、上にむかって直立している無数の広い葉の植物を指さした。

都会育ちの武志は、闇の中の目の前にある植物が何かを知らなかったし、第一、確かめることもしなかった。

「ひょっとすると、これは蓮根《れんこん》でもとる、一種の田んぼなのかな？」

「ええ、そうなの。私の家で持っている沼で……栽培種の蓮なんだけど、人手がないのでほうりっぱなしなの……」

蛍の光や動きと同じように、この植物にも何か統一された生態リズムがあるのだろうか……。

決して一つ、一つがばらばらにはじける感じではなかった。

幾つかの音がまとまってはじけると、やや長い……時にはかなり長い小休止があって、またまとまってはじける。

もちろん時には、その小休止の間に、不規則にぽつりと一つ、二つ……と淋しく音の点が打たれることもある。

この次の音は……と、期待と予測をまじえながらの蒸し暑い夜の中での沈黙。

横の奈智子の秘かな息使い。それに自身の息使い……。

武志は今、自分がその場にいることに、包み込まれていくような幸福感をおぼえた。

風もないのに、水上から伸び立つ、葉と茎がゆらいだ。微かな気味悪さ……。

「あっ、どうして……?」

「亀《かめ》よ。亀がぶつかったのよ。こういう暑い夜は、みんな水面に出てくるの」

いってから、奈智子は袖《そで》の白さを闇にひるがえして、むこうの闇を指さした。

「見て、あれ！　蛍よ！」

ようやくそれとわかる青白い光が、ゆるやかに波型を描きながら、横に移動していった。

「はぐれたのかな」

「そうでなければ、自分から出て来たのよ」

「蛍にだって孤独が好きなやつがいるんだ」

「好きでなくても、自分から出て行くことだってあるわ」

水郷農村の駒原の自然は、武志を魅了した。どんなものにも興味が持てた。

小川の杭《くい》にしがみつく蛭《ひる》の群、中堤から川を渡って村にもどる西部劇もどきの牛の群、田んぼで日がな一日鰻《うなぎ》を釣る男、森が割れんばかりに鳴くひぐらしの合唱……。

だが、そんなふうに喜んでいる武志に、奈智子は急に鋭くいうのである。

「ここの自然は好きよ。でも、住んでいる人間はきらい」

「どういう意味？　田舎者の愚鈍さとか無智さとかが嫌いというのかな？」

「愚鈍は、冷酷さにつながるし、無智は狡《ずる》さにつながるの」

そんなふうに断定的な智的な物言いになると、彼女は急に成熟した大人の方の奈智子になる。

この時だけは、彼女が自分より年上だったことを武志に思い出させた。
三、四日のうちに、武志は奈智子が自分に特別の好意を持っているのではないかと考え始めるようになった。
ともかく、リア王には勝ったように思った。

リア王の話の中には、奈智子といっしょに何かを見たとか、どこに行ったとかいう話はまるでなかった。

「のんびりしていて、いい景色だしさ、飯は食いほうだいだし、奈智子さんはきれいで、親切だし……悪くなかったな」

そんなふうなことばかり繰り返していただけである。

また奈智子がいったことがある。いつものように二人で、何かの小説のことを話していた時である。

「伊場さんはあまり小説は読んでいらっしゃらないみたいね。こんな話はあまりしなかったわ」

武志はそこに小さな勝利を感じた。そして優者の寛容さでいったものだ。

「そのかわり、彼はもっとむずかしい経済学や社会学の本をよく読んでいますよ。小説というような下等のものには興味がないんですよ」

村の西端に、奈智子の叔父の分家があった。そこに行く彼女に、武志が同行したことがある。

借りている本を返しに行くのだという。

叔父はたいへんな本好きで、彼女は良くそこに本を借りに行くのだそうだった。

分家までは十分近くの道のりだった。

ひと曲りして、沼岸にそってしばらく行けば、その分家の門が見えるという所にさしかかった時だった。

数人の子供たちが、道ばたに輪を作って、大声で数をとなえていた。

「二十、二十一、二十二……」

彼等の声はしだいにたかまり、「二十七！」という数が叫ばれたと同時に、中にいる子供の手の中の物が、すごい力で地上に叩きつけられた。

赤いものが地上に流れ、何か黒い固そうな物が飛び散り、別の黒い軟かそうな物が、ひきつけるようにうごめいた。

亀だった。子供は亀を地上に叩きつけたのだ。

実際、このあたりには亀がたくさんいた。岸から水面を泳いでいるのがよく見られたし、甲羅干しをしているものも多かった。

人が近づけば、水に逃げ出すが、こちらがすばやく動けば、たやすく捕獲できたろう。水の中に手を突っ込んで、泳いでいるのをつかまえることも簡単そうだった。

だがこれまで、誰かがつかまえているのを武志は見たことはなかった。

神社や寺の池にいる亀と同じように、自然に放置されていた。武志はそういうありかたを嬉しく思っていた。

だがいま子供は、おそろしく意図的に亀を殺戮《さつりく》した。

武志は亀が赤い血を出すことを初めて知った。眉《まゆ》をひそめて地上を見おろす。殺された亀は今の一匹だけではなかった。すでに三匹あまりが血の中に、横たわっていた。しかも子供たちは、いま一匹をまた手に持って、数をとなえ始めた。

奈智子がすばやい足取りで歩み寄ると、亀を持った子供の腕を捕えた。

「やめなさい！　かわいそうじゃないの！　それ、こっちによこしなさい！」

いい終らないうちに、奈智子はその亀をひったくっていた。

「あなたも、持っているのでしょ！　さあ、よこしなさい！」

彼女は怒りをむき出した敏速さで、別の子供の手からもいま一匹を取り上げた。子供たちは歪《ゆが》んだ膨《ふく》れっ面《つら》で、歩み去って行く。

「このあたりにへんな迷信があって……」奈智子は両手に亀を持ったまま説明した。「……亀のこの甲羅の縁をとりまく紋が二十七あるものは、厄を持ってくるから、すぐ殺されなくてはいけないんですって。でも、ふつうの亀は全部二十七で、違うものの方がめったにいないの」

「それでこんなに殺されているのか。そういえば、昔、亀甲《きっこう》占いというのがあったそうだけど、それと関係あるのかな？」

「よくはわからないわ。亀は田んぼや蓮沼を荒らすから退治したほうがいいという考えからかも知れないけど、どれだけほんとうに害があるのか怪しいの……」

「それにしても、よく赤い血を見て、こんなに殺せるものだ」

「都会の人は田舎の人は純朴だというわ。でも、そのうしろにとても陰湿なこわい顔を隠しているの」

「以前、君はここの自然は好きだけど、人間は嫌いだといったね。そういう意味なのか？」

「ええ」

奈智子は亀を持って、道を曲った沼の方に歩き始めた。武志はあとを歩きながらいった。

「まあこういう閉ざされた狭い社会にいると、どうしても君のいうように、ある狡さと冷酷さを身につけなければ、生きていけないかも知れないが……」

「私の家があんなに大きくなったのも、どうやらそういうことからしいわ。江戸時代から何度も治水工事があって、そのたびに菱川家は財産をふやしていったんですって。人足を強制的に集めて苛酷《かこく》に使ったり、その上前をはねたり、資材の不正な取り引きや、お役人の抱き込みで不当な利益を得たりして、肥えていったんですって。治水工事の公用の石を邸の石垣に使って、百叩きにあった御先祖様もいるということも聞いたわ。そんな話を聞くと、とてもいやな思いだわ」

奈智子らしい、少しばかり高みにかまえた潔癖さが感じられる。

武志は奈智子を慰めるように、軽い口調でいった。

「御先祖様のそんなことまで気にしていたら、きりがないよ。由緒のある家ほど、さかのぼればそういう話がたくさんあるものさ。今の基盤を作るためには、並たいていの努力ではたりないからね」

「でも……」

「京都に来て、神社仏閣や旧跡に興味を持ってから、歴史にも少し詳しくなったんだけど、日本の歴史なんて、そういう封建的土俗性のあらわれみたいなものなんだ」

「そうかしら……」

「例えば天皇家だって……昔は石垣の石を盗むどころではない、たいへんなものだったんだ。何しろ、親戚同士で……例えば兄弟で命を狙いあったり、片方を押し込めたり、陥《おと》し入れたり……賑《にぎ》やかなものだ。もっともこれには皇位継承が真系相続法で、男系の男子の中の兄弟の年長順に相続権があるという制度のためもあったかも知れない。聖徳太子《しょうとくたいし》なんかも、そういう争いにうんざりして、仏教に心を動かしたなどという説もある……」

武志はつい最近おぼえたばかりの新知識を披露した。

亀を放つために、奈智子は沼岸に下る数メートルの草の斜面をおりながらいった。

「それならここも同じよ。のんびりした田園の風景の裏には、とても古臭くて息詰るような封建性が隠されているの」

奈智子の手の中では、固く四肢や首を引っ込めて甲羅だけになっていた亀も、水を感じるやいなや、すばやい反応で泳ぎ出した。

「奈智子さんはほんとうにここが嫌いみたいだな」

奈智子は道にあがって来た。

「ええ。自然は好きだといったけど、ほんとうはそれも嫌いになって来たところがあるみたい。分家の家は……ほら、あそこよ。あの木立ちの左端の……」

奈智子があげたしなやかな腕の先に、やはり石垣上に白い土塀をとりまわした邸が見えた。

本家よりはずっと小さい構えであることは、一目《ひとめ》でわかった。


そのうち、とうとう来るべきものが来てしまった。永遠に来なくてもいいなどと、武志が秘かに勝手なことを考え始めていたものだ。東京のバールトからの手紙だった。

手紙はいっていた。

ちょっと法律のことで、勉強したいことがあるので、この一夏《ひとなつ》は東京にがんばって図書館通いをするつもりだ。だから夏休みが終ったら、まっすぐに寮にもどる。しかし、かまわないから、ゆっくり滞在していってくれ。両親の方はもう四、五日で帰る予定だから、彼等にも会っていってくれ……と。

だが、それに甘えるのは、図ずうしすぎる気がした。

第一、奈智子の恋人候補志願者として、去りかたもスマートでありたい。

武志は帰る宣言をした。ちょうど八日目だった。

だが彼はこれからの設定も忘れなかった。

「京都には時どき来るんでしょ？」

「ええ、私の家が常宿にしている所が、冷泉《れいぜい》通りにあるので……」

「秋にはぜひとも来てもらいたいな。案内ならお手のものだし、奈智子さんの知らない、いい所につれて行ってあげるから」

「おねがいするわ」

武志は帰りも同じ道筋をとって帰った。

奈智子は船付場まで見送ると、長い間岸にたたずんでいた。

船が川の中ほどに出て、彼女の目鼻立ちがだいぶぼやけた頃に、一匹の犬がどこかから走り出て来て、足もとにまつわりついた。

彼女はかがみこんで、犬を撫《な》で始めた。

武志は艪《ろ》の方に坐って見つめていた。

不意に彼女は立ち上がると、こっちにむかって手を振り始めた。

武志も慌てて振り返す。

その瞬間、彼女はやはり淋しい人だなあという思いが、不意に武志の胸を横切った……。

リア王は海水パンツに、首に手拭いという姿で、アルバイトの簿記づけをしながら、寮の一階の勉強室にがんばっていた。

武志はその横にどっかりと食糧の入ったリュックサックをおろした。

「リア、見ろ」

「おっ！」リア王は目を丸くした。「もしかすると、それは……」

「食い物だ。ぼくもバールトの故郷に行ったんだ……」

「やったか！」

「やったさ！」

「どうだった⁉」

「万歳だ！」

「どういうふうに？」

「奈智子さんと親しくなれた」

「どのくらい？」

「おそらく君以上にだ」

「おれよりおまえは状況がいいはずだ。彼女の両親はいま東京に行ってるんだろ？　彼女はあの広い邸にひとりぼっちだ……」

「ああ、その点は認めるよ。ともかくこんどはぼくが報告する。リュックの上の方に、ふかしじゃがいもと茹《ゆ》でた玉蜀黍《とうもろこし》がある。おまえといっしょに食べてくれと、奈智子さんがくれたものだ」

「カンゲキ！　彼女はおれのことも忘れていてはくれなかったんだ」

「ともかくガックリしないために、腹をふくらませて聞いてもらおう」

包みを開くと、きれいな紙を折った塩袋までが入っているのが嬉しかった。

武志はかなりの詳しさで、この八日間のことを話し始めた。

途中で、室長のカミソリがもどって来た。

「おおっ！　すごいものをやってるな！　おれも御馳走になるぞ！」

カミソリも玉蜀黍にむしゃぶりついた。

彼もまた、当然、夏休みの帰郷をしない組だった。

二軒の家庭教師のうちの、二条西の京の金持ちの家の方は、生徒が別荘に行っているとかで、十日ほど休みだった。

だがかわりに、西五条のある中学の、夏休み補習英語授業のアルバイトをしていた。

いま、それから帰って来たのである。

夏休みの寮は、やはり閑散としていた。

その中で、じゃがいもと玉蜀黍の三人の宴会を開きながら、武志は駒原での八日間のひとときおりを話し続けた。リア王が気にしそうな所は……特に奈智子といっしょにいろいろ出かけた所は、ほとんど削除しながら……。

　話を聞き終ると、リア王は芝居染みた長嘆息《ちょうたんそく》をしてみせた。実際のところ、ほんとうの嘆息を、芝居じみさせることで、ごまかそうとしたところがあった。

「やられたね。今のところ、ボンがはるかにおれを引き離している。だが、おれはまだ敗者宣言はしないぜ。第一、まだおれたちの争いは、緒戦についたばかりだ。お互い同士、宣戦布告もしていない」

「じゃあ、するか」

「よしっ、そして友情ある争いに、このおチャケで乾杯しようじゃないか。カミソリさんには、立会人になってもらおう」

　リア王は食堂から持って来た、麦茶のいっぱい入った薬缶《やかん》をとりあげた。

　秋には京都に来るといった奈智子の言葉を、武志はあまり期待しないようにしようとした。もちろん、期待して裏切られることがこわかったからだ。

　だが、奈智子はやって来た。それも十月に入るとすぐだった。

　教室から寮に帰ると、バールトが手に口を切った封筒を持って、武志の所にやって来た。

「姉が明日の夕方、京都に来るそうだ」

「冷泉通りの常宿か？」

「そうだ。君に約束通り、京都を案内してもらいたいといっている。あさっての朝、宿に迎えに行ってもらえないか？　姉はすっかり君が気に入ったようだな」

バールトは、慨嘆ともつかぬ妙な調子でいった。

「君もいっしょに宿に行ってくれるのか？」

「おれはいいよ。会ったって、どうということもなし……」

バールトはそういってから、宿の詳しい所在を教えた。

武志には、もうひとつききたいことがあった。

だがそれをいったのは、奈智子に会った時になってしまった。

「伊場は……あなたがここに来ていることを知っているのかな？」

奈智子はひと呼吸を置いて答えた。はっきりした声だった。

「いいえ、弟にも、伊場さんには、私が来たことはいわないでと手紙に書いたの」

武志は奈智子の自分への気持ちの、確証を得た気がした。

嬉しかった。

だが、友情ある戦いを宣告したことを考えると、何かフェアーでないような、複雑な気持ちだった。

しかしそれが奈智子の気持ちなら、彼女自身にまかせるほかはなかった。

その日と翌日の二日間の京都歩きも、武志の一生忘れられないものになった。

初めの日は銀閣寺から鹿ケ谷《ししがたに》疏水《そすい》道沿いに北におり、ところどころで西に入って、法然院、霊鑑寺、大豊神社、若王子神社と巡って、永観堂から、最後に南禅寺にたどりついた。東山の裾《すそ》を行くコースである。

いい天気だった。それだけに暑いくらいで、途中でしもた屋ふうの雑貨屋でラムネを飲んだ。

その頃、そのあたりには喫茶店などというしゃれたものは、皆無だったのだ。

奈智子の誘いで、宿に帰って、いっしょに夕食をした。

菱川の家は宿の上得意だったらしい。かなりの馳走が出た。

ある所にはあるものだと、武志は感心した。

宿のおかみが出て来て、奈智子にいった。

「一造お坊っちゃまにも、あいまにはお寄りやすようにお言やして。三高にお入りやしたのに、まだ一度もお顔さんをお見せくれしまへんどすえ」

「弟はごぞんじのとおりの、わがままの気むずかし屋ですし、勉強にも忙しいようですから……」

実際にはかなり賭《か》け事に夢中になっていて忙しいのだと、武志は腹で苦笑した。

翌日は武志は奈智子を嵯峨野《さがの》方面に案内した。

嵐山に出て、大覚寺、清涼寺、念仏寺などをまわるコースだった。

小石塔《しょうせきとう》の群で名高い念仏寺も、当時はまだ足を延ばす者も少なかった。人家を過ぎて、崩れかかった崖土《がけつち》にさしかかる所に、わずかに上にのぼる小径《こみち》があった。それが山門に通じる道だった。

奈智子は寺内の変わった景色を喜んだ。

だが、石のひとつひとつから人間の小さな怨念《おんねん》が立ち昇って、やりきれない悲しみの念仏が聞こえてくると、彼女らしいこともいった。

夕暮に電鉄で市内に帰って、三条大橋近くに来た時だった。ちょっとした事件が起きた。むこうから来るライヒに出会ったのである。

「おう！」

武志の横にいる奈智子を見て、ライヒは目を丸くした。

紹介しないわけにはいかなかった。

ライヒはかなりのぼせあがっていた。

「ああ、あの有名な……バールトのお姉さんの……」などと口走って、武志までを困惑させた。

ライヒは奈智子の泊っている宿の名を聞くと、嬉しそうにいった。

「そこなら、ぼくの近い親戚のやっている家ですがな。そうですか、あそこが菱川の家の常宿だったのですか。一度、寄らせてもらいます」

あきれたことに、ライヒはその日の翌日の朝、奈智子の出発直前に、ほんとうに顔を出したと、あとから彼女の手紙が来た。

土産に持って行ってくれと、進駐軍のチョコレートやビスケットの菓子類を持って来たという。

奈智子に知己を得た男で、少しでも積極性のある男なら、何かをせずにはいられないのは良くわかる。

ライヒもまた、奈智子の好意を受けようとする競争者の戦列に加わったのだろうか？

武志は疑った。しかし、必ずしもそうでもなかったのかも知れない。

以後、彼が奈智子に積極的に働きかけたような話は、一度として聞かなかったからだ。

ライヒに出会って、それより困ったことは、これで奈智子が京都に来ていることは友人の間に……もちろんリア王にも知られてしまうということだった。

奈智子もすばやくそれを理解した。

ライヒと別れるとすぐに、武志にいった。

「帰ったら、伊場さんに私がよろしくといっていたといって。急ぐ用だったので、きょうの昼前早くついて、明日の朝早くには帰るから、こんどは失礼するって……」

「急いでいるといいながら、ぼくには会っていることになるけど……」

「伊場さんにも、ほんとうのことを、少しずつ知ってもらったほうがいいのでは……」

正しい……そしてむしろ親切な考えだったかも知れない。だが、何か鋭く、冷たい感じもした。

しかし、それは奈智子が武志との間にある特別の感情を認める意味でもあった。

そう実感すると、武志は嬉しくもなる。

複雑な気持ちで寮に帰り、いささかの勇気をふるい起こして、武志は奈智子の来京をリア王に告げた。

「うーむ、そういうことか……」リア王はうなってから、素直に事実を認めた。「ますますおまえに追い抜かれた形だな……」

「こんど来た時は、必ず君に声をかけるそうだ」

頼まれもしないそんな嘘をついいってしまう自分の気弱さに、武志は嫌な気分だった。

その点、さすがにリアリストはよく事実を知っていた。

「嘘だろう?　奈智子さんはある点では非常にはっきりしている人だ」

「確かにそういうところはあるが……」

リア王はにやりとした。そして急に気勢をあげた声でいった。

「だが、ボン、おれはまだ敗者宣言はしないぞ。いつ奇策を打って出るかわからない……」

「いいとも」

「だが断わっておく。卑怯《ひきょう》な手段や裏切り的行為はいっさいとらない」

だからおまえもそうであれと、リア王はいっていると武志は解した。

「もちろんぼくもだ」

「とりあえずおれは彼女に手紙を書こう。会えなくて残念だったと……」

「やりたまえ。ぼくも負けずに書くかな」

武志はゆとりある返事をしながら、さすがのリア王もこのへんは、現実を冷静に認識できなくなっていると思った。

いま、彼にすべてを正直に打ち明けたらどうだろう？

奈智子はそれのほうが、かえって彼に親切だというかも知れない。

だが、武志にはとてもできなかった。

それに彼のいうように、まだ何かの奇策を打つ……といった余地も残されているかも知れないのだ。

それさえも頭から否定することは、まるでおまえには戦う余地はないと、エゴイスティックにリア王を追い払う……それこそ卑怯な手段のように思える。

やはり友情ある争いを、最後まで続けたい……。

「……さっきもいったように、そういう点は私も良く理解しているつもりだ……」南波警部は火鉢の上の鉄瓶をとって、何回目かの湯を急須《きゅうす》に注《つ》ぎながらいった。薄冷えには、どうしてもそうして熱い茶が欲《ほ》しくなる。「君の友人が、みんな君と伊場君の仲は、そういうものだったといっている」

カミソリがいった。

「ただほかの俗物刑事には、我々高校生のそういう心情がわからないというんですね？」

「そういうところだが……ただ……一人の刑事がちょっと、変わった話を聴き込んで来ている……」

武志は眉をひそめた。

「変わったというと……？」

「つまり、君と伊場君とが、つい最近だが、かなり怒りをむき出して、奈智子さんのことで争っていたというのだ」

「絶対ありません！」

「しかし、君が伊場君に『君は不純だ。ともかく奈智子さんに対する君の態度だけは、もう撤回しなければいけない』というようなことをどなっていたという話があるのだ」

カミソリがいささかあきれたような目で、武志を見た。

武志にも、しだいに話が解って来た。

「それを聞いたというのは誰です？」

「それは……君たちの友情にもかかわるだろうから、秘密にしておきたいのだが……」

「久能ではありませんか？」

「いや、違う。ともかく一人の刑事がそういう話を聞いて来た……」

「隠さなくてもいいんです。さっきライヒ……いや、久能がぼくに、君には不利になるかも知れないことも、警察にいったよと打ち明けてくれたんです。それのほうがあとあと、かえって良いと判断したからだといって……」

　カミソリも横から援助した。

「そのとおりです。ぼくたちは友情に自信があるんです。かつてはぼくたちと同じ仲間だったら、あなただって、わかってくれるはずですが……？」

　ここまでくると、南波警部もきまりよくうなずいた。

「そのとおりだ。久能君だ。陣中見舞いだといって、久能君は食べ物を持って、よく君たちの下宿にダベリに行くそうだな。その日の夜も、予告せずに、そうして君たちの所に行くと、中で何やらはげしく議論していた。ちらっと聞いた話の内容も内容だったので、そのまま引き返して来たそうだ」

「ライヒ……久能のことなんですが、彼は過激のようでいて、何かひどく気が弱い所があるのです。しかしそれはまったく彼の誤解なんです」

「誤解？」

「そうです。もし彼が初めから終りまできちんとぼくたちの議論を聞いていてくれたら、そんな誤解はなかったはずです。確かにその時、奈智子さんの名が出たかも知れません。しかし、それは間接的に出たことで、ぼくたちがその時議論していたのは、別の女性のことだったのです……」

「別の女性？」

やはりいわなければならぬ時が来てしまった。ここまで来れば、ぼくの無実を証明するためにはしかたがないことと、もうあの人も許してくれるにちがいない……。

武志は決心をつけると、告白を始めた。

「しかし、このことは……何というんですか……捜査上の秘密……そういうことにしておいてください。おそらくは事件とは何のかかわりあいもないことで、できるだけ、あなたの胸におさめておいてもらいたいんです……」

4

三高の未来に、避けがたい暗い運命が迫って来ているのを、さすがの武志も身に沁《し》みて感じるようになったのは、年が明けた昭和二十三年の三学期が始まってからだった。

あいかわらずの情報通のカラバンが、三高の廃止は回避できないらしいという話を持って来たのだ。

「……つまり三高は京大に吸収されて、京大は新制大学として四年制になるらしい」

カラバンはそう説明したが、ほとんどの者がよくわからなかった。

「すると、おれたちは三高から追い出されるのか？」

「いや、そうじゃないだろう。おれたちが卒業するまでは、あるんだろう……」

「だったら、また新しい一年生が入って来るじゃないか？」

「それはそれで、うまくできてるんだ」

「もういいよ。そんな話、聞きたくもない」

勝手にしろという気持ちで、みなが、そこで話を打ち切ってしまった。

武志たちの教育行政に対する不信はそうとうのものだった。

戦時中の臨時処置で、中学は五年から四年に変えられた。だが戦争が終るとまた五年に変えられ、しかも最後の一年間を除いては、ろくに授業も受けていないという、翻弄《ほんろう》のされかただったのだ。その上にまたここで学制が変わるという……。

当局は教育制度を変更する形式のみに一心で、実際の教育内容はまるで考えていないようだった。特にその変更の狭間《はざま》に陥ち込んだ者への具体的配慮はまるでない。教育行政を信頼しろというほうがむりだった。

三高の上に垂れ込めた暗雲を象徴するような事件が、すぐに起きた。一月二十六日の自由寮全焼であった。

原因は今となっては定かではないが、この火災のたった一人の死亡者となった学生が、ヒーターを直接天井の電源からとって寝ていたのが原因ともいわれる。

あるいはそうかも知れない。当時、似たような原因で大小の火事が、全国の高校寮で起こっていたのである。

ともかく寮の各室にストーブはあったものの、中に入れる焚《た》き物がろくにない時代だったのだ。あらっぽい連中は体操の器具をぶちこわして、ストーブに放《ほう》り込んでいたという話もある。

その頃はやった電熱器というのは、こういう時はありがたいようだったが、案外、役立たずの上に、たいへんな危険を秘めていた。

コンセントなどという設備はめったになかったから、電灯のソケットから電熱器の電気をとる。だが、消費電力の容量が大きいから、よくショートしたり、ヒューズを飛ばしたりするのだ。自由寮消失の原因もこのへんにあったようにも思える。

とにかく冬の寒い夜は、貧しい夕食後はベッドの布団の中にもぐりこみ、そこから首と手だけを出して、勉強をするなり、読書をするのが一番だった。

その夜の武志もそれだった。正確にいえば、リア王とむきあって布団に寝そべり、あいかわらずの将棋に熱中していたのだ。

三盤目をさしている途中だった。

リア王が便所に行くといって、布団を脱け出た。

五分ばかり待った。表に妙な気配が感じられた。人の走る足音のように聞こえる。それも複数の……。そして叫ぶ声……とわかって、武志もただならぬ事が起こり始めているのを感じた。

廊下を踏み鳴らすはげしい足音とともに、叫び声が近づいた。

「火事だっ！　中寮だ！　中寮が燃えているぞ！」

武志は慌てて服をつけて、階下から外へと駈《か》け出した。

夜気の中にもう、酸気をまじえた煙の匂《にお》いがいっぱいに立ち籠めていた。

中寮の屋根からすでに、煙と赤い色が噴き出していた。

あちこちで、ガラスが鋭い音をたてて割れる。木のはじける音。そして中寮の中から火柱が火の粉とともに噴きあがり始めた。

何人かがすでに中庭にホースを引っ張り出していたが、なかなか水が出ない。

あとでわかったことだが、市の水道局が漏水防止のため、午後八時以降は元栓をしめて、水圧を落していたためだという。

戦後の過渡期のための公共サービスの不完全が、その上にまた重なった。駈けつけた消防車もわずかの消火活動ののちに、放水をやめてしまったのである。ガソリンが失《な》くなってしまったのだ。

まわりに立つ皆といっしょに、どのくらい呆然としていたろう。武志はリア王が見えないのに気づくと、いそいで便所にむかって走り出した。

「リア！　いるのか、リア！」

便所の廊下に駈け込みながら叫ぶと、中ほどのあたりで、リア王の声と、がたがたと戸をゆする音が聞こえた。

「火事だっ！　出て来いっ！」

「それが、戸が開かないんだ！　桟《さん》が壊れちまったらしくて……！」

中で騒ぐ音。

武志も外側の木の把《と》っ手《て》を持って引っ張ったが、壊れているのは中側の桟らしかった。開かない。

「おいっ、戸に体当りを食わせろよ！」

「それが……火事だろう!?　力が脱けちまって……」

「はやくっ！　体当りするんだ！」

中から体をぶっつける音が響いた。何度目かに、ドアが外に浮きあがり、その次にリア王が飛び出て来た。

その体を抱きとめると、リア王は武志の腕の中で崩れ落ちんばかりになった。

武志はそれをバランスを失ったためだと思った。だが、外に連れ出しても、リア王はまだ彼の腕の中にあり、下にずり落ちんばかりなのに驚かされた。

「火事だ！　いけないよ！　火事だよ……！」

リア王は譫言《うわごと》のように口をもがかせ、武志の腕の中から脱け落ちて、その場にへたりこんでしまった。

そばを人影が走り抜けるようにして、立ち停まった。バールトだった。

「おいっ！　北寮も危いぜ！　できるだけ、品物を担ぎ出すんだ！　なんだ、リア!?　どうしたんだっ!?」

リアは無言で二、三度、手を大きく振ってから、ようやく口を開いた。

「行ってくれよ！　おれ、火事は……火を見るだけで、苦手なんだ……」

「大丈夫か!?」

「大丈夫だから、はやく、行ってくれ……」

火事の興奮もおさまった数日後、リア王のこの雪隠詰《せっちんづ》めと腰抜かしのエピソードが披露され、みなの笑いをかった。

だがリア王はつきつめた顔でいった。

「大きな火を見ると、おれ、どうしようもなくなってしまうんだ。……東京の大空襲でやられてな……おやじのやつ、よせばいいのに焼夷弾《しょういだん》を火叩きで消しとめようとして火達磨《ひだるま》になっちまったんだ。おやじを地面の上で転がしたり、服でぶっ叩いたりしてようやく消しとめて、全身火傷《やけど》の痛みでヒーヒーいうのを担いで、火の海の中をようやく逃げ出したんだ。それ以来、大きな火を見ると……焚火《たきび》のでっかいやつだって、ガタガタ来ちまうんだ」

皆は笑いをひっこめて、しゅんとなったものだ。

武志たちのいる北寮が最後の犠牲となり、火は焼くべきものを失って消えた。

火事ではすっかり人間機能を失ってしまったリア王も、その後はただちに蘇《よみがえ》った。とりあえず帰省する者の転出証明に手を貸したり、教科書、ノートの供出を友人に呼びかけたり、学校側との連絡に奔走したりの活躍だった。「三高流」と悪口めいていわれる、万事おっとりとスローモーションの三高生の中にあって、このリア王の現実的機敏さは光った。

そして彼はその忙しい中で、有馬夫人の邸の下宿の話まで見つけて来たのだ。

二人がそこに移った経過は、前に説明したとおりである。

その時、リア王はその下宿を見つけた、そもそものきっかけを、こう説明したものだ。

「十月の頃かな、粟津《あわづ》の方に、おれ、芋を買い出しに行ったことがあるだろ？　その時、有馬の奥さんが、子供をつれて、重そうにリュックを背負っているのに出会ってさ、手伝ってやったことがあるんだ。その時から知り合って、時どき家に遊びに行くようになっていたんだ……」

武志がそれ以上のことを、まったく考えなかったといったら嘘になる。ほんとうのところ、考えまいと努力したような所もある。

有馬夫人は美しい。初めて会った時から、武志も魅せられた。自然、武志としては彼女とリア王の仲に、あまり深刻なことは考えたくない気持ちだった。

しかし、たんに買い出しで知り合ったというだけで、それほどに二人が親しくなれるだろうか？　夫人の方が歳上といっても、その差は十歳とはないはずである。そしてともかく二人は若い……。

だが武志は何もあるはずがないのだと、漠然と考え続けていた。そこがボンのボンたるところだったかも知れない。

だが、三月の初め、武志は目撃してしまった。二人の仲の確証をだ。

思い出すのは苦しい。だから武志は忘れようとした。そのために、今はあざとい所だけの場面だけが、きれぎれに浮かぶ。

休講でいつもより早く裏門の潜り戸を入る。途中でポケットにある下宿代を思い出す。池の半分をまわって、庭先から母屋の中に声をかけようとする。廊下にたてまわされたガラス戸にうららかにあたる西陽《にしび》。声をかけながら、むこうの障子の腰上のあたりに目が行くようにかがみこむ。猫間障子は開け放され、ガラス越しのむこうに、白い物が動く。白い物……それは人？　女のなめらかな肌？……上下するような動きに乗って、髪をほつれさせ、苦痛に真剣な夫人の横顔が、一度、掠《かす》める。数秒遅れで、ようやく武志の声に気づいたように、突然、ガラスをふさぐ色が下にむかって隠れると同時に、みっともない滑稽《こっけい》さで、下から別の顔の上半分が出て、すぐ消えた。

武志はあの時ほど、リア王の顔を、不愉快に思ったことはない。

武志は黙って身を回し、その場を去った。

その夜、そのことで積極的に口を切ったのはリア王だった。二人の間に漂う気まずい空気を、早く、きれいに解決したいという、彼らしい冷静に事務的な態度だった。

「ボン、さっきのこと……見てのとおりだ。実はここに移ってくる前からだ。どう思う？」

「どう思うといわれても……」

「ぼくは君に相談したいんだ。おれは奥さんを真剣に愛《リーベ》しているんだ」

武志はリア王の真剣な断言に気圧《けお》されした。

「しかし……奥さんにはホソ番が……」

「ああ、そのとおりだ」リア王は憤激と投げやりの調子を織りまぜた。「あいつは悪漢だ。詐欺同様にして有馬家の資産ばかりか、奥さんまで暴力的に自分のものにしてしまった。だが、現実上、奥さんは今はあのホソ番を頼りにしなければ生きていけない。そして今の非力な身分のぼくには、何もできない……」

「……だからといって、現状のままであるのは……よくないよ。いや、よくないというより不潔だよ」

「ぼくと奥さんの仲がか？」

「そうだよ」

「冗談じゃない！　不潔なのはホソ番だよ。あいつは奥さんを妾《めかけ》としか思っていないんだ」

「じゃあ、君は何と思っているんだ!?」

武志に少なからず嫉妬があったことは否定できない。それは自分でも解っていた。

「ぼくは……ぼくは奥さんと結婚してもいいいと思っているよ」

「しても、いい、いい？　そんないい方があるか!?　つまりは君も奥さんを妾……といったらいけないかも知れないが、情人くらいにしか考えていないんだ！　けっきょく、君も得手勝手なんだ。これじゃあ、奥さんが一番かわいそうだ」

「君も奥さんが嫌いではない。だからねたんでいるんだ！」

「冗談じゃない！　ぼくには奈智子さんがいる。そんな暇はない！」

「暇で女性を愛《リーベ》するんじゃない」

「ともかく君は得手勝手だ。君は不純だ。ともかく奈智子さんに対する君の態度だけは、もう撤回してもらいたい！」

「その点は認めなければならないかも知れない。ただ誤解しないでほしい。別にぼくは両天秤《てんびん》をかけていたわけではない。ただ奥さんとのことは、けっきょくは絶望的だとしか思えなかったから、これはあきらめようあきらめようとして……そんな意識から、君から見れば狡いという態度もあったかも知れないが……」

「わかったぞ！　君がこの頃、よくいい始めた偽者論の意味が！」

「いや、偽者というのは、そういうことじゃない」

「いや、わかっている。偽者も時によっては正当になりうるというのは、自己弁解だったんだ！」

「いや、違う！」

「だが天はおのれを偽る者を許さない……」

いま、思い出してみれば、武志はこの時、外に人の気配を感じて口を停めたのだ。

「誰か来たのかな？」

「そうか？」

二人はちょっと耳を澄ました。

だがそれに続く何の気配もなかった。もし人の気配がしたとしたら、武志たちの部屋の訪問者しかない。とすれば、空耳だったのだろう。

だが、この小休止で武志は気勢をそがれた。

もともと、若者らしい潔癖な心情からくる悲憤に過ぎなかったところがある。それに少しどなって気分を解放してみると、かなり心も和らいで来た。武志の声は静かになった。

「時期を持てば、何かのいいチャンスが来るんじゃないか？　そうだ！　思い切って二人で何もかも捨てて、飛び出してしまうという手もある」

「ホソ番が追ってくるだろう？」

「奴には何もいわせやしない。夫でもなければ旦那《だんな》でもないんだ」

「しかし、明日からの飯にも困る。ぼくはいい。しかし、奥さんは……まあ、何とかがまんしてもらうにしても、育《いく》ちゃんにまで迷惑はかけられない」リア王は深々と溜息《ためいき》をついた。「ボン、ともかく、奈智子さんのことはわかったよ。反省してみれば、ぼくには狡い所があった。だからここで、ぼくは奈智子さんの件では撤退宣言をする。くやしいから、撤退宣言で、敗北宣言ではないことにしてくれ」

「……なるほどね、そういう事実までは、私も気づかなかった。そうか、伊場君とあの有馬の奥さんとがね……。それで君たちは、激しく口論していたというわけか……」

南波警部はゆっくりとした手つきで、火鉢の中で煙草の火を揉《も》み消した。

「しかし、できるだけこのことはそっとしておいてください。有馬の奥さんの立ち場がなくなったら、ぼくも責任を感じます」

「わかっている……」

火箸《ひばし》をとって、しばらくは無言で灰をかきまわしていた警部に、カミソリがたずねた。

「刑事さん、現場の入り口の鍵を、誰かが複製したという可能性は考えられませんか？」

警部の顔があがった。

「それだが……実は有馬の奥さんの鍵を借りて行って専門家に見てもらった。イギリスの特製品とかで、例えば粘土か何かで型をとって複製したとしても、とてもそれだけでは錠がはずせるものは作れないそうだ。その方法が何とか可能だとしても、何度も型をとりなおしたり、実際にその鍵穴に複製を突っ込んで削ったり叩きなおしたりして修正しなければならない。そういう意見だ。だが、木津君も伊場君も日常使っていた鍵だ。それが複製のために、長い間手元をはなれていたことはなさそうだ。有馬の奥さんも、いつも財布に入れて持って歩いていて、一時的に見えなくなったということもないという」

「現場に行って、複製を鍵穴に突っ込んで、ゆっくりと修正するという余裕もなさそうですね」

「ともかくその専門家に、試しに複製を作ってくれるように依頼してあるが、まず今のところ、この線は考えないほうがよさそうだ……」

警部はちょっと沈黙してから、また口を開いた。初めから自信のなさそうな調子だった。

「木津君、伊場君が自殺ということは考えられないかい？」

「自殺!?」

「話を聞いていると、伊場君は異性関係のことでは、かなり悩み事を持っていたようだ。そのことが何かの形で自殺に結びつくと考えられないこともない……」

「いや、彼を良く知っているぼくとしては、ちょっと考えられないことですが……」

「しかし、自殺だと考えると、あの密室の状況も簡単に説明がつく。いや、現実の捜査のセオリーでいけば、密室で死んでいる人間は、ほとんどが自殺なのだ。注射器で自分の腕を刺す。苦痛にもがいて、抜こうとする。覚悟して、思い切って刺したために針は抜けずに、筒だけが抜ける。それが部屋の隅に転がっていった。そういう解釈でも、あの状況は説明がつく」

　カミソリが批判した。

「しかし、服の上から針を刺すということがあるでしょうか？　覚悟の自殺なら、腕まくりをして刺すでしょう」

「それはいえる……」

　武志も反対した。

「動機の点からも、そんな自殺を考えるほど深刻な状況に彼が追い込まれていたとは考えられません」

「それは今後の調べを待たなければわからないが……」

「もしそうなら、彼の几帳面な性格だったら、遺書ぐらい残すはずです」

「他の人の迷惑を考えて、あえてやめたのだ」

「どうもピンと来ません。彼は芯《しん》の強い、冷静な現実感を持っていた男だったんです。その点をぼくは尊敬していたくらいです。もし彼が自殺をするとしたら、戦って破れてからだったはずです。ただ……」

ちょっと口を停めた武志に、警部は先をうながした。

「ただ……何だね？」

「ただ……彼は今年に入ってまた寮に現われてから、何かちょっと考え込んでいるような……どこか何か重苦しいようすはありました」

「原因はわからないのだね？」

「初めは奈智子さんのことかと思いました。彼、冬休みにもバールトの田舎に行ったのです。そこで何というんですか……奈智子さんにかなり正直なことをいわれて……そのことは奈智子さん自身がぼくへの手紙に書いて来たのでわかったのですが……かなりがっくりしたようです」

「つまり卑俗にいえば、奈智子さんに肘鉄砲《ひじでっぽう》を食ったというのだね？」

「まあ……」

「君は行かなかったのかい？」

「ええ、東京のおふくろの所に帰って、京都に来る時は、やはり東京に来ていたバールトといっしょにもどって来ました。しかし、さっきも話したようなことがあってみると、彼の憂鬱《ゆううつ》はやはり有馬の奥さんの方にあったようだと思います。それがどういうふうにかかわっているのかはわかりませんが、二度ばかり彼は変な事をいっていました」

「というと？」

「さっきもちょっと話に出たのですが、偽者正当論……というのかな、こういう厳しい過渡期の時代を乗り切って行くためには、自分自身を偽って、別の人格になる必要がある。第一、自分自身を偽ることが、倫理的に悪だという根拠は何もない。偽者になったからといって、それ自体で恥ずかしくない一個の人格を形成していれば、何の問題もないというんです」

「君たちらしい抽象論で、具体的には何のことかよくわからないね」

「彼の考え始めた一つの人生論なのか、それとも何かのことから摑んだ、彼がこれからそうあろうとする決心なのか、そのへんのことは解りません。ともかく何か考え込んでいることはよく解りました」

「としても、君は伊場君に自殺はありえないと考えるんだね」

「ええ」

「何か君は自身で自分を不利にしているところがあるが、それがかえってぼくには信じられるような気もする。いや、ありがとう。また迷惑をかけるかも知れないが、その時は頼むよ。ああ、それから君の部屋だが、今晩から寝泊りしていいよ。事件現場としての立入禁止は、きょうの昼に解除したから」

南波警部は話を打ち切った。

ナ・チ・コ

1

南波警部とは銀山亭のその場で別れ、カミソリとは参道の終る所で別れた武志は、そのままもまっすぐ下宿にもどった。五分とかからない距離だった。

潜《くぐ》り戸を入って、まっすぐ離れ倉にむかう。

有馬夫人が今日も母屋で夕食を出してくれる手はずになっていたが、その前に部屋の様子を見たかったのだ。

入口に黒い影が薄寒げにたたずんでいた。姿がふりかえった。

月は十五夜に近いはずだった。山陰《やまかげ》からまだ出てはいなかったが、空に反射した光でけっこうあたりは薄明かるかった。その中に奈智子《なちこ》の顔があった。

紺色のコートに、空色のポルカ・ドットの絹めいたマフラーを首に巻いていることも解《わか》る。

「君……」

絶句した武志に、奈智子は固い表情で、軽く一つうなずいた。

「寒かったろう。すぐ開けるよ」

「秘密に話したいの。誰《だれ》にも見られずに。だから、ちょっと出ていただけない？」

「じゃあ、母屋にも行っていないのかい？」

「ええ」

「いつ、京都に来たのだい？」

「三時頃《ごろ》」

「菱川君には会ったのかい？」

「いいえ、今度は木津さん以外には会いたくないの」

「なぜ？」

「今、その理由は話すわ。誰にも見付からない静かな所はないかしら？」

「山の方に上がればいいが、寒いぜ」

「かまわない」

武志は邸《やしき》を出ると、土地の者しか利用しないような小道を抜けて、山の方に奈智子を案内した。

「弟からきのう、伊場さんのことを報《しら》せた手紙が来たの……」

たずね返してみると、かなり詳しく知っているようである。

銀閣寺の門前から北に走って来る道とぶつかる地点に出る。そこからは大文字に上がる狭い山道になる。

吐く息が空気の中に、淡く白かった。下の方のどこかに馬小屋があるのか、蹄《ひづめ》が板を叩《たた》くらしい音が何度もする。

「木津さん、それで……やはり困ったことになっているんでしょ？」

奈智子が投げかけるような調子でたずねた。

「担当の刑事がわりあい理解ある人で、慎重に調べてくれてはいるんだが、どうもうまくないというところかな」

「ねえ、あなたのまちがいないアリバイを作りましょう」

突然、奈智子はあの独特の、きめてかかるような調子でいった。

「アリバイを作るって……じゃあ、偽のアリバイをかい」

「ええ」

奈智子の返事にためらいはなかった。

「そんなものを今更のように持ち出したら、かえってひどく怪しまれるだけじゃないかな？」

「でも一つだけ、信じさせることができるものがあるの」

「どんな?」

「私といっしょにいたというの」

「しかしそれだけでは……」

「いた所がたいせつなの。東山の石塀小路のある待合に二人だけでいたということにするの」

「待合?」

「この前、冷泉《れいぜい》通りの宿のおかみさんに会ったでしょ? あの人がよく知っている所なの。その紹介で、私とあなたがそこで会っていたということにするの」

ようやく武志も奈智子のいおうとすることを理解してきた。

「中に入ったことはないが、石塀小路というと……」

「そうよ。八坂神社の南にある、粋《いき》な料亭や待合のある所で、恋人たちとか芸子と旦那《だんな》さんとかが逢引《あいび》きをする所ですって。そこに私といっしょにいたから、私の名誉を守るために、今まで黙っていたといえばいいわ。でも、私とあなたがあとで会って、そういう相談をしたとわかったらだめだわ。それで今夜のことは、誰にも秘密にしておきたかったの」

奈智子は利かん気の強引さを見せて、話を押し進める。

道端の木立ちが途切れて、目の下の視界が開けた。梢《こずえ》の茂りが一面に拡《ひろ》がっている。ようやく高くなりかけたらしい月の光に、ほの青白い反射の海を作っていた。

武志は立ち停《ど》まってその海を見つめながら沈黙した。けっきょく一つの言葉しか出てこなかった。

「ありがとう」

「木津さんが、その名古屋の伊藤という人と、京都の町に帰って来たのは何時頃なの？」

奈智子は一途《いちず》に真剣だった。

「四条大宮の駅を出たのが、六時半頃だった」

「じゃあ、そのあと、その人たちとは別れて、ほんとうは私と会ったということにしたらいいわ。そうよ、七時頃に私と会って、七時半頃に吉蔦《よしつた》に行って……それがその待合の名なの……それから十時頃までいたということにしたら？　宿のおかみさんから、その吉蔦にはもう連絡してあるの。だから私とあなたで、すぐこのあとその吉蔦に行って、そのほかの詳しいことを、もう少し打ち合わせしましょう」

武志は奈智子のテンポに巻き込まれないのに必死だった。故意にゆっくりした口調で、話を元にもどした。

「ありがとう。わざわざ京都に出て来て……そんな……君が傷つくようなことまで進んでやってくれようとして……。しかし、今の所、そこまでしなくても……」

「だめよ！」奈智子は覆い被《かぶ》せた。

「あなたはたいへんな罠《わな》に陥《おと》し込まれているのよ。そんなことをする人たちには、生やさしいことでは立ち向かえないわ」

「カミソリさんもさっき、同じようなことをいっていた。だが、まったくの第三者に、まったくのでっちあげの証言をしてもらおうとするのは、とてもむずかしいことだよ。すぐボロが出る。もしそうなったら、これは決定的に事情は悪くなる。真実は何よりも強いことを、ぼくは信ずるよ」

ようやく奈智子の調子が落ちた。こんどはあのどこか投げやりな口つきになる。

「だからあなたはボンボンなのよ。私はたいへんな欺瞞《ぎまん》や悪が、堂々とこの世の中で通用していることを知っているわ」

「だが、公明な真実の前には、いつまでもそれは通用しないよ」

「どのくらい、長いいつまでもなの？」

「わからない」

「自分が破滅するいつまでもいいの？」

「ともかく嬉《うれ》しいよ。君の気持ちがよくわかって……。寒くなった。部屋に帰ろう。ろくな暖房はないけど、炭《すみ》ぐらいはある」

「それじゃあ、ともかく私だけがその吉蔦の所に行って、お願いすることがあるかも知れないといっておくわ。それで……しかたないから、あしたの朝、一応、帰ることにするけれど……」

「じゃあ、今度はこれでもう会えないのかい？」

「だから、今度、京都に来たことはあまり知られないほうがいいのよ。でも、約束して、これ以上話が悪くなるようだったら、すぐに電報をうつって」

「約束するよ」

二人は山道を引き返すと、銀閣寺の参道をおりた所で別れた。

武志は市電の停留場まで送って行くといった。だが、やはり二人のいっしょの所は見られたくないと拒否された。

ようやく月が山からはずれたらしい。かなりの明かるさになっていた。だが疎水沿いに歩いて行く奈智子の姿は、流れに沿って植えられた桜の並木の列のむこうにすぐ見えなくなってしまった。

2

電話が鳴っていた。

これまで、下宿している部屋の電話が鳴ることなど数度しかなかった。それもぜんぶがリア王の所で、武志の所にかかってくることなど、引っ越して来てから一度としてなかった。

だからまたリア王の所だなと、床の中でしばらくぼんやりしていてから、はっとした。リア王はもういないのだ……。

枕元《まくらもと》の腕時計を取り上げてみると、もう十時をまわっていた。

電話はまだ鳴り続けている。

ようやく気がついた。

とすると……ひょっとしたら奈智子かも知れない。まだ京都から出ていないのではないか……。

武志は床から這《は》い出て、壁の電話機のフックをはずした。

奈智子ではなかった。カミソリの声だった。

「まだ寝てたのか!? おいっ、おまえの無実が証明できそうだぞ! すぐ出て来い。南波刑事も呼んであるんだ」

まだ滑らかに回転しない頭で、武志は答えた。

「それで……どこに……行くんです?」

「ともかく、すぐ四条大橋の西詰に来い!」

うららかな早春の陽《ひ》の降り注ぐ大橋の西詰には、すでにカミソリのひょろ長い姿と、南波警部のやや小背でがっちりした姿が立っていた。

「紙谷君、さあ、それで、これからどうなる？」

南波警部がうながした。

カミソリは武志が来るまで、皆を呼んだ理由の説明を控えていたようだった。

「そこの先斗町《ぽんと》の、ボンが行ったという家に行ってもらいたいのです」

先斗町の小路の入口は、橋を離れるとすぐだった。

入口に歩み寄りながら、カミソリは話し始めた。興奮の色があった。

「刑事さん、もしボンが先斗町の一軒の家に、夫婦に案内されてあがったという話がほんとうだとしたら、考えられることはどんなことでしょう？」

「そうだな……」南波警部の物言いは鈍くなった。「……あの、近家というお茶屋の連中が嘘《うそ》をいっているか……しかしそうなると、この事件にはおそろしくたくさんの人間がかかわっているということになるが……」

「事件の性質がわかっていないのなら、そういうことだってありうるかも知れませんが……」

しゃべっているうちに、三人はすでに小路の中に歩み込んでいた。カミソリが説明を始めた。

「……見てください。この小路の両側は、どこも紅殻《べんがら》塗りの千本格子に犬矢来、入口には千鳥の絵のついた芸子の名の何枚かの表札と鑑札……というように、みんな同じ顔をむけて並んでいます。西側に入る小路の入口だって同じようなもので、上にある小路の番号の木札だけが、わずかに自分が今いる所をはっきり教えるものだともいえます。初めて……しかも日が暮れてからここに踏み込んだボンが、どれほどここの地理を嚥《の》み込んでいたか大いに疑問です。彼がはっきりわかっていることは、三十六番の小路に入って、千鳥灯に近家という名が書いてあったことくらいです……」

　小路の入口の上の番号を拾っていくうちに、数がへって、三十六番が近づいた。

「……とすれば、もしこの番号の木札も、それから千鳥灯や表札等《など》も擦り替えられていたとしたらどうでしょう……」

　カミソリは番号札の斜め下に立って、それを指さした。

「……見てください。あの釘《くぎ》にかけた番号札のうしろの梁《はり》を。長い間、風雨に曝《さら》されて、本来なら、そのくすみ方には一定のトーンが出て来るはずです……」

　縦長の板札には、勘亭流に近い書体で〝参拾六番〟の文字があった。板の上端近くに四角な小さな穴があり、Lの字型の床折釘に引っ掛けられていた。

「……ところが右下隅の方に、そういう変色の少ない生木の感じが出ていて、ぴっちり札の片隅の直線の跡が出ています。よく見ると、札が少し右に傾むいているのも解ります……」

　南波警部も、カミソリのいおうとすることを、理解したようだった。

「つまり君はこの番号札と、他の番号札とが擦り替えられて、木津君はほんとうは別の小路に案内されたというのだね？」

「そうです。こっちに来てください」

カミソリは大股《おおまた》に中に歩み込むと、この前、武志が南波警部と訪れた、近家というお茶屋の前に立って、表札を指さした。

「……この金属製のお茶屋の鑑札の下の柱を見ると、一番明らかなのですが、ほら、鑑札の形のついた燻《くすぶ》らない色の部分が、やはり少しうしろからのぞいていて……それよりも一番はっきりしていることは、どうやら擦り替えるためはがした時に、古い銅釘を失《な》くしたのでしょうか、真新しい頭が光っている釘が一本あります。芸子さんの表札や、千鳥灯の中もよく調べたら、一度動かして、またもどしたあとがきっと見つかるにちがいありません……」

外の気配に気がついたらしい。入口のむこうで人の足音がして、格子戸が開いた。この前のおかみだった。

警部があいさつした。

「また騒がせていますが、すぐ引きあげます」

おかみは何と答えていいのかわからないように、黙っていた。

奥の方で何人かの……女性らしい、若々しい人の気配がする。

警部は話を聞かれまいとするように、カミソリの腕に手をやって、まわれ右をさせた。いっしょに出口の方に歩き出す。

武志も慌ててあとを追った。

「それで、紙谷君、その木津君がまちがって案内されたという、ほんとうの小路は、何番で、どういう家なのだい？」

南波警部は、珍しく早口になっていた。

「……ボンをまちがった所に案内するにしても、そうとび離れた遠い所では、距離感からおかしいと思われてしまうでしょう。三十六番前後で、やはり番号札に移動の跡があるらしい所……と考えて、探してみたら、すぐわかりました。三十四番なのです……」

「それで、その家は？　まさか君は、すでにそこを直接たずねたわけでは……」

通りに歩み出ながら、カミソリはふりかえった。

「たずねようにも、そこは空家でした」

「空家!?　なるほど！」

あっけにとられて、長い間無言だった武志に、やっと声が出た。

「つまりぼくは空家に案内されて、もっともらしく御馳走《ごちそう》になったと……」

「人間、食い気につられるとこわいな。この路地だ」

カミソリの足取りには、勝ち誇ったようすさえあった。

おかしなものだ。そうして歩み込んでみると、この前の夜来たのは、この路地で、ああ、そこの右手の家で、さっきの所とは違っていたという気が、武志にしてくるのだ。

その家の入口には表札も何もなかった。警部が格子戸に手をかけたが、まったく動かない。

家の脇《わき》に体を横にしてやっと入れる通路があった。カミソリがマントを板壁にこすりつけて中に入り、二人もあとに続いた。

家中にむかって開く、半間幅もない潜り戸があった。外側に留め金があり、小さな南京錠がさがっている。

「これを見てください」

南京錠のうしろの板に、何か棒のような物の先端でこじられたような、なまなましい点がいくつかあった。

「錠をこわした時に、つけたあとに違いありません。見てください」

カミソリがボルトを引っ張ると、簡単にはずれてしまった。

南波警部がうなった。

「そういうわけか……」

反対側の家の押し戸が開いて、人の顔がのぞいた。たすきがけの、三十がらみの女性だった。ひどく四角い顔である。下働きの女中でもあろうか。

「朝方《あさがた》の三高さんやあらへんか」

「さっきはどうも」カミソリはにやりとしてから、警部に解説した。「朝早くここに来て調べているとと、同じようにこの方が顔を出しましてね。この家が空家であることも、この人からきいたのです」

警部がもう一度確認した。

「警察の者ですが……そうなのですか？」

「伊沢さんというおうちどすえ。空家いうても、その伊沢さんがそのまんま、借りていはりますね。戦時中におかーはんも二人の芸子はんも、そっくり福知山の在の方に疎開しなはってな。そやけど、もう一月《ひとつき》もせんうちにもどって来なはるという話どす」

「それじゃあ、時どき掃除にもどってくるとか……そういうこともあったのでは？」

「へえ。二月《ふたつき》に一回とか……。何ぞこのお家《うち》にありましたかいな？」

「先おとといも、来たのでは？」

「いいえ、おいでやしたら、必ずお声がかかりますけど、あらへんどした」

「その伊沢さんのほかに誰かが出入りしたというようなことは？」

「たいていのことなら、気いつくはずどすけど、別に……」

「この前、伊沢さん来たのはいつ頃です？」

「そーどすな、もう一月以上も前どすか……」

「伊沢さんの住所はわかりますか？」

「へえー、おかーはんなら知っとりやす」

「ついでに、大家さんか差配さんの名と住所も知りたいと伝えてください」

「へえー」

女中の顔が引っ込むと、警部はカミソリにいった。

「それで君はこの家の中に入ったのか？」

「いや、あまりひっかきまわしてはいけないと思って、入ってはいません」

「入ってみよう。しかし、中の物には手を触れないでくれ」

中は一月以上掃除されていないにしては、確かに埃《ほこり》一つない感じだった。

薄暗く、がらんどうの室内を歩き回りながら、武志は警部の質問にこたえて、このへんに卓袱台《ちゃぶだい》、このへんに茶簞笥《ちゃだんす》と教えていった。

説明しているうちに、先おといの夜の様子が、ますます頭の中にはっきりしてくる気持ちだった。

しかし、明確でない所もある。今にして思えば、敵はそのへんを計算して、普通以上に電灯の燭光《しょっこう》数を落していたような気もする。

「……大体の筋が読めて来たな」警部があいかわらずの地味に落ち着いた調子でまとめ始めた。

「……犯人たちがこんな罠を木津君にしかけたのは、それによっていくつかの狙《ねら》いが同時に果たせるためだったにちがいない。まず犯行時間に、木津君を現場から遠去《ざ》けることができる。それからアリバイを失くせる。そして鍵《かぎ》のことで、強力な容疑を被せることもできる。どれが一番大きい目的というのではなく、みなそれぞれに重要さを持って競合している。こう考えると、犯人がこんな手の混《こ》んだことをあえてしたのもわかってくる……」

カミソリが鋭く、警部の言葉の一つを捕えていった。

「『犯人たち』といいましたが、つまりリア王を殺した犯人と、それから木津をここに引き込んだ初老夫婦という意味での複数ですか？」

「ああ、何となくそのつもりだったが……」

「その夫婦というのは、どのくらい事件にかかわっていると思いますか？　主犯の犯人に雇われただけの、リア王の殺害のことはよく知らないという存在でしょうか？」

そうなると、武志も黙ってはいられなかった。

「いや、雇われたというような、そんなことだけでは、とてもあんなにうまく芝居をやり通せそうもありませんよ。それに、この前もいったように、教養もずいぶんありそうな人でしたし……」

ひととおり家の中を見まわった警部は、通り抜けの土間の上り際にたたずんだ。

「これだけのことをやり果《おお》せた連中だ。手がかりになるような物を、残していくはずもなさそうだが、ともかく鑑識を呼んで何かないか探してもらおう。しかしこれで君のいっていることは嘘でないことがわかってきた。これならほかの連中を説得することも可能だろう」

「ぼくの容疑は晴れたというのですか？」

「こういういい方をすると、また怒るかも知れないが、事件が解決するまでは断定的なことはいえないのが我々の宿命さ。だが、君の容疑は薄くなったということはいえる」

裏口の方で声がした。

どうやら隣家の〝おかーさん〟が、女中といっしょに出て来たらしい。

警部が裏口にもどり始めた。

武志は奈智子のことを思い出した。すぐ報告しなければならない。

「カミソリさん、ありがとう。急いでやらなければならないことがあるので、失礼していいですか」

「いいけど……何だい、その急いでやらなければならぬ事というのは？」

口まで出かかったが、やめにした。

「たいしたことじゃありません。カミソリさんは、今日は家庭教師は？」

「ああ、一段落したところだから行くつもりだ」

「帰りにぼくの下宿に寄ってください。お礼のしるしに一献《いっこん》を。ライヒに何か調達させますよ」

「おう、悪くないな」

武志は外に駈《か》け出すと、先斗町通りから四条通りに出た。

奈智子の常宿は、大橋を渡って、遠くなかった。初めはそこにまっすぐに行くつもりだったが、すぐそばに公衆電話のボックスがあったので、そこに飛び込んだ。

奈智子はやはりすでにいなかった。早朝に帰って行ったという。

武志は河原町に出て郵便局を見つけると、そこから電報をうった。

「ウタガ　イハハレタアリガ　トウイサイフミ　タケシ」

3

喫茶店〝フランソア〟は、四条の高瀬川沿いにほんの少し下った所にあった。三高生のよく集まる所だった。

先斗町の通りの南口を出れば、高瀬川を斜めに挟んですぐの対岸である。

この他に、〝カレドニア〟(略してドニア)、〝リプトン〟、〝駒鳥〟、古くは梶井基次郎《かじいもとじろう》の『檸檬《れもん》』にも出てくる〝鎰屋《かぎや》〟なども、三高生のひいきする喫茶店だったが、武志たちグループは、〝フランソア〟にたむろすることが多かった。

まだ貿易自由化など遠い先で、どこに行ってもまともなコーヒーなど出るはずのない時代だった。喫茶店の中には、焦がした百合《ゆり》の根の粉末を、進駐軍流れのコーヒーにまぜて出している所もあるという話だった。だが、それにしてはフランソアはかなりまともな物を飲ませた。

この店ではクラシック音楽を聞かせた。

コーヒー・カップを片手に、名曲を耳に……戦時中の貧しく、しかもヒステリックにがさつの時代から解放された若者たちにとっては、その雰囲気は心を酔わせるものがあった。武志たちはわずかの豊かさが、そして高踏さがあれば、貪欲《どんよく》な感性でそれを受け入れた。シラケなどという、豊かさに対する感性の退廃はなかった。

武志がカラバンとともに、フランソアのドアを押した時には、いつものメンバーはすでに揃《そろ》っていた。

今日は瞑想《めいそう》ふうにして、音楽に耳をかたむけている者はいなかった。皆、かなり深刻な顔を寄せ合ってしゃべっていた。もちろん話はクラーレのことに違いなかった。

ついさっき、武志は校門のすぐ内側で、カラバンにつかまって、そのクラーレという言葉を聞いたのだ。

「おい、ボン、待ってたぜ。おまえだけがつかまらないから、おれがここでその役をおおせつかったのだ。おい、あのクラーレのことを警察が知って、リア王のことと関係があると思い始めたらしいぜ」

密《ひそ》かに予期していたことではあったが、やはり武志は、瞬間、呆然《ぼうぜん》とした。

「おい、ボン、何をぼんやりしてるんだ？　まだ眠たそうじゃないか？」

それもほんとうにちがいなかった。

きのうのカミソリの鮮やかなアリバイ証明でほっとしたせいか、夜は死んだように眠ってしまった。そのおかげで、朝寝坊した。学年末試験も近い。このへんで締めておかないとえらいことになると、昼過ぎのドイツ語の時間に間に合うように、顔も洗わず、飯も食わず、慌てて飛び出して来たのだ。

「クラーレのことを知ったって……どの程度に？」

「おれも良くは聞いちゃいないが、ともかく警察の科学専門の何とかかというところで、リア王を殺した注射の毒はクラーレということがわかったらしい……」

「やっぱり！」

「それで聴き込みを始めた刑事たちが、おれたちの兎《うさぎ》の実験を嗅《か》ぎつけたらしい。ともかく、さっきマーゲンの所に、それは事実かと一人の刑事が確かめに来た。それからそのあとライヒの所にも、毒矢の件をたずねて来たそうだ。それでマーゲンとライヒが、カミソリさんの所に、どうしたものかと相談に行った。そこでカミソリさんは、ともかくそれにかかわった者みんなの話をききたいからというので、至急フランソアに集まることになっ

である。

たんだ」

もう授業などは問題ではなかった。武志はカラバンといっしょに、学校を飛び出したの

クラーレという毒薬と兎の実験は、高校生らしい蛮からとあくなき事実探究心のあらわれともいえた。だが、当事者の武志たちにとってみれば、どこか笑えるようであって、やはり後味のよくないものだった。特にあの兎がおそろしい痙攣《けいれん》の末、息絶えた様子を思い浮かべると、ひどく嫌な気がする……。

そもそものきっかけは、十一月の半ば頃だったろうか……、ライヒの邸の応接間で、月に何回かの恒例の御馳走になっていた時だった。

その部屋の布張り壁には、南方の原住民の民具だの武器だの仮面だのが、かなり煩雑なほどにかけられていた。

ライヒが見習おうとする世界漫遊の道楽伯父《おじ》が持ち帰ったものだとは、武志も聞いていた。

何の話でか、ライヒが十本ばかり束になって飾られている、素朴な作りの矢をさしていった。

「これはの、南米のインディオがアマゾンの密林で使うている矢で、見かけは見映《ぼっこり》えせん

けど、そのかわり矢に何とかいう猛毒が塗られていて、一発くろうたら、筋肉がたちまち痙攣して、あの世行きやそうや」

　いささか恐ろしげにたずねかえしたのは、武志だった。

「その毒が……今も、その矢に残っているのか？」

「おそらくそうやろうな」

「危いじゃないか」

「いや、それがこの毒はちょっと変わっていてな。触っても、口から入れても、だいじょうぶなそうや。ただ、体の肉や血に入ると、とたんに効目をあらわすんや。そやから、怪《け》我《が》した指なんぞで触れたら、危いということや」

　マーゲンがいきいきとした声でたずねた。

「それ、クラーレという毒じゃないか？」

「そうや、そうや、クラーレや」

　理科系志望のマーゲンはとたんに興味を持った。椅子《いす》から立ち上がって、矢の前に行って目を近づけた。

「こいつはな……何とかという木の汁から作るエキスでな、原住民が鍋《なべ》でグツグツ煮詰めるんだそうだが、その時有毒の蒸気が立ちのぼるので、もう行く先長くない村落の老婆が、その鍋の番になって犠牲となるっていう話があるが……こいつはあてにならないよ。だって血に入ってしか毒にならないっていうやつが、なぜ蒸気で人を倒せるんだ？　ああ、ほんとだ、毒が確かに残ってるかも知れないぞ。クラーレは黄褐色と聞いたが、矢尻《やじり》の先に、そんなようなものがついてるぞ」

バールトがいった。

マーゲンが指を出して、平気でその先を触ったのに武志はひやりとした。

「しかしもしそうだとしても、ずいぶん昔のものなんだろう？　もう効力が切れてるんじゃないかな？」

「どうかな？　実験してみりゃあ解るが、まさかな……」

ライヒが低くおさえた声でいった。

「犬とか猫とか……何か動物を使ってみたらどうや？　そうや、兎なら手に入りそうな所があるんやが……」

マーゲンがそれに乗ってこないはずがなかった。たちまち、実験の相談がまとまった。

翌日、昼休みになると同時に、武志は約束の場所の理科実験室に飛んで行った。

マーゲンはきのう、すでに三つばかりの矢尻を、ライヒの家から持って来ていた。彼は皆にかこまれて、そこからナイフで表面をこじり落しているところだった。

なるほど何か褐色じみた粉のような物が、白紙の上に微《かす》かに溜《た》まり始めた。しかし、銹《さび》のように見えないこともない。

ライヒがボストンバッグを持って入って来ると、実験台の上に置いた。中でもぞもぞと生き物が動いた。兎であった。

「……こいつは純正アルコールだ。さっき調べたんだが、クラーレはこいつで容易に溶けるそうだ……」

マーゲンはかなり馴《な》れた手つきで、シャーレに入れた褐色の粉末に、アルコールを注いで、ガラス棒でかきまぜた。

「……溶解していく感じのところを見ると、話は悪くないぞ……ライヒ、おい、兎を出せよ」

その声はいささかこわばっていた。

ライヒは兎の扱いを、まるで知らないようすだった。腕の中に抱え出したが、危うく跳び出されるところだった。

「こういう扱いは、田舎者のおれにまかせてくれ」

バールトが手を出して、ためらいのない動作で両耳を片手づかみすると、空中から机の上へと置いた。

兎は赤く丸い目を見開いたまま、猛烈な勢いで、後の両足を机の上に叩きつけた。白い体は、耳をつかまれたまま、何度か空中にはねた。

「動物を虐待することを罪にする法は世界のいくつかの国にあっても、殺すことを罪にするところはないんだ。そうなったらビフテキも豚かつも食えんからな。とはいえ……いささか不憫《ふびん》だな。おいっ、たまらない！　誰かこいつの尻《けつ》の方をおさえてくれ！」

バールトの声に、リア王が答えた。

「よしゃ、おれがやってやる。科学的真実探究という崇高なる目的意識のためだ！」

いつも以上に、こじつけ理論の会話が騒がしかった。皆がみな自分の中にいる悪魔を呼び出して、平静になろうとしている。

武志も同じように冷静を装おって、机の上に横倒しに、長く磔《はりつけ》になった白い毛の体を見詰めた。

「どこにするかな……」

注射器を持って行くマーゲンの手が、微かに震えているのがわかった。

カラバンが唾《つば》を嚥む音とともにいった。

「やっぱり腕じゃあ……」

「ばかっ！　兎にろくな腕などないから困ってるんだ。やはり首にするか。脳に近いから、もし効力があるなら、すぐ効果をあらわすはずだ。長い間、苦しませては不憫だからな」

リア王がひきつった声をあげた。

「おいっ！　まちがって、おれの手なんかにするなよ！」

「わかってる！　問題は薬の量だが、原住民は毒の矢を射込んだだけで獲物を麻痺《まひ》させるといううんだから、液を注射しなくても、針を刺しただけで……まず、そうしてみよう」

マーゲンは針先を兎の首に近づけた。

「ゲーッ、毛が深くて、どこが肉かわかりやしない……あっ、刺さったらしい……」

マーゲンの声が停まった。効力が恐ろしく速かったからだ。

兎の抵抗が敏速にやむと、別の動き……明らかに痙攣の動きが始まったのだ！

すさまじい痙攣だった。毒それ自体に恐ろしい爆発的動力が秘められていて、たちまち体全体を占領したようだった。四肢を強く、急速に、しかも小刻みに震わす。

「ひえーっ！　針を刺しただけでこれだ！」

リア王がたまりかねたように、つい押さえていた手を放す。

白い体は大きく跳ね、カラバンの手からも飛び出すと、机から床下に落ちた。

板にぶつかる鈍い音が、武志の心臓を縮み上がらせた。

もう手を出す者もいない。

兎は床の上で痙攣を続ける。

「だいじょうぶだ！　痛みはないんだ！　こいつにやられると、筋肉の神経末梢《まっしょう》が麻痺するっていうから、苦痛はないはずだ！」

マーゲンがこわばった声でいったが、これは自分の行為に対する必死の弁解にちがいなかった。

不意に兎の動きがやんだ。四肢の先端に、わずかの震えが残るだけである。

「針を刺しただけだぜ！　すごい効き目だ！　これじゃ人間だって、たっぷり毒を塗った針を刺されたらイカれてしまうぜ」

マーゲンは唾を嚥み込みながらいってから、急に声を張った。

「おいっ！　我々の科学的探究心の尊い犠牲になったこのウサちゃんを、このまま捨てるわけにはいかない。今晩、食おうじゃないか。再び生きる者の血と肉に還元する。ニーチェ曰《いわ》く、永劫回帰《えいごうかいき》！」

皆の口から、それぞれに疑いの言葉や間投詞が出た。

マーゲンはりきんだ。

「だからいったじゃないか。クラーレは血に入らない限り効力はないと。第一、そうじゃなけりゃ、この矢で狩猟をやっている原住民が生きていけるはずがないじゃないか!?　ただし、虫歯を抜いたり、扁桃腺《へんとうせん》を切ったりした直後のような、傷口の残っている奴《やつ》はだめだ。我々の智的《ちてき》満足を完成させるためには、やはり食うことまでやらなければ半端っていうものだ」

「おまえは智的満足より胃的満足だろう」バールトは茶化してから続けた。「よしっ、ともかく最初にはおまえが手をつけることにして、夕方の食事のあとで兎鍋《エッセン》といくか。田舎育ちのおれだ。少しは心得があるから、肉はおれがばらすよ」

そこまで見ている元気は武志たちにはとてもなかった。理科室にマーゲンとバールトを残して、皆は退散した。

その夜、寮の二階の寝室に集まったメンバーは、昼間の実験室の顔触れとまったく同じだった。

といっても、武志にはまったく食べる気はなかった。

いつものように食糧調達係として、ねぎや豆腐等を持ち込んで来たライヒも、宣言した。

「ぼくも食べんぞ。万が一の時には、看取《みと》る人間も必要やろ……」

マーゲンが突っ張った調子でいった。

「こいつは科学に対する認識の問題だ。おれはそれを信頼しとるから、よしっ、初めにおれが食う。しばらく見ていて、何でもなかったようだったら、食いたい者は食え。ああ、うまそうに煮えてるじゃないか！　これを見たら、手を出さずにはいられないぜ！」

電灯線からとった電気こんろの上で、すでに盛んに湯気をたてている鍋に、マーゲンは箸《はし》を突き出した。

手にした小皿の上に載せられた何枚かの肉は、白っぽく茶色だった。煮えた牛肉や豚肉とさして変わりはないはずだったが、武志には何か不気味な色に見えた。

マーゲンはひどく大口に、しかも急速なテンポで、たちまち肉片を口の中に放《ほう》り込んだ。かなり卑しい音をたてて嚙《か》み始める。それから咽《のど》を動かして嚥み込んだ。

「うまいよ！　しかし……ちょっと調味がよくないかな。もう少し醤油《しょうゆ》を入れよう」

いくら、胃袋《マーゲン》だけの男だといっても、皆の熱い注視の中で、それほどすぐに『うまい』といえるかどうか怪しかった。多分に虚勢であったにちがいない。

調味を終えると、またマーゲンは鍋に箸をのばした。

「さっきも見たとおり、クラーレは即効性だ。もし危いっていうなら、もう効いてくるはずだが、ほら、このとおりだ」

彼はまた肉片を口に放り込んだ。

何とも始末のつかない沈黙が、わずかの間漂って、またマーゲンが騒がしく口を開いた。

「おい、試したい奴は、ぼつぼつ始めちゃどうだ？　小《ち》っこい動物だから、肉はそうたんとはないぜ」

彼は今度は葱《ねぎ》と豆腐を皿に載せた。

カラバンが叫ぶようにいった。

「よしっ、おれもやったるで！」
四、五分は二人だけの宴会が続いてから、リア王がいった。
「よしっ、ぼくも経験のために、少し食べてみるか……」

バールトがいささかにがにがしげに口を開いたのも、それからすぐだった。

「何だか……バカげているが、まあ、ぼくもつきあおう」

しかしマーゲン以外の三人の箸の動きは何とも鈍かった。

けっきょく鍋のほとんどを、マーゲンが平らげたといってよかった。

もちろんマーゲンも、他の三人にも、何の異常も起こらなかった……。


武志がフランソアに入った時は、カミソリはその兎とクラーレの話を、すでに聞き終っていた。

カミソリは腰をずらせ、赤いクッションの椅子の横に、武志のスペースを作りながらいった。

「……今、クラーレの話を聞いたんだが、おれが知らなかったのは、ちょうど故郷《くに》の金沢に帰っていた時だったんだな」

「そうです。ちょうどその時です。この話はかなり学校じゅうの他の連中にも拡まっていたはずですが、そのあともカミソリさんは、何となく聞き逃がしていたんでしょう」

「そうらしい。警察が最初にこの話を捕獲《ファンゲン》したのも、そういった伝え聞きをした誰かかららしい。そこで詳しい事を、首謀者のマーゲンに聞きに来たのだ」

ライヒが口を入れた。

「それからぼくの所にも来てな。今頃は家にその矢を証拠としておさえに行っているはずやないかな」

「おい、もう一本もらうぞ」カミソリはテーブルの上にあった、ライヒの洋モクのパッケージに手を伸ばした。

「ボン、おまえ、事件の初めから、ひょっとしたらリア王を殺した毒はクラーレで、ライヒの家の矢が使われたのではないかと考えないでもなかったんだろ？」

武志はうなずいた。

「ええ、それは……」

「なぜいわなかったんだ？」

「警察ではまだ毒は何かはっきりしたことはわからないといっているのに、何もこちらから先まわりしてクラーレではありませんかということもなかったからです。ほかの毒の可能性だってじゅうぶんあることですし、だったらまったくいわずもがなのことですから」

「しかしおれにはいってほしかった」

「すみません。自分が疑われていることですっかりのぼせていて、ついつい忘れてしまったのです」

「そういうことなら、ぼくも同じですよ」バールトがいった。「リア王の殺され方を聞いた時、ひょっとしたら……と疑わないでもなかったのですが、必要がないのなら今さら持ち出したくない話でしたし……」

けっきょく、武志やバールトばかりでなく、ライヒもマーゲンも何となく疑っていたことがわかった。

まったく考えもしなかったというのは、カラバンだけだった。彼の頭脳はいささか緻密《ちみつ》さに欠けている疑いもあった。だが三高に合格したのである。おそらくはとてつもない大器型なのかも知れなかった。

「となると、これは話はかなり厄介なことになるな……」カミソリは口と二つの鼻の穴から、濃い煙草《たばこ》の煙を吐き出しながらいった。おそろしく深く煙を吸い込む癖なのだ。「……クラーレという薬は、そう簡単に手に入るものではない。とすれば、ライヒの家の矢じりから取り出されたという疑いが濃い。しかしその事実を知る者、そしてそのチャンスを持てる者となると、今、ここにいるおまえたちだけくらいになってしまう……」

皆は無言で、それとなく、お互いの顔を見合わせた。

「……おれは、ライヒの家に行って御馳走になったのは三度くらいだが、それでもその壁にかかった矢の束というのは、おぼえている気もする。長さは確か四十センチ前後……五十センチはまず絶対ない、短かいものだったはずだから、一、二本、服のどこかに隠して持って行こうとすれば、不可能ではないな？」

ライヒは無言でうなずいた。

「いや、誰もいない時、外から忍び込んで、盗んで行くことだってできるな。そして、またもとに返せば、十本くらいもある束では、一時的に紛《な》くなっていることには気づかないな？」

ライヒのまた無言の肯定。

「だが、その矢にそんな毒があって、それが有効に利用できることを知っている者は限られている。ここにいるみんなだけだ。警察だって、そう考えるにちがいない。いや、すでにそう考えているのではないかと思う……」

バールトが問い返した。

「つまり、今度はぼくたちみんなが、容疑者になってしまったというわけですか？」

「残念だが、そう考えたほうがいいだろう。さっき話したが、ボンの容疑はかなり晴れた。それで〝ボンを救う会〟の初期の目的はかなり達成されたかに思えたが、こうなると今度は〝皆を救う会〟になりかねない。こうなったら〝リア王殺害犯を探偵する会〟という直接的な目的の会にしたほうが良さそうだ……」

バールトは声に暗然としたようすを隠さなかった。

「つまり……探偵する会の中に、また犯人もいるというわけですか？」

「その可能性が大きい……」

「しかし、ぼくたちの誰一人だって、リア王を殺す動機なんか持っていないはずです。そんなことは、ぼくたち自身が一番よく知っています」

「しかし警察は隠された動機があると考えるだろうし、捜査の手順からいって、まずそれは別問題にして、みんなのアリバイあたりから、捜査を始めるだろう。いったい今度の事件で、確かなアリバイがあるのは誰と誰なんだ？」

マーゲンがききかえした。

「もう一度、時間をはっきりさせてください。あの日の何時から何時までが、証明できればいいんです？」

「八時五十分から九時十五分までだ」

「それなら、おれは大丈夫かも知れません……」

マーゲンは説明し始めた。その頃、東九条の親戚《しんせき》の家に呼ばれて、酒も入った御馳走になっていたというのである。

むこうを訪問したのが、午後七時半頃、辞去したのが十時過ぎ、二条西大路を東に入った下宿に帰りついたのが十時半、事件のことを聞いたのは、翌日、登校してからだと説明した。

このちに警察はマーゲンのこのアリバイも調べ始めたが、彼自身の証言通りだった。この行動のすべてに、多くの証言者がいたのである。

この他に確かなアリバイのあるのは、河原町五条の竹川という家で、麻雀《マージャン》をやっていたバールトだけだった。

ライヒといっしょに、午後五時半頃リア王の下宿を出てから、六時少し過ぎに、竹川の家についた。

それから午後九時四十分まで、一荘半《イイチャン》の麻雀を打ち続けていたのである。

竹川の家を出たのが、九時四十分頃であることも確かだった。

あとからの警察の調べで、バールトが九時半前には帰りたいというのを、勝負が少し伸びて、その時間になってしまったことを、皆がはっきりおぼえていたのである。バールトが急ぎ始めたのは、もちろんリア王の下宿に財布をとりにもどらなければならなかったからだ。

「かなわんな。そうなると、ぼくみたいな、ええ子ちゃんのほうが、アリバイなんぞはないことになるわ」

ライヒが嘆いた。

彼はリア王の下宿を出て、バールトとは途中で別れ、二軒ばかり古本屋に寄ってから、岡崎の家に帰った。そして午後七時半頃には夕食を終って自分の部屋に入り、十一時半頃に床に入るまで、読書をしていたというのである。

その間も、そして朝までも、自室に独りでいたのだから、それを証明する者は誰もいなかった。

岡崎から現場までは市電の利用と徒歩をまじえて、三十分弱なのである。

そういう距離的な意味では、もっと不利だったのは、カラバンかも知れなかった。

カラバンの瀬之内町の乾物屋の二階の下宿は、事件現場まで、走って行けばまず十五分という所だったからである。おまけに、犯行時間の頃、彼は風邪《かぜ》の熱で、独り布団の中で寝ていたというだけなのだ。

あとの警察の調べで、下宿のおばさんが午後七時頃に、夕食の食器の跡片付けに行って、ほんの二言、三言、会話を交わしたことがわかった。

また十時半頃にも、一度、様子を見に行ったという。カラバンは布団を被って眠っていたようすなので、そのままもどって来たそうである。

しかしその両方とも、犯行時間からはずれたものだったから、アリバイの材料にはなりえなかった。

皆のアリバイを聞き終ると、カミソリがいった。

「おれはライヒの矢のクラーレの件は知らなかったから、容疑者としてはずしてもらえるかも知れないが、一応、アリバイをいっておこう。七時五分前頃から九時半まで、太秦《うずまさ》の生徒の家に家庭教師に行っていた。六時半少し過ぎに、四条大宮でボンを見たというのは、そこに行く途中だ」

ライヒは自分の立ち場を必要以上に、深刻に考えているようだった。かなりの当惑の声できいた。

「カミソリさん、今度はぼくあたりの立ち場が、えろう悪くなったのとちがいますか？

警察には、どない答えたら、ええんですか？　ぼくだったら、矢の毒を盗むも盗まんも、家に一日じゅうあることやし、その上、アリバイはまるでなし……」

「しかし動機がないだろう。それにこの事件ではどういう方法で殺したかという密室の解釈をつけなければ、犯人を断定することはできないくらいは、警察だって知っているはずだ。疑われているというなら、おまえだって、カラバンだって、それにまだボンだって、いまだに同じようなものさ。マーゲンがアリバイがまずあるというだけ、少しはましといった程度さ。下手につくろったり、怯《おび》えたりするのが一番損だ。それより、何でも正直に答えるんだな。思ったことも、南波という刑事だったら、どんどんいってやれ。あの男なら理解してくれるはずだ。だが、皆よ、その前に、何か気づいたこと、思ったことがあったら、まずおれに話してくれよ。クラーレの件なんていうのは、もっと早く聞きたかったことだったよ」

皆は無言でうなずいた。

「しばらくは刑事たちが、かなり賑《にぎ》やかに君たちの身辺を動きまわるかも知れないが、そんなことがあったら、そいつもまめにおれにしらせてくれよ」

再び皆は無言でうなずいた。

今日だけは手元のコーヒーに手をのばすものも少なかったし、マダムがせっせとかけかえているレコードの音楽に、耳を傾むける者もいなかった……。

4

カミソリのいったように、その後数日間、刑事たちは手分けして、生徒の間をせっせと聴き込みにまわったようだった。

そういった接触を通じて、武志たちの方にもいくつかの新しい情報が入って来た。

ライヒの家の矢の束の四本から、明らかにクラーレをこそぎ落した痕跡《こんせき》が発見されたというのもその一つだった。

兎の実験では二本が使われた。とすると、残る二本が犯行に使われたものになるのだろうか……。

授業の合間の休み時間の廊下で、武志はマーゲンをつかまえてきいた。

「クラーレは必ずしもライヒの家の矢のものが使われたとは、いえないいんじゃないか？あの毒を手に入れるのは、たいへんなのか？」

「まあ、普通の人間には無理だろうな。薬屋では当然、売っていない。しかし似たような系統の薬が、手術の時の麻酔なんかには使われるそうだから、医者といったような人間なら、手に入れられるかも知れない」

「医者でなくたって、病院から盗み出すことはできるだろう？」

だが、武志の抱いていた想定は、すぐに覆《くつがえ》された。

殺人に使われた注射器も、鑑定の結果、学校の実験室から盗み出されたものであることが解ったというのだ。

これでは、犯人は学校の友人の中にいるという限定が、ますます確かになる……。

数日後、武志は校庭の片隅で、カミソリにつかまった。

「きのう、南波警部と会って来たんだがね、君の下宿の入口の鍵、専門家に型をとらせて、実際にその複製を鍵穴に入れて試したそうだ」

「ええ、有馬の奥さんからききました。おとといですか、ぼくの留守中に、南波警部と錠前屋が来て、奥さん立ち合いで、ドアをガチャガチャやったらしいですね。その場で削ったり、曲げたりしていたが、どうもうまくいかないので、引き上げたと……」

「きのうも、もう一度行って、試したそうだが、やはりうまくいかなかったということだ。それで錠前師は結論した。よほどの飛び抜けた腕前の錠前師でない限り、鍵の複製を作ることは不可能だと」

「つまり、鍵の複製で犯人が出入りしたという考えは捨てたほうがいいというんですね」

「元来、状況的にも鍵の複製をとったという考えには、むりがあった」

その時、むこうからバールトが近づいて来て、声をかけた。

この頃は、学校でたくさんの友人と顔をあわせる機会が多くなった。

学年末試験も近くなると、担当の教授から試験の範囲も聞かなければならない。そのためのノート借用や交換の交渉も必要だから、生徒の出席率がぐんとよくなるのだ。

「カミソリさん、きのう、ぼくの下宿にまた一人の刑事が来たんですがね。何かねちっこく、変なことばかりきくやつなんです……」

「変なことというと?」

「ぼくたちの交際関係とか、友達づきあいというのは、どういうふうにおこなわれているかとか……そういうものも、ああいう刑事の口にかけられると、何かたまらない冒瀆《ぼうとく》の感じで……この前、吉田山に集まったことも、バカに穿鑿《せんさく》するんです……」

「へえー、そんなことまで、もうむこうの耳に入っているのか」

「いったいどんな相談があったのだ? 紙谷君は頭が良くて、下級生思いらしいから、そのためにはずいぶん思い切ったこともするんじゃないか?……そんなことを盛んに質問するんです」

カミソリの白い額の眉《まゆ》がしかめられた。

「何だい……その『思い切ったこと』というのは?」

「これはここだけの話にしてほしいんだが、例えばボンを救うために、偽の工作……というのか……そういうことをするというようなことはなかったろうかというんです」

「偽の工作?」

「これは自分の考えじゃなくて、捜査課長の一つの意見だがといって……例えば紙谷君は、先斗町の空家の裏口でかがみ込んで何かしているのを、隣のお茶屋の女中に見られているというんです……」

　呆然と空白だったカミソリの顔が、ひきしまった。

「そうか……わかってきたぞ。その他には？」

「何だかぼくにはよくわからないので、返事に困っていると、ひょっとしたら紙谷君のほかにも、誰か先斗町に行って手伝った者がいるのではないかというようなこともききました」

「ボン、敵はあの空家の裏口の戸の錠をこわしたり、路地の表札を入れ換えた跡を作ったりしたのは、おれじゃないかと考えているんだよ！　つまり、おまえを救うために、都合のいい空家を見つけて、いかにもおまえがそこに案内されたような跡を作り上げたのだと！　いや、ひょっとしたら、吉田山でそういう相談がまとまって、表札なんかの取り換えには、誰か他の者も手を貸したのではないかと考えているんだ！」

　武志は息を嚥み、言葉を失った。それから怒りがこみあげて来た。

「それが捜査課長の一つの意見って……課長は南波刑事じゃありませんか！　けっきょく、彼はまだぼくを疑っているというのですか!?」

　だが、カミソリは武志の怒りに、意外なほどついて来なかった。むしろ、南波刑事の考えに感心している様子さえあった。

「なるほど……そういう考え方をするとはね……確かにそれも成立する……。しかし、ボン、おれはそんなバカげたことはしていないよ。まあ、怒るな。良く調べれば、偽の工作かどうかはわかることだし、おれも事実を証明するようにもっと努力してみる」

「またすっきりしない気持ちになりました」

「まあ、我慢しろ。今はすっきりしない気持ちでいるのは、おまえばかりじゃないんだ。ライヒだってカラバンだって、何となく嫌な気でいるんだ。しかし、南波刑事の考えの中には、何か面白い物がある気がしてならない。そんなふうに考えるというのも、あの先斗町での犯人たちの手口に……」

カミソリは途中で口を停めると、何か考え込むようすになってしまった。

自分が疑われているという意識が、また武志を悩ませ始めた。しかし以前のようではなかった。妙な話だが、容疑者の範囲が拡がり、アリバイの点ではライヒもカラバンも同類かと思うと、相憐《あわ》れむというのだろうか……どこか気が休まるものがあったのだ。

それに第一、いつまでもそんなことにこだわっていられなかった。学年末試験の時期が来ていたのだ。

三高の進級試験は厳しいものがあった。武志の入学する一年前の昭和二十一年には、学徒動員生の復学による学力低下等の特殊事情はあったにしろ、落第生《ドッペリ》が百三十三名、落第率ほぼ四人に一人という、仮借のないものだったのだ。

しかも学校の授業は入学するなり、飛躍した水準か、なじみのない高等抽象論から始まると来ては、ついていくのにもたいへんだった。

その上に、武志にはガイドのアルバイトで、いささか手を抜いているという弱味もある。

ようやく初春を迎えたとはいえ、まだ薄寒い部屋で、武志は猛勉強のスタートにかかった。

事件は事件、勉強は勉強だ！

そう決心して机にむかう。

しかしこの論理は、リア王の死は死、勉強は勉強ということでもある。

そう感じると、リア王を見舞った死の強烈の空虚さに、たまらなくなる。また自分がそうして生きて勉強していることに申し訳なさを感じる。

その埋め合わせのためにも、自分は勉強しなければならないと、武志は薄寒い早春の部屋で馬力をかけ始めた。

この忙しさの中に、もう一つ忙しいことが一日だけあった。カミソリが武志の下宿に引っ越して来たのである。

カミソリはそれまで東九条に下宿していた。

どう見てもお粗末な棟割り長屋の二階で、町工場の工員一家の住んでいるその中にまた一部屋を借りていた。

学校からは遠かったが、カミソリの今の身分では、おそろしく安い下宿料は何ものにもかえがたいものだったのだ。

だがリア王が死んで、武志のいる部屋は一人では広すぎるようになった。

武志の下宿からだと、学校まで歩いて行けるから、電車賃の節約分で出費がカバーできる。有馬夫人もカミソリの下宿代は特別安くしてくれるといってくれた。武志にとっても、勉強指導をしてくれる天才上級生が同居してくれるのは、この上ないありがたい話だった。

そんなことで、話はとんとん拍子に進んだのである。

だが、引っ越しといっても簡単なものだった。初めの頃は、カミソリも少しは本を持っていたらしいが、ほとんど売り払ってしまったようだった。だから、引っ越し荷物は寝具と、わずかの食器だけだった。

それをリヤカーに積んで、武志とカミソリは東大路をまっすぐに北に運んだだけである。

夕方には、そのリヤカーをまたもとの下宿に返して、それで終りだった。

学校では学年末試験のほかに、今一つの嵐《あらし》が吹き渡り始めていた。

二月末、三高の京大合同が決定したのである。つまりは伝統の三高の廃止は、もう避けられないものとなったのだ。

真からの三高生のカラバンは吠《ほ》えた。

「おれはな、最後の最後まで三高に居残ってやるぞ！　そのためには試験という試験はすべて拒否して、最後のたった一人の三高生になるんだ！」

カラバンは初めから、その決心だったかも知れない。すでに学期末試験のすべてに現れなかったし、ついに学年末の進級試験もボイコットしてしまった。

当然、三月末の進級合格者の掲示の中に、カラバンの田中豊の名が認められるはずもなかった。

さいわい、武志の方は、その掲示の中に、自分の名を発見していた。

近づいて来たカミソリに武志はたずねた。

「もちろん、カミソリさんは軽く進級でしょう？」

「まあな……」彼は淋《さび》しい微笑を浮かべた。

「しかし、三年生をやっていけるかどうか……ともかく故郷《くに》に帰って、おれの未来の設計を洗いなおしてみるつもりだが、見込みは暗いよ」

武志は非難した。

「でも、カミソリさん、やはりそれはないですよ。リア王の事件のことで、ぼくたちの立ち場も、まだ完全に晴らされていないんですよ。これじゃあ、生殺しの状態ですよ」

「心配するな。ともかく、新学年には一度帰って来る。警察の捜査も、あれ以来膠着《こうちゃく》状態らしい。その間に、こっちとしては、ゆっくり考えたいこともあるのだ……」

春休みが来た。

武志は一応、東京に帰ることにした。母には事件のことを、概略はしらせていた。一度、帰って詳しく話し、あまり心配しないようにもいっておきたかったのだ。

だが、四月にならないうちに、京都に帰った。カミソリも四月前に帰って来ると聞いていたからである。

下宿に帰ると、有馬夫人は紙谷さんはきのう帰って来たが、また数日留守にするといって出かけていったという。しかし、行く先は知らなかった。

バールトはまた東京の方に行っているはずだったし、マーゲンもカラバンも故郷に帰っているはずだった。

とすれば、もしカミソリの消息を知っているとしたら、京都にずっといるライヒしかいないように思えた。武志は行ってみた。

正解であった。カミソリは、きのうの昼前、ライヒの所に現われたというのだ。リア王の事件のことで、ちょっと名古屋方面に行きたいから、少し金を貸してくれといったそうだ。

「名古屋に何の用があるのだ?」

「さあ……犯人を知る有力な手がかりが得られそうだと、かなり興奮しているようすやった」

「あの、名古屋にいるという、伊藤という夫婦のことでもわかったんだろうか？」

「さあ……」

「いつ頃、帰ってくるといってた？」

「それも、何ともいわんだったな……」

それでも一、二日のうちにはもどってくると武志は思った。だが、そうでもなかった。

その間の暇ついでに、武志は久しぶりにガイドのアルバイトをやってみることにした。

そのことで苦い目にあってからは、いささか敬遠する気持ちが働いていた。第一、続いて試験でもあった。しかし、少し気分の余裕もできたせいか、その気持ちもかなり薄れていた。それに正直のところ、お金も欲《ほ》しかったのである。東京から帰るとき、このままの状態だと売り食いもそう長くは続きそうもないと、母にいわれて来たのである。

カミソリほどではないにしても、父のいない武志の家も、大ピンチに追い詰められつつあったのだ。高校はともかく、大学ということになると、何の目算も立っていないことは確かだった。

二日の間に、武志は三組の客を案内した。今までにない繁盛ぶりで、どうやら観光客の数も、目に見えて多くなっていることが感じられた。

京都は春の柔かい衣に包まれ始めていた。

友禅の布の長くのびる鴨川《かもがわ》の土堤《どて》は、ほのかな緑の色をつけていた。

銀閣寺の境内の落葉樹はまだ冬景色だったが、その中を蝶《ちょう》の白い色がひらついているのを見た。

八坂神社の境内では、顔役が花見の出店人に、杖《つえ》の先で地面に地割りの線を描いていた。見上げるとすでに綻《ほころ》びている気の早い花もわずかにあった。

カミソリは三日目の夜に帰って来た。

彼の背にはふくらんだリュックサックがあった。

「リュックも、バールトの家からの借り物でな。ともかくボンといっしょに食ってくれと、色いろの物を詰め込まれてな」

武志はあきれた。

「じゃあ、駒原に行ったのか？」

「いや、行ったのは名古屋と桑名なんだが、ふと思い出してな、帰りには桑名から養老電鉄で大垣に出ることにして、途中で寄ったんだ。バールトは東京にまた出ていていなかったが、奈智子さんに会って来た。ほんとうにすごい美人《シャン》だ。君によろしく、そのうち手紙を出すといっていた」

先斗町の空家のことがわかった時にうった武志の電報には、数日後、奈智子の返事の手紙が来ていた。無実が晴れてよかった。でも、犯人はひどく悪い人に違いない。いつまたどんな罠をしかけてくるかわからないから気をつけろ。そうなったら、すぐ電報をうってくれ。飛んで行く……と、それだけの、かなり事務的なものだった。そしてそれ以後はまだ一度も手紙をもらっていない。

それにしても、リア王といい、武志といい、こんどはカミソリまでが、同じような形で、バールトの家へ突然の訪問をした。むこうもいささか迷惑がっているのではないかと、武志は申し訳ない気になった。

しかし、万事に物資不足の時代であった。貧乏学生に免じて、少したからせていただくのも御勘弁願いたいという気持ちであった。

「それで、リア王のことの調査はどうだったのです？」

「確信を持ったよ」

「つまり、犯人が誰かですか？」

「そうだ」カミソリは武志が続いて口を開こうとするのを、覆い被せた。「だが、まだしばらく待ってくれ。学校に行って確認をとったり、まだその他に二、三しなければならないことがある。ともかくそれまでは、この話は控えておいてくれ」

天才上級生のカミソリのいうことである。しかも彼の物言いのどこかに、ひどく深刻な調子があった。

武志はかなりの我慢で、それからの三日間を過ごした。

四日目の昼近くだった。母屋の玄関ポストから持って来た、武志たち用の新聞で、京都の桜の満開記事を読んでいる時、電話が鳴った。

カミソリからだった。この三日連続で、武志が目を覚ました時には、すでにいつもカミソリの姿は部屋になかった。

「おい、すぐ出て来い。吉田山だ。ライヒもマーゲンも、バールトも来る」

「それじゃ、マーゲンもバールトも、もう帰って来ているんですか?」

「そうだ。帰って来ていないのはカラバンだけだが、ともかく彼を抜いて話をする。リア王事件の犯人のことだ。ともかく事件はすべて解決したと思う。君たちの補足的な意見をきいて、すべてを説明できるつもりだ」

「わかりました!」

武志はすぐに下宿を飛び出した。

5

吉田山はうららかな春だった。

武志は東今出川通りから、直接山頂にむかう山道をあがって来たが、道々、何本もの桜が満開になっていた。

すでに山頂から少しはずれた、斜面の若草の上に、カミソリとバールトの姿があった。

マーゲンとライヒも、すぐに前後して、南の方からあがって来た。

「おい、ライヒ、おまえ、今日も洋モク持ってるんだろ？　あったら、貢《みつ》ぎ物にしろ。何しろ今日は、おまえの憂鬱《ゆううつ》も何も一挙に吹き払う話をしてやるんだからな」

そういってカミソリは、煙草をたかると、うまそうに濃い煙を春の空気の中に吐き出してからいった。

「少し迂遠《うえん》の話から始めよう。おれたちの三高は、すでに廃止になるということは、皆もよく知っているところだ。しかし、今年の三月には、まだ新入生の入学試験はあった。ただこの一年生は、移行措置として、来年までの一年間だけ三高生活を送って、新制大学というやつの一年に入るということは……皆も知ってるんじゃないか？」

皆はうなずいた。

武志も少しは探偵小説を読んでいる。その中の名探偵も事件の解明の時は、たいていこんなふうに、おそろしく無関係と思われる所から、最後にあっと思う結論に持って行く。カミソリのことだ、やはりそうなるだろうと期待した。

「……しかし、おれたち……新しい二、三年生は、伝統ある我が三高でみっちり学んで、完全卒業をすることになる。特におまえたち新二年生は、最後の卒業生となるわけだが、ただしここに一つ問題がある。もし落第《ドッペ》ったら、もう一度一年生となって、翌年には三高からは途中で離れて、いやおうなく新制の京大に編入されてしまうことになるわけだ。だったら、三高生として最後まで学生生活を享受したいと希望する者としては、今度の進級試験には、石に齧《かじ》りついても勉強しなければならなかったはずだ……」

武志の頭に一人の友人の顔が浮かんで来た。思わず声を漏らした。

「あのカラバンのやつ！　バカだな！　考え違いをしてやがったんだ！」

「そうだろうか？」カミソリは鋭く反問した。「あれほど三高とかナンバー・スクール、それにその裏面の行政的な事まで詳しい奴が、そんな間違いをするだろうか？」

「しかし、そうすると彼の受験拒否は……」

「受けたくたって受けられなかったのさ。その前の学期末試験の拒否だって同じことだ。答案紙を提出したって、教授の手元の採点簿に彼の点数を記入する欄はなかったのだ。彼は偽学生だったのさ」

武志は啞然《あぜん》とする皆の顔と、視線を見交わした。

「そういえば彼の姿は教室ではめったに見られなくて……そりゃあ、何回か教室の片隅に坐《すわ》っているのを見たことはありますが、良く見られたのは寮内とか、それから寮の行事とかで……」

「この前の学年末試験結果の合格者の貼《は》り出しに、田中豊の名がないのは当然だったが、そうかといって、それでは不合格者の中に彼の名を見た奴がいるか？」

皆は顔を見合わせるばかりだった。

「……ここにいる奴は、皆合格者ばかりだったから、たいていはそれで安心して、どうやら不合格者の方までていねいに見た奴はいないらしい。だが、実際には落第組《ドッペリ》の中にも、彼の名はなかったんだよ。考えてみると、正直の所、彼は三高生らしい頭の良さの片鱗《へんりん》も見せたことはなかった。だが怪しむはずもないおれたちは、これはそれだけに、よほどの大物だというふうに思っていたところがある。おまけに彼は一番三高生であることを愛し、またそれを誇りに思っているふうだった。そして我が自由寮は来る者を拒まずという、自由の大原則にのっとった大らかさで、人を受け入れていた。昭和の初めに同じような偽学生の事件があったことを聞いた奴がいるだろう?」

武志はうなずいた。他にも首を縦にふった者もいた。

この昔の偽三高生は、それ以前の大正の頃にあった偽一高生との対比で、時の話題になったものである。

偽一高生の方は、他の生徒の物を盗んだり、寸借詐欺を重ねて正体がばれた。そこで一高寮委員たちが、行方を追及することになった。

彼等は捕縄《ほじょう》の方法まで練習し、ついにある駅で偽者をつかまえて、警察に連行したという。

三高の方の偽学生は、自由寮に泊り、食堂でいっしょに食事《エッセン》を食べ、ここの料理はまずいなどと好《い》い気なことをいっていたらしい。

だがこの偽三高生がどうなったかは、まったくわかっていないところをみると、一高のような厳しい追及にあったわけではなさそうだ。

この偽学生事件にあらわれた一高生と三高生の違いの解釈は、人によってさまざまだろう。だが、ともかく三高生の方には、独特ののんびりさがある。

この偽三高生も、まわりの者にやたらに金を借りたらしい。校内で盗みもやったかも知れない。それが偽学生の主な目的なのだ。だが、カラバンは違う……。

武志はカラバン偽三高生説に、まだ疑いを持っていた。

「しかし、カラバンがぼくたちに金を借りたりした話は、一度も聞いたことがありませんよ。それどころか、学校の行事などには、骨身《ほねみ》を惜しまずに働いてくれました」

「そうだ。彼は今までいたような、俗悪な偽学生じゃない。おれは今でも彼はいい奴だと思っているよ。あるいは三高の入学試験も受けたのだが、失敗したことがあるのかも知れない。だが、ただもう三高生になりたかった。だから学校側の入学拒否を無視して三高生になった。ただそれだけのことだと考えたっていいじゃないか」

マーゲンが声をあげた。

「そういえば思い出した！　入寮してすぐだ。おれたちの部屋で、新入生歓迎会をやって、それぞれが自己紹介をした。その頃から、すでにカラバンは部屋に良く顔を出していた。その時、彼は自分は三重県の桑名の出身だと名乗ると、バールト、おまえ、『えっ、桑名?』と、ひどくびっくりした顔をしたのを思い出した。おまえの故郷《くに》は岐阜県だが、桑名からはそんなに遠くないはずだろ?」

「ああ、四、五里という所かな……」

「だとしたら、その近在の三高入学者の情報くらい入っていたんじゃないか?　だが、君はそんな話を聞いていなかった……」

　バールトがやや力無い声でいった。

「そうなんだ。それで当惑したんだが、まさか今の話を聞くまでは、偽学生などとはまったく考えもしなかった。おそらくたまたまそういう話を聞き逃がしたんだろうと思って、もうそれ以上は考えなかったんだが……」

　カミソリがそのあとをとって、また説明を始めた。

「実をいうと、おれもその時のことを思い出した。それで、今度、桑名にその事実を確かめに行ったのだ。思ったとおりだった。田中豊という人間が三高に入ったという事実は、ぼくの調べた範囲では、ついに見当らなかった」

　マーゲンがたずねた。

「田中豊っていう名も偽なんでは?」

「あるいはそうかも知れない。だが、おれの知りたかったことは、カラバンが偽三高生であるという事実だけだったので、それで切り上げてこっちに帰って来た。そして学校に入って学籍簿を見せてもらって、最後の確認をとった。やはりそうだった。田中豊の名はどこにもなかったよ。しかしただ一人だけ、この事実に気がついた者がいた」

「誰です？」

マーゲンがせきこんでたずねた。

「もちろんリア王さ。君たちの中にはまだこの事実を知らない者がいるかも知れないが、リア王は今年の三学期の初め頃から、何か思い悩んだ感じがあって、このボンに偽者正当論などという議論を吹っかけていたそうだ……」

武志は思わず声を出した。

「そうなのか！」武志は皆の顔を見回しながら説明した。「リア王は、偽者それ自体が一個のりっぱな人格を形成しているなら、社会的には何の悪にもならないんじゃないかというようなことをいっていたんだ」

マーゲンがそれに続けた。

「いや、その意見なら、おれも聞いたよ。バールトにも話したから、知っているだろ？」

「ああ、あの今の政治家や実業家の中にだって、そうして自分でない自分を世間に売り込んで、偉い人間ということになっている奴がいっぱいいるというんだろ？　一生やっているのは、くたびれるだろうがな……」

カミソリの説明が続く。

「リア王がそんなことをいい出したのは、彼が冬休みにバールトの故郷の駒原の家に二度目に行ったあとからだったということでも、それは納得が行く。駒原に行くには、大垣―桑名間を走る養老電鉄に乗って行くコースがある。桑名に出て、名古屋から東海道線に乗る方法はやや遠回りだが、それもありうる。もしそうして彼が桑名に出た時、そこでカラバンの偽三高生の事実を偶然知ったという仮定はじゅうぶん考えられる。以後、彼はカラバンの偽学生を皆に明かすべきか、それともそのままにしておいたほうがいいのか、深刻に考え始める。そして、偽者正当論をぶって、皆の意見を聞く。どうやら今話を聞いても、君たちのほとんどが、リア王のその論を耳にしたらしい。そのうち、本人のカラバンもそれを聞きつけた。身に憶《おぼ》えのある彼は、すぐにそれは自分のことをいっているのだと悟った。リア王がそれをいつまでも抽象論ですませているとは思われない……」

バールトがうめくようにいった。

「しかし……まさか……それでカラバンがリア王を殺したというのでは……」

カミソリの声は重たかった。

「だがそうなのだ……」

「しかし、自分の偽学生がばれるというだけで、それが殺人に結びつくとは……」

「カラバンがさっきもいったように、俗悪な偽学生だったら、そんなバカなことは考えられないかも知れない。だが彼は三高生であることに取り憑《つ》かれていた……」

バールトが口を入れた。

「英語でいう obsession《オブセション》というやつじゃありませんか？」

「そう、そのとおりだ。日本語だと妄執《もうしゅう》という言葉あたりがそれなのかな。ともかく彼は三高生であるという妄執に取り憑かれていた。そういう意味では、ほんとうに三高生であることの自負と誇りが、かえっておれたちには欠けていたような気がして反省させられる。だから逆にいえば、その自負と誇りに生きていたカラバンはもっとも三高生らしい三高生だった。だが、奴はあまりに純粋過ぎて、同時に、異常過ぎたといえる。もしこれが三高生に化けて、それで大きな顔をしたり、女の子《メッチエン》をひっかけたり、仲間から寸借したりするというくらいが目的だったら、自分の正体がばれたら、さっさと逃げ出すだけのことだったにちがいない。だがそうではなかった。自分の正体がばれることは、自分自体の存在を否定されることだった。とすれば、彼に残された手段は一つしかなかった……」

「いわれてみれば、カラバンの様子には、その渾名《あだな》のとおり、どこか空虚でニヒルな所があって、何かをやり始めたら、とことんまでつきつめていく所がありました……」

皆が軽くうなずきや、目顔でそれを肯定した。

「おそらくは皆もそれとなく気がついていたかも知れないが、彼は家庭だって悪くないらしい。かなり金持ちの子弟のように思える。しかしそれだけにわがままな遮二無二《しゃにむに》さが感じられる」

「確かにカラバンは金には不自由していないようでした。去年の寮祭やドイツ語劇などの時にも、ずいぶん援助金を出してくれました。しかしそういう金持ちのお坊っちゃんというのは、それだけに思い切ったことをするともいえますが……」

「ここまでくると、おれの想像になるのだが、ボンを巧みに先斗町の空家に誘導した初老夫婦もあるいは……というより、おそらくは、ただ雇われたというものではなく、ひょっとしたらカラバンの両親ではなかったかと思う」

「両親!?」

バールトは声をあげてから、当惑したように髭面《ひげづら》の頬《ほお》を撫《な》でた。

「三高に取り憑かれている我が儘《まま》独り息子。だがその我が儘育ちのために、脳の方はいま一つ中身が不足していて、実際には三高生になれない。そこで両親は、息子の偽三高生の生活を積極的に肯定することで、甘やかしていたとしたらどうだろう?」

バールトの髭を撫でる、思い悩みの手が、ようやくはなれた。

「カミソリさん、ともかくそれは納得したとします。しかし、もしそうだとしても、大切なことはリア王がどのような方法で殺されたかということです。あの、何とも説明のできない密室……あれがわからない限り、カラバン犯人説もどうも納得がいかないのですが……」

「そう、それだ……」

カミソリはライヒがそばの岩の上に載せた煙草のパックに、また手をのばした……。

新学期はまだ始まっていない。だから山頂に他の三高生の影は一人もない。風もなく、ただ眠たい春の陽射《ひざ》しばかりだ。

マーゲンとライヒはマントを着て来たが、今は若草の萌《も》え出た地面の上に置いていた。

カミソリはまた説明を始めた。

「……バールトもボンも、事件発見の時には、殺されたリア王を除いては、部屋には絶対誰もいなかったと証言した。だが、これには大きな見落しがあった。その見落しが、この事件を密室にしてしまう、重要な要素だったのだ……」

武志はバールトと当惑の視線を見合わせてからいった。

「見落したというのは……つまり……中に誰かがいたということですか？」

「そうだ」

「しかし……どう考えても、部屋には誰もいなかったと……」

「部屋というのは、どの部屋のことをいっているのだ」

「そりゃあ、ぼくたちの下宿している部屋ですが……」

「問題はそこだ。部屋ということで、おれたちは当然、ボンたちのいる部屋しか考えなかったことに、この事件の盲点があったのだ。現場の部屋に続いて、もっと大きな物資置場の部屋があったことを忘れてはいけない」

「しかし、その部屋との境のドアは鍵がおろされていたはずです」

「だが、そこのドアの鍵なら、複製を作ることは簡単だ。表にむかった出入口のドアから比べれば、はるかにチャチな作りだった。げんにおれは今、その部屋にボンといっしょにいるから、良く知っている」

　ボンは驚きに、声を途切れ勝ちにした。

「つまり……カラバンは……あのドアの鍵の複製を作って……持っていたと……？」

「そうだ。複製の型にした鍵は、ボンたちの保管しているやつだった。この鍵は、ボンが机の引き出しの奥の方に、放り込みっぱなしだった。火事などの非常時の時には、中の衣類を持ち出して欲しいと番頭に頼まれたからだ」

　武志は無言でうなずいた。

「カラバンは、しょっちゅう、君の部屋に遊びに来ていた。君の隙《すき》を見て、持って来た粘土のようなもので型をとることもできたはずだ。いや、おれの考えでは、おそらく持ち出して行って、その道の者に複製を頼んでから、また返したのではないかと思う。君は引き出しの奥に放り込んだまま、その存在をあまり確かめたことはないんだろ？」

　武志はカミソリに鋭く問い詰められながら、納得し始めていた。

「確かにそうですが……」

　カミソリは調子を変えた。重たい口調になった。

「カラバン以上に、おれはリア王が好きだった。その二人の間にどんな状況が起こったかを、おれはあまり考えたくない。だが、やはり話さないことには、説明はできないから、駆け足でやろう。複製の鍵を用意したカラバンは、リア王を訪れた。中に入れてもらう。そして犯行を犯す。と、用意した複製の鍵で隣の部屋に入って、また錠をおろしておく。あとはじーっと、リア王の死が発見されるまでを待つのだ」

「じゃあ、ぼくがバールトと事件を発見した時には、カラバンは物資置場の方にいたというわけですか？」

「そうだ。君たちは警察が来るまで、入口のドアの前に立っていたというね。しかし、どちらかが必ずドアの前に立っていたのかね？」

「そりゃあ……前にもいったように、開いたドアの所で、じーっと立ってリア王の死体を見ているのはつらいことでしたから、バールトと交代して、片方は庭の中を落着かずにぐるぐるとまわったり、時には二人ともドアから離れて、いっしょに庭にいたことがありましたが……しかし、二十メートルとはドアから離れていなかったはずです」

「しかしそうだと、わずかの間かも知れないが、出入口から二人の目が離れていたこともあるわけだな。ドアからすばやく忍び出て、庭の暗がりの中に隠れるのには、三、四秒もあれば充分だ」

「確かにそのくらいの時間は……いや、正直の所、十秒とか十五秒とか、それ以上の時間、二人の目が離れていることが、いくらでもあったでしょう。バールトと並んで、ちょっと離れた灌木《かんぼく》の所まで行って、母屋の方を見ながら、警察が来るのが遅いなといったりしていたのですから……」

「とすれば、ゆうゆうと脱《ぬ》け出られたことになる」

「待ってください」バールトが声を入れた。「すると一つ、どうしてもわからないことが出て来ますよ。ぼくたちが事件を発見したのは、十時二十分です。有馬さんの奥さんが来て、連絡に母屋の電話に走っていってもらったのは、その二、三分あとです。正確なことはわかりませんが、じりじりした気持ちで庭を歩きまわったりし始めたのは、それから三、四分あとからの事でしょうから、十時二十五、六分からでしょうか？　するとカラバンが脱け出したのは、それからあとということになります。彼の下宿までは走って十五分……猛速で走ったとして十分で、三十五、六分です。しかし彼の下宿のおばさんの証言では、彼は十時三十分には、下宿にいたというのでしょ？」

「しかしおばさんの証言は、布団をかぶって眠っているようすだったというだけで、話を交わしたとはいっていない。いや、おれは桑名から帰るとすぐに、彼の下宿に行って、そのへんを確かめてみたのだ。思ったとおりだった。いわれてみれば、言葉を交わしはしなかったのはもちろん、はっきり顔や姿を見たわけではないというのだ。ただ、布団がちゃんと盛り上っていて、頭も見えた感じがしたというだけなのだ。考えてみるがいい、これだけの計画を立てたカラバンだ。万が一のために、いかにも自分は寝ていたような状況ぐらいは工作をしていないほうがおかしい……」

「カミソリさん、それで……どうするんです？」

バールトの沈鬱《ちんうつ》な声に、カミソリは重たく答えた。

「実は……おれは……何か利口そうなことをいってはいるが、一つバカな失敗をしたのかも知れない。いや、考えてみれば、思わぬ失敗が、かえって良かったのかも知れないが……下宿のおばさんの話をききに行った時に、カラバンはあさって頃には帰って来るという話だった。それでともかく一対一で話そうと、きのう夕方、また行ってみると、昼頃、カラバンは帰って来て……おれがいろいろのことを根掘り葉掘りおばさんにたずねたことを知ると、慌てたようすでボストンバッグを持って行先もいわずに出て行って、とうとう夜も帰って来なかったし、今日もまだ姿を現わさないというのだ……」

「逃げたのかな……」

「その可能性が強い。とすれば、これ以上は、もうおれたちの手のつけることではないだろう。このことを警察にしらせて、あとはすべて任せようと思うのだが、どうだろう？」

誰も沈黙して意見を出さなかった。

カミソリの推理の中での、カラバン有罪説は明快だった。ふしぎだった密室にも説明がつく。

だが、心情として、あの親しかったカラバンが犯人だとは、誰も信じたくない気持ちだったのだ。

ようやくバールトがうめくように口を開いた。

「カミソリさん、任せますよ。ぼくたちは裁判官でもなければ、刑事でもないし……」

「だが、リア王が殺されたという事実に対しては厳しくなければ。わかった、それじゃ、ボンと二人でいまのことを話しに警察に行く。そしてそのあとのことは、おれも当局に任せる……」

腰をおろした草地や石の上から立ち上がる皆の動作はのろかった……。

武志とカミソリが、南波警部とともにカラバンの下宿に行った時は、もう夕暮間近だった。

南波警部は署でのカミソリの説明に納得した。ただちに近くの交番に電話をかけて、とりあえずカラバンの下宿に急行するように命じた。

その巡査が、警部たちが近づくと、下宿の乾物屋から出て来た。

カラバンはやはり帰っていないという。

警部は店のおかみさんとともに、カラバンの部屋に上がった。

武志たちもあとに続いた。

考えてみると、今まで友人の誰も、その部屋に入ったことはないようだった。

一高出の警部には、この部屋の特徴がすぐにわかったようだった。

「ずいぶんりっぱな哲学や社会主義思想関係の本が並んでいるが、教科書やノート類といった物はまるでないな……」

偽学生なら当然だろう。

警部はおかみさんに押し入れを開けさせて、衣服や手回り品を調べさせた。

「少のうなってるみたいですが、ようはわかりませんわ。故郷《くに》に洗濯に持って行ったのかも知れんけど……」

「その故郷だが、どこなのだ？」

「三重県の桑名、いうてはりましたが……」

「詳しい住所は？」

「さあ……よう、わかりません」

「故郷から手紙が来たことは？」

「へえ、何度かありますけど」

「その時、住所を見たことは？」

「ぜんぜんないもんで……」

「そういう手紙はどこにしまっていたのだろう？」

「へえ、そこの柱の所の状差しですが……ああ、今は何も入っとりませんな」

その意味はもう明らかだった。

「御両親とか家族の人が訪ねて来たことは？」

「一度もありませんわ」

質問しながら、机の引き出しを調べていた警部は、そこから決定的な発見をした。黄銅色の鍵だった。新しい輝やきをしている。

「木津君、この鍵に見憶えは？」

目をすぼめて、わずか凝視しただけで、武志は見当がついた。

「形が……物資置場のドアの鍵に良く似ています」

「君の下宿に行ってみよう」

警部は巡査に引き続いての監視を頼むと、武志の下宿にいそいだ。

物資置場との境のドアの鍵穴に入れられた鍵は、無言で事件の真相を物語ってくれた。ドアの錠は滑らかにはずれたのだ。

6

その日以後、カラバンの下宿には、長い間張り込みが置かれたが、ついにそこの主《あるじ》はもどることはなかった。

警察は桑名市にも捜査の手をのばして、カラバンに該当する人物を探したが、見つからなかった。

田中という姓はどこにも多い。桑名市も同じだった。その中で、豊と名のつく人間も二人見つかった。だが、一人は五十過ぎの商店主だったし、いま一人は小学生だった。

カラバンは故郷も嘘をいっていた疑いが濃くなった。

こうなるとカラバンの行方の追及は、雲を摑《つか》むようなものになってしまった。はっきりした手掛りといえば部屋に残された指紋と、人相風態、どこかにまちがいなく関西訛《なま》りがあったこと、そしてあるいは家はそんなに貧しくはないのではないか……そんなことくらいだった。

警察の捜査もだれ気味になる頃には、武志たちもようやく事件を忘れて、二年目の三高生活に忙しくなっていた。

新入生の顔は、ずっと若々しく……というよりは、子供っぽくなっている感じだった。

というのも、二十一年、二十二年あたりの新入生は復員学生や戦争による勉学中止組の合格者、それに落第《ドッペリ》組……と、かなり年齢が高くなっていたからである。中には戦中の落第《ドッペリ》、そして学徒動員と波瀾《はらん》の青春を経て、二十六になってまだガンバッている者もいた。

しかし二十三年の入学者からは、一応、そういった年長者の顔も、ほぼ一掃されたのである。

　この中に、三高が始まって以来の、特殊な記録を持つことになった生徒の顔もあった。女子学生であった。二十三年度入学者は、一年だけで新制の京大に行くので、彼女は最初で、最後のたった一人の女子となるわけである。

　しかしこの二十三年度生も、三高流といわれるのんびりした気風を、入学以前から持っていた者が多かったらしい。多くの者が自分が一年だけで、この伝統ある三高から追い出されるとは思っていなかったのだ。

　もっともこれは三高にかぎらず、他のナンバー・スクールや総合大学予科生もそうであったらしい。

　社会の流れに疎《うと》いといえばそのとおりだ。だがそのように疎いのは、当時の学生は学校とは、先を急いで社会に出る中間設備などとは考えていなかったためもある。目指す学校に入ること、そこで学び生活すること、学校はそれ以上でもなければ、それ以下でもなかったのだ。

　しかし三高が消滅にむかって、急速に傾むきつつある雰囲気は覆うべくもなかった。

　ナンバー・スクールの一つの象徴である、寮の消失も痛かった。

　五月の記念祭も、自由寮がないのでは、ポイントを欠いた感じは否定できなかった。

　三高生の気風にも変革が忍び寄っていた。

自由寮の気風には、原始共産主義的な匂《にお》いがないともいえなかった。ある者は当時の殺伐とした社会的背景もあって、それをしだいに急進的な左翼活動に変革させていく傾向があった。プラグマチズム的なことを、バンカラの意味に捕らえるような者も出て来た。自由寮焼失以前から、すでにこの風潮はあらわれていた。応援団の存在反対派のマルキスト的行動、共産党K《カー》・P《ペー》の擡頭《たいとう》的活動などである。

だが、武志と武志のまわりの友人たちは、ほとんどこういうものには無縁であった。悪くいえば、そういうものについていけるほど有智でもなければ、社会的連帯意識もなかった。良くいえば、それだけおおらかで、ロマンチックな自由主義者でもあったのだろう。

武志たちは、自分たちが最後の三高卒業生になるという意識もあまりなく、いささかのんびりと、古都の中での勉学に身を浸していた。

武志にとって朗報が一つあった。

カミソリが勉学を続けられそうになったことだった。

どういう事情からそうなったのか、カミソリは多くを語らなかった。ただこういった。

「おれのいささかの才能に目をつけてくれた人が現われてね、わずかの間なら面倒をみようといってくれたんだ」

カミソリのいいかたに、何かこだわるものがあった。だから、紳士である……というより気の弱い武志は、それ以上きくのをやめた。

　六月の半ば過ぎであった。全国の大学が、授業料値上げに端を発する教育防衛闘争でストに突入して、下宿で漫然と本を読んでいた時のことなので、武志はよく憶えている。武志の目の前を暗くさせる事件が起こった。

　昼もかなり過ぎである。バールトがこわばった顔でやって来ていったのだ。

「まさかとは思うが……おまえ、奈智子がどこにいるか知らないだろうな?」

「それはどういう意味だい?」

「そうか……それじゃ、やはり知らないのだな」

「だから、どうしたというんだ!?」

「家出をしたらしいんだ」

「家出!?」

「そうだ。簡単な書き置きを残して、かき集めた金と身の回り品といっしょに、姿を消してしまったのだ」

「いつだ?」

「きのうの昼頃、わかったそうだ。それで、さっき、長い電報が来て、君にもきいてくれといって来たのだが……」

「なぜ、家出なんか……」

「具体的なことは、ぼくにだってわからない。だが、奈智子があの村のすべてに対して、反撥《はんぱつ》的だったことは、君も知ってるだろう?」

「そりゃあ、ある程度は……」

答えたものの、武志は半ば上の空だった。

「特におやじとは衝突ばかりしていた。何かの具体的なきっかけで、それが爆発したのではないかと思う。しかし、家出という形をとるとはな……」

「家出したというが……それなら……ぼくにくらいは、手紙をくれてもよさそうだが……」

武志は偽わらない本音を、つい漏らした。急に奈智子の自分に対する気持ちに、不信を感じないわけにはいかなかったのだ。

「あいつはおやじ似の性質で、ときどき思い切ったことをやる。そういう時には何もかも振り切って突進するところがある……」

「きのうのことだとしたら、まだ手紙がついていないのかも知れないな。ちょっとぼく、郵便受けに行ってみるよ。午後の便も、もうとっくに来ている頃だから……」

郵便は武志たちのぶんもひっくるめて、有馬邸の門の郵便受けに入れられることになっていたのだ。

「おれも行こう」

しかし、郵便受けはからだった。

「カミソリさんは……きょうは、家庭教師か？　太秦《うずまさ》の方の？」

「ああ、ついさっき出かけた」

それからの数日間、武志は手紙待ちの焦慮と、奈智子の気持ちを推測できない懊悩《おうのう》で過ごした。

奈智子との最後の手紙のやりとりは、カミソリが事件をみごとに解いてくれたことの報告だった。

だからずいぶん長い手紙になった。わずかに、最後にぜひとも近いうちに会いたい、と書き添えたくらいである。

しばらくたって返事が来た。ともかく武志の疑いが晴れてよかった。世の中には外面は普通の……いや、普通以上の善人の顔をしていて、裏ではとんでもない悪巧みや行ないをしている人がいる。あなたのようなお坊っちゃんは気をつけたほうがよいと書いてあった。

だが、内容はほぼそれだけの、かなり短かいものだった。いつ頃、京都に来るとも書いていなかった。

武志は少しばかり不満だった。今考えてみれば、もうその時、奈智子の生活の上には、今度の家出に直接結びつくトラブルが起こり始めていたのかも知れない。そう考えると、彼女のいささか不愛想な手紙もわかる。

奈智子の返事を受け取った直後、武志はもう一度、手紙を出そうかとも思った。だが、しつこい恋人にはなりたくなかった。第一これまでは事件に関しての現実的な手紙ばかりだったので、調子を変えた情熱のある手紙の書き方にも戸惑った。照れ臭くもあった。友人の中にはゲーテやシュトルム等の語句を鏤《ちりば》めて、かなり臆面《おくめん》の無いラヴレターを、やたらに出している者もいた。だが、武志にはとてもできなかった。

学年末試験や、カミソリの転居のこともあって、とうとう武志は手紙を出しそびれた。新学年に入ってからは、武志は奈智子が五月の記念祭に来てくれるのではないかと、密かに期待した。

だが奈智子の姿は、とうとう現われなかった。

やはり手紙を書くべきだと思った。だがまだどう書いていいかに迷っていた。

今から思えば、そんな妙なこだわりなど捨てて、葉書きでいいから、消息だけでもきくべきだったと悔まれる。あるいは、奈智子はひどい悩みの中で、密かに武志の手紙を心待ちしていたのではないだろうか？

奈智子が家出した以上、こちらから問い合わせの手紙を出すわけにはいかない。ただ待つよりほかはなかった。

しかし無為に待つのは、何ともたまらなかった。翌日から、ストも解けたので、武志は学校に行くことで、かえって気を紛らわせようとした。さいわい、カミソリがその日から、少し熱を出したといって、登校しなかったので、奈智子からの手紙が来たら保管してくれと頼んだ。

帰ってみると、「おい、手紙が来ているぞ」とカミソリが告げてくれる喜びを、期待したのだ。

だが、その日も、翌日も、とうとう手紙は来なかった。

戦争中から郵便事情は悪くなっていた。隣り合った県でも三日も四日もかかることがあった。戦後も、それが尾を引いている傾向があった。

しかしそれにしても、もし奈智子が家出の直後に手紙を出したとしたら、あまりにも長過ぎることは確かだった。

日がたつにつれて、武志は奈智子が家出した落ち着先から、連絡をくれることに望みをかけるようになった。

だが、一週間たっても、二週間たっても、奈智子からの手紙はなかった。

武志もバールトも組は違ったが、同じ文甲だったから、顔を合わせる機会は多かった。そのたびに二人は、奈智子の消息を問い交わし、そのたびに首を横に振った。

心にわだかまっていることが、武志にはいま一つあった。あの日、彼は決心して、教室の片隅でバールトにきいた。

「簡単でいい。なぜ、奈智子さんは家出したのか、具体的に話してくれないか？」

バールトはかなり顔をこわばらせると、苦し気な声でいった。

「お願いだ。それはあまりきいてくれるな。ただこういうことはいえる。奈智子は肉親なのに、かなり親爺《おやじ》を憎んでいた。そんなことが原因さ。これだけいえば、君だったら彼女の都会的な性格はわかっているはずだから、かなり理解してくれるんじゃないかな？　ともかくあんな田舎にいる親爺の物の考え方や、やり方とは、一つ一つ合わなかったんだ。それを具体的にいえば醜い話になるし、うちの恥にもなる。だからこのくらいで勘弁してくれ」

「わかった。そういえば、奈智子さんはいっていたな。この村の自然は好きだが、人間は誰もかも嫌いだと」

「そんなことをいってたのか……。ともかくしばらくは消息がなくても、心配してくれるな。彼女のあの気性だ。なあーに、ひとりでもちゃんとやっていけると思う」

弟と武志では、心配のしかたがまるでちがうようだった。


その年の夏休み、武志は東京に帰った。

京都に残れば、ガイドのアルバイトには不自由しないはずだった。だが、あえてそれをあきらめた。

ひょっとしたら、奈智子は東京に行ったのではないかと考えたからだ。

バールトも、あの姉だったら、その可能性が一番強いように思うともいったのである。

だが、東京に来てみても、どういう手懸りから、捜索をすればいいのか、まるで見当がつかなかった。武志は銀座とか新宿の盛り場、それに神保町や早稲田の本屋街といった所を、ただ漫然と歩き回ったに過ぎなかった。

その間に、何度、良く似た後姿や遠い姿に、心臓を跳び上がらせたことか……。もちろん、確かめれば、みんな違っていた。みんな彼女より美しくなかった。


二学期の十一月、学校では創立八十周年記念が盛大におこなわれた。

だがこれが全学年生徒が、完全な形で揃った最後の大行事であった。

昭和二十四年三月、三年生は卒業、一年生は新制大学へ移行となって、残るのは武志たち新三年生四百余名だけになったのである。（新制京大一年生は、そのまま三高の校舎を使用することになるが……）

学校生活ばかりでなく、武志の下宿生活も物淋しくなった。

カミソリは北海道大学の工学部へ行ってしまったのである。

その頃には武志も、もはや奈智子とは永遠に会えないという予感を抱き始めていた。

とすると、奈智子を最後に見たのは、あの銀閣寺参道の端から西にむかう疏水《そすい》の桜並木ということになる。

たいしたドラマチックな情緒もない別れだった。ただ桜の木の列のむこうの闇《やみ》に、彼女の姿が曖昧《あいまい》に紛れて行っただけである。

だが今、武志の胸と頭脳に、その場景が急にドラマチックな悲劇味を帯びて、蘇《よみがえ》り始めた。思い起こすたびに、心の痛みは高まった。

ある日の深夜、武志は大文字山に登ると、天頂よりやや西に傾きかかった満月にむかって吠えた。奈智子の名を呼んで吠えた。

初めのうちは抵抗があった。だが三度、四度と呼ぶうちに、我と我が咽《のど》で出すその声が、物悲しい快《こころよ》さで身に沁《し》みて来た。

武志は吠えながら、山道をくだり始めた。そしてあの夜、奈智子と上り詰めた所まで来ると、声を収《おさ》めた。

そして、これで奈智子と訣別《けつべつ》しようと決心した。

その年の夏休みの初めは、武志はマーゲンの故郷で二週間ばかりを、過ごした。マーゲンに誘われるまで、武志は彼の故郷がどこかも、詳しくは知らなかった。和歌山県のどこかだとおぼえていただけである。

家の職業になると、まるで知らなかった。しかしこれは何もマーゲンばかりではなかった。

ちょっと親しい友達でも、武志はほとんど出身地は知らなかった。まして家の職業などは興味を持ったこともなかった。

同じ三高生として、同じ場で学び、談じ、遊び、友情を暖め合うことで充分だった。

マーゲンはいった。

「故郷《くに》の田辺というのはケチな町だけどな、城下町だから、ちょっと古風な風情はあるし、田辺湾は一見の価値のある風景だ」

「うちは何をやっているのだ？」

「医者だよ。親爺が飲《の》ん兵衛《べえ》で人が良いから、気の毒な奴からは診療代や薬代もとらないことがあるから、年中ピーピーだ」

「それで君も医者志望か？」

「いや、おれはあんな儲《もう》からない商売はやらない。おれのこの宿命的な胃袋じゃ、生命が保持できないからな。化学《ばけがく》をやって、製薬会社に入るつもりだ。製薬業はこれから未来産業として、すごく有望なのだ」

「そうなのか……」

世俗の未来はあまり考えたことのない武志だ。曖昧に答えるほかはなかった。

「ライヒもあとから来る。彼、紀伊山地を尾根伝いに横切る、一週間ばかりの単独旅行……いや、彼にいわせれば冒険をするんだそうだ。和歌山に橋本っていう市があるの知っているか？　高野山の麓《ふもと》の方だ。そこに何だか、彼の好きな女性《メッチェン》の家があるらしい。そこから出発して、陣ヶ峰とか護摩ノ壇山を通って、竜神《りゅうじん》温泉から田辺に出てくるんだ」

大いに気をそそられた武志は、夏休みが始まると、帰郷するマーゲンといっしょに出発した。

市原医院は明治風の木造洋館の、雅趣ある建物だった。だが、手入れがされていないため、塗装は剝《は》げ落ち、褪色《たいしょく》し、惨めに古びていた。建具もがたぴしであった。

だが一日中患者で溢《あふ》れていた。玄関前の植込みにしゃがんで待っている人影もよく見られた。

田辺は武志の期待したより、はるかにすばらしい町だった。武志は京都とはまた違ったこの町の雰囲気を、大いに堪能《たんのう》した。

やがてライヒが、膨大な荷を背に負い、おそろしく陽焼けした顔で山の旅から現われた。

数日後、三人は日帰りの南紀海岸の旅に出た。

黒潮が岩礁を洗う、荒々しい変化に富んだその光景は、武志の心をうった。

武志はふとリア王の事件の時、バールトの中学時代の作文帳も焼却されたらしいことを思い出した。彼がそこに書いた南紀紀行文にもこのあたりのことが、書かれていたのではなかろうか……。

三人は最後に江須崎に出た。

見はるかす海を見渡した時、武志は不意にまた奈智子を思い出した。

広い視界や風景の中に立つと、いつもそうなのだ。

この中にきっと奈智子は元気でいる。そしていつか、ふしぎな運命の糸で巡り会える……ある時、そう思った時から、それはほとんど反射的な連想作用のようになってしまったのだ。

「ナ・チ・コ」

武志は胸の中でつぶやいた。

その言葉の音は、今は奈智子自身を離れて、失われた物への憧《あこが》れの象徴のようになってしまっていた。

「ナ・チ・コ」

今一度胸で呟《つぶ》やいて横を見ると、マーゲンもライヒも吹きつける海風《うみかぜ》に顔を晒《さら》して、茫《ぼう》漠《ばく》と水平線を見ていた……。

三高最後の卒業式の日が来た。

二十五年三月二十四日、武志たち最後の三年生四百余名は、新徳館の式に臨む。

島田退蔵校長は式辞で述べた。

「……三高はなくなろうとも、その精神は亡びるはずがない。その永久に生きる三高精神を体得した最後の人は、実に君たちであることを銘記してほしい。では、君たちよ往《ゆ》け……」

そしてリア王の事件も、カラバンの逃亡も、奈智子の行方不明も、やはり遠い過去へ過去へと往くことになる……。

後篇　青春を彼方へ

昔の人たち

1

「それで、これがそのカラバンじゃないかと、お父さんは考えるのですか?」

父親の長い話を聞き終ると、秀一はもう一度テーブルの上の新聞を見ていった。

「田中豊という名は、ありふれた姓名だけに、日本中に何十人……いや、あるいは何百人といるか……そのへんの所は、私にもわからない。だが、その新聞に出ている年齢の点でぴったり一致するということになると、可能性は大《だい》になってくる」

「もしこれがそのカラバンなら、けっきょく本名でいたということになりますが……」

「事件からしばらくの間は、ずっと変名で通して来たかも知れない。だがある時期から……ひょっとしたら罪が時効になった頃《ころ》から、また本名にもどったとも考えられる」

「しかしこうして三十年以上たった今でも、田中豊の名を見てカラバンではないかと気にするところを見ると、お父さんはまだ事件に何かこだわっているんじゃないですか?」

木津武志は煙草《たばこ》の煙を二度ばかり吐いて、ちょっと沈黙した。

息子の秀一は、水割のグラスをなめて、父親の沈思から考えが出るのを待つ。秀一はまったく煙草を吸わなかった。パッケージの専売公社の断り書きどおり〝健康に注意している〟からだそうだ。

「確かにおまえのいうとおり……こだわっているのかも知れない。その証拠に、すっかり過去のものになったといっても、二年に一回とか三年に一回とか、思い出して来たのだから……」

「なぜこだわっているのです?」

こういう分析的筋立てを行なうことは、武志はあまりしない。このへんは親と子でも、本質的に違うところなのだろうか?

それとも今の時代の大学生の一般的な通性なのだろうか?

だが息子にいわれて、自分の心を分析的にのぞいてみると、なるほど、わかってくるものがある。

「けっきょく……カラバンがつかまって真相を告白しない限り……どんな証拠があっても、それはあくまでもカミソリの推理以上の物ではない。だから、必ずしも私の容疑が晴れたとはいえないのかも知れない……そんな気持ちがどこかにあったと……今、おまえにいわれてわかって来た」

「ひょっとしたら、話はすごく皮肉かも知れませんね。カラバンはとっくに時効が来て、ともかくすっきりしていた。だが、無実のお父さんの方は、永遠にどこかすっきりしない……」

「そういうところかな……」

「ぼく自身もお父さんの話を聞いて、どこかすっきりしないんですが……」

「おまえまでが同調することはないだろう」

「いや、別の意味で、すっきりしないんです」

「というと……?」

「今まで聞いた事件の中に出て来る、どうも良く解釈のつかない所です。例えばカミソリの推理ですが、お父さんはすべてに納得したのですか? ほんとうに天才のカミソリらしい冴《さ》えた説明だと感心したのですか?」

「そりゃあ……そういわれれば、数学の解を読むように、隅々まで明快にわかったというものではないが……しかし、現実の世の中というのは、そういうものじゃないか?」

「もし今そのカミソリという人に会えるなら、一度会って、もう一度、話を聞きたいものですね」

「紙谷さんは死んだよ。もう二十年以上も前になるのかな。人伝《ひとづて》だから正確なことはわからないが、何でも東京港から出ている伊豆大島行きの船から転落して、溺死《できし》したという話だ。人生五十年以上もやっていると、友人知人の間にもさまざまな死が起こるものだ」

　秀一は当惑したように父の顔を見た。驚きの表情もあった。

「船から落ちて死んだ……つまり、事故死だというのですか？」

「そうらしい」

「もっと詳しいことは知りませんか？」

「知らない。聞いたのは、確か市原……つまりマーゲンからだったと思うから、彼にきいてみれば、もっと詳しいことがわかるかも知れない。知ってのとおり、大学からは私は東京にもどってしまったので、高校時代の友人とは比較的疎遠なほうなのだ」

「しかし……すると……カミソリも事故死ということですね。しかも交通にからんだ……」

「おまえは何をいおうとしているのだ？」

「この新聞で読む限り、カラバンも人に殺されて、あとから車で突き落されたと考えることもできます」

「…………」

「カミソリの事故死の詳しいことはまだわかりませんが、彼だって船から突き落されての他殺ということだって考えられます……」

武志は呆然《ぼうぜん》と息子の顔を見続けた。

「同一犯人の犯罪の手口には、どうしても似通ってくるところが出てくるといいますが、乗り物を利用しての事故死ということで共通しています」

「しかし……」父親は火の小さくなりかけた煙草を何度か吸った。

「いったい……どうして、二人が殺されたというのだね？」

「あるいは、リア王の事件が何かの形で糸を引いているのかも知れません」

「三十年以上も前の事件がか？」

「黒い殺意を秘《ひそ》かに隠している男が、まだ生き続けているなら、そういうことだってありうるでしょう」

「つまりおまえはリア王を殺した男がカミソリやカラバンを……待ってくれ！　カラバンがその男に殺されたということになると、おまえはカラバンはリア王を殺していない、犯人は別にいるというのかね？」

「あるいはあとの事件は、リア王の犯人とは別かも知れません。しかしともかく当時の事件が、現在もまだ影を落しているように感じられるんですが……」

「おまえは探偵小説をたくさん読んでるからな。いろいろ考えるんだろうが……」

「お父さん、ともかくこの田中豊というのは、カラバンの可能性が濃厚ですよ。時間的にいって、あした頃が葬式じゃないですか？　行ってみる気はありませんか？　そこで、カラバンのもっと詳しい死の様子や、今まで何をしていたかをきくんです」

　息子のひどく熱心なようすに、武志は当惑した。

「私に探偵ごっこをやれというのか？」

「ほんとうのところ、お父さんは今でもすっきりした気持ちでない所があるといったでしょ？　だったら、これですっきりするかも知れません」

「つまり犯人はカラバンでなくほかにいたとしたら、その犯人を突きとめれば、すっきりするという意味か？」

「そうです」

「私には何か、信じられないような気がするが……おまえに考えがあるというなら……」

武志の心が動き始めた。「……行ってもいい。別の意味でもだ。カラバンは偽学生だったが、そうかといって、決して憎んでもいなければ、不快にも思っていない。むしろ、好もしく、懐しい存在として、私の胸に残っている。やはり今でも友人だったと思っている。もしこの人物がそのカラバンなら、お線香をあげて、彼の菩提《ぼだい》を弔いたい」

「マーゲンとは連絡がつくのですか？　だったら、もう少しカミソリの死のようすも詳しく知りたいんですが」

「ああ、けっきょく親爺《おやじ》のあとをついで、田辺で医者をやっている。十年ばかり前、一度、寄ったことがある。カミソリの話を聞いたのもその時だよ。明日にでも電話をかけてみよう」

「そうしてください」

秀一はもう一度新聞を取り上げて、田中豊の事故死の記事を熱心に読み始めた。

千葉県清澄《きよすみ》山で

自家用車転落

会社社長死亡

【鴨川《かもがわ》】十五日午前十時半ごろ、千葉県安房《あわ》郡天津《あまつ》小湊《こみなと》町清澄山頂の西の道で、通りかかった鴨川市のトラックが、崖下《がけした》約五十メートルに東京ナンバーの自家用車が転落しているのを発見した。乗用車の中から豊島区千早町二の十七田中豊さん（五三）が発見されたが、全身打撲ですでに死亡していた。田中さんは近くの亀山《かめやま》温泉に十三日夜宿泊し、翌日昼頃同温泉を出発し、同所にさしかかった時、運転を誤って転落死したものと思われる。

2

その家はかなり古びた和風のしもた屋に、プレハブ造りのぐっと新しい建築が建て増されたものだった。

檜葉《ひば》の生垣を破って、車を置くスペースが設けられていた。

ともかく、新聞にある〝会社社長〟の肩書きの家にしては、かなりみすぼらしかった。これなら中堅商事会社の貿易局局長の武志の家のほうが、いささかましに思える。

歩み寄る間にも、家には人の出入りがはげしいのが解《わか》った。どうやらまだ通夜の仕度が始まるというところらしい。

現地からの遺体引き取りや何かで、普通の葬儀よりは日取りが遅れているのかも知れない。

武志は親戚《しんせき》でもあるらしい中年の婦人に、故人の昔の友人だと告げて、まだ飾り付けも完全に終っていない祭壇の前に坐《すわ》った。

死人がはたしてあのカラバンであるか、心もとない気持ちだったが、武志はそこは度胸をきめていた。

だが、飾られた写真を見ると、その顔のあちこちに、あのカラバンの面影を認めた。

街でふと逢《あ》ったら、お互に何の認識もないだろう。だが、それと知って会うならば、間違いなく認め合える……三十余年の歳月は、知人の関係をそんなふうに風化させるものらしい。

武志は線香をあげ、香典を置き、正面からさがってから、手近の人たちにそれとない問いかけを始めた。

通夜の慌ただしさが、武志の目的には好都合だったといえる。

さまざまの人から、別段ふしぎがられもせず、さまざまの話を、きれぎれに聞くことができたからである。その話を綴《つづ》っていくと、カラバンの現在の仕事や状況もほぼわかって来た。

カラバンは〝メディカル・プリンティング〟という、印刷出版会社を経営していたらしかった。名前からして、何か医学関係の印刷出版だろうか……。たいして大きくない会社だったらしいが、業務成績は悪くない感じだった。

カラバンの履歴の或《あ》る部分は、つい今、武志を案内してくれた中年の婦人が話してくれた。彼女がかなりしゃべり好きの、人懐《ひとなつこ》い性質だったことは、まったくありがたかった。

私は故人とはいとこの関係で、それもそんなに親しい仲ではなかったので、あまり詳しくは知らないがと前置きして、彼女は次のようなことを教えた。

豊さんの父親は、名古屋の弁護士である。それもかなり羽振りのいい……。

私の母はその父親の妹で、東京に嫁して来た。だから、名古屋のその家とはまったくといっていいほど往《ゆ》き来がなく、私はそこに何でもひどく両親から猫っかわいがりされている一人息子のいとこがいるくらいしか知らなかった。

かなり親しくつきあうようになったのは、十五、六年前からのことである。突然、まだ健在の私の母を訪ねて来て、こんど結婚して、東京に定住することになったので、今後はよろしくという挨拶《あいさつ》だった。

そして故人はそれと同じ頃に、今の会社を興して、とんとん拍子に発展させたらしい。以後、私も少しは豊さんのことを知るようになった。といっても、ほんのわずかで、何でも熊本かどこかの大学を出て、それから新潟の方面で医療器具か何かの販売商をしていたとか……それくらいのことである……。

一人の女性が奥から出て来た。故人のいとこという中年婦人は、これが豊さんの奥さんですと紹介した。

年齢がまるでわからなかった。ひどく頰《ほお》の落ちた、細い顔をしていたからである。喪服姿もこの女性の場合は、いたずらに険を強くする効果しかないようだった。

武志は熊本の学生時代の友人だと、いま仕入れたばかりの智識《ちしき》で、状況を繕《つくろ》った。昔の高校時代には、こんな狡猾《こうかつ》な機転はきかなかったろう。それだけ利口になったといえと聞こえはいい。実は昔のボンボンも、そんなふうに世俗の度胸を身につけて堕落したともいえる。

夫人は武志の悔みに、静かに頭をさげた。悲しみのあまり無感動なのか、もともとそういう人なのか、武志には見当もつかなかった。

「……長い間、お互いに音信不通だったのですが、きのう、東京に出張して来てふと見ると、彼の名前が新聞に出ていたので、もうびっくりして……」前置きして、武志はきいた。

「千葉のその……何とかという温泉には、保養か何かで……？」

「さあ……そうなのでしょうか……家を出る時には、そんなことは何もいっていませんでした……」

「泊るというようなことも……？」

「ええ。別にそういうことは何もいわない人で……あの人の外の生活はまるで私にはわかりませんもので……」

それでカラバンの生活も、この夫婦の生活もぼんやりわかるような気がした。

少し唐突だと思ったが、武志はためらわずにきいた。

「御主人の口から、三高の話が出たことがありませんか？」

「三高……？」

「京都の第三高等学校です」

わずかの無言ののちに、問い返しが来た。

「あの……〽紅萌《も》ゆる丘の上……というのは、どこかの学校の歌のようでしたが……そうでしょうか？」

正確には〽紅萌ゆる丘の花……である。三高寮歌の代表の一つ〝逍遥之歌《しょうようのうた》〟だ。

「それが三高の寮歌です」

「お酒を飲んだり、風呂《ふろ》に入っている時などに、良くその歌を唄《うた》っていました」

「そのほかに三高の話は……友達とか京都の話とか……？」

「いいえ、そんな話は一度も聞いたことはありません」

話が妙なふうにならないうちに、退却したほうがよさそうだった。

武志はいま一度悔みをいって、喪家《そうか》を辞した。


「……カミソリの推理は、やはりぴたりと的中していたようだ。カラバンは悪くない家庭の出で、かなり我が儘《まま》育ちで。……彼の偽三高生としての京都生活も、あるいは両親も知っていて知らないふりをしていた……いや、事件のことを考えると公認していたというところだろう。彼の家が名古屋だったということと、私を欺《だま》した伊藤と名乗る初老夫妻とが名古屋在住らしかったという事実も一致する……」

秀一はグラスに新しいウイスキーを注《つ》ぎながら答えた。

気楽なものである。武志たちのその時代には、そんな高級輸入ウイスキーどころか、怪しげな濁酒《どぶろく》でも手に入れば〝御〟の字だったのだ。

「確かにその点では、合っているかも知れません……」

「何だか不満のようだな。参考のために、実はちょっとおまえの書棚から百科事典を引っ張り出して調べてみたのだが、殺人のような罪に対する公訴時効は十五年とあった。事件が起きたのは昭和二十三年三月だ。それから十五年というと、昭和三十八年三月迄《まで》だ。カラバンが東京のいとこの家に現われたというのが、十五、六年前だから、やはり三十八年か三十九年になる。時効になって、カラバンが逃亡生活から足を洗い、結婚もして、本名で社会生活を始めたと考えると、ぴたりと話が合うじゃないか？」

「逃亡生活というんでしょうかね？　ぼくにはむしろ偽もの生活といったほうがいいようにも思えるんですが？　その生活だって、決して惨めなものじゃなくて、話によれば新潟の方で、かなりの商売をしていたようですし……」

「確かにあのカラバンなら、意気軒昂《けんこう》な生活をしていたと思う。だが、三高のことだけは、ひとこともいわなかったらしい。一杯機嫌や風呂に入った時などに、〝紅萌ゆる〟を唱《うた》うことがあったという話を聞いた時は、ちょっと胸が痛んだね。彼のような偽学生はもうこれからは現われないかも知れない。いや、この頃は、そもそも偽学生というものがあまりないようじゃないか？」

「オヤジさんが良くいうように、この頃は学校も、就職のための手形発行所みたいですからね。偽学生じゃ、どうもがいたって、その手形はもらえないでしょ。もっとも今はそのかわり、ほんとうの学生なのに、偽学生みたいなのがいっぱいいるけど……」

父親は思わずにやりとした。

「おまえもその偽学生の部類のほうじゃないだろうな？」

これは冗談だった。武志は息子がよくやっているのを知っていった。

「それで、カミソリの事故死のほうはどうでした？」

「ああ、市原に電話した。彼もそう詳しいことは知らないが、大体はこういうところだ。カミソリは何か厚生省関係の団体の役員をしていて、大島に建設予定計画の療養所か何かのことで、島に行く途中だった。特等船室の客だったそうだが、島に着いて乗客が全部おりたあとで、彼の部屋を見ると、バッグも服や手回り品も置きっぱなしだった。関係者は慌てて船内を捜索する、ホテルや宿に問い合わせる……と、彼の消息を追ったが、わからなかった。船室に三分の二ほどあけたウイスキーの壜《びん》が残っていた。それでおそらくは、酔いをさましにデッキに出て、転落したのではないかという想定になった。知ってるだろうが、東京の竹芝桟橋から出る大島行きの船は、夜遅く出て、早朝に島につく夜行便だ。だから、彼の行動も転落したところも、誰《だれ》も見ている者はいなかった」

「死体は発見されたのですか？」

「ああ、数日後、浮上しているところを、通りがかりの船が発見した。あの広い太平洋で、タイミングよくそんなふうに見つかるのは、よほど運のいいことだそうだ」

「大洋の真ん中で、船から人を海に突き落すほど簡単な殺人はないといいますよ」

「やはりまだそんなことを考えているのか？」

「まだどころか、ますますその疑いが強くなって来た気がします。例えばカラバンの職業が医学関係の印刷、出版、そしてカミソリは療養所の建設関係にかかわっていた……というように、二人が〝医〟ということで繫《つな》がっているかも知れないという新しい事実も出て来ています」

「いささか牽強付会《けんきょうふかい》だな」

「マーゲンの消息は聞きましたが、その他の人たちはどうしています?」

「おい、おまえ、まさかそういった連中の中に真犯人がいると……」

「可能性はあります」

「登山家たちが良くいう『山登りをする奴《やつ》に悪い奴はいない』という論法で、三高OBに悪い奴はいないなんていうことをいう気はないがね。しかし、私には何か信じられない」

秀一は父親の言葉を黙殺した。かなり厳しく先を急いでいる。

「ともかく、昔の人たちで、消息を知っている人がいたら教えてください」

「三高同窓会の結束は固くてね、毎年のように集りをやっているらしいが、どうもその点、私は東京在住のせいもあって、怠慢で、それに従って愛校精神も稀薄《きはく》になっているらしい。それにほら、転勤で三度も引っ越して、このところはまったく連絡もとだえている形で……わずかの連中の、かなり古い消息しか知らない。だが、ライヒは確か、京都にいて、かなり大きな総合食品製造会社の社長をしているはずだ。つまりおやじさんのあとをついだらしい」

「海外雄飛の冒険はどうなったのです?」

「どうやら、挫折《ざせつ》したらしいな。現実とはそんなものらしい。一度、会ってみたいとは思っているんだが、どうも私の仕事は京都に縁がない。いや、ほんとうのところ行こうと思えば行けるんだが、何か今の京都を見たくない気もするんだ。ずいぶん観光化されてしまったらしい。そんな物を見て、幻滅を味わいたくもない」

「バールトはどうしているんです？」

「わからない。卒業者名簿に住所も、職業も出ていない名があるだろう？　十何年前に送って来た名簿にはそうなっていた。何も彼ばかりではない。そのほかにもずいぶんいた。卒業から二十年もたつと、そんな人間もかなり出てくるものだ。ただ私が大学を卒業してから二、三年後だ。ライヒからバールトの家は数年前に、おやじさんが癌《がん》でなくなったあと、駒原の生活をすべてたたんで、大阪かどこかに引っ越したらしいとは聞いていた。やはりおまえは真犯人が、そういった私の友人の中にいると考えているようだな」

「いや、必ずしもそうではありません。事件のまわりには、まだ何人かの重要な人間がいます。疑われるべくして疑われなかった人や、まるで無関係のように見えて、そうでない人や……」

「ずいぶん、もったいぶったいい方をするね。だが、もし真犯人はカラバン以外だとしても、そいつがどうしてあんなふしぎな密室殺人ができたのかね？　動機は何なのだね？

確かにカミソリの推理には、もう一味《ひとあじ》不足の所があったことは認めよう。だが、他の人間の犯行と仮定して、それでちゃんと説明がつくのかね？　カミソリの推理はかなり納得いくものだと思うんだがね」

「そうでしょうか？　ぼくにはずいぶん穴があるように思えてならないんです。例えば殺人の動機です。偽学生をリア王に嗅《か》ぎつけられたことが、犯行の動機というのが、カミソリの推理でしたね？」

「そうだ」

「だが、それくらいのことで、人まで殺す気になるでしょうか？」

「カミソリは、カラバンは異常な溺愛《できあい》の家庭の子ではなかったかと考えたのだが？」

「ええ、一応、それは納得しましょう。実際のところ、いまの異常教育の日本には、そんな家庭がありかねないのです。そのルーツはすでにその頃から始まっていたと考えることもできますからね。しかし、それほど異常なら、今度は偽学生をカミソリに嗅ぎつけられたと知った時でも、もっと何かの方法で頑張ってもよかったと思いますが？　今度はコロッとあきらめて、あっさりと姿を消してしまっています」

「しかしね……リア王、カミソリと、こう続けて二人にもわかるようでは、これ以上はどうにもならないと見切りをつけたんじゃないか？」

「まあ、こうなると、これは考え方でどうにでもなるようですね。この問題はこの辺でおあずけにしておいて……カミソリの推理の穴として、例えばもう一つこんなこともあります。密室です。推理小説マニアが良くいうんですがね、〝密室の必然性〟という言葉があるんです。つまりどうして犯人は、現場を密室にしなければならなかったかということです。カミソリの推理には、この密室の必然性が無いように思うんですが？」

「私に容疑をむけたかったからじゃないか？」

「しかしそれにしては、ばかばかしい危険に賭《か》けたものですね。リア王を殺してから、隣の物資置場に隠れて、お父さんの帰って来るのをじっと待っている。しかも、待ったあげくに、うまくタイミングを摑《つか》んで建物から脱出しなければならない。まかりまちがえば、物資置場に閉じ籠《こ》められてしまう危険だって、充分あったはずです。我が身の安全を考えれば、現場からさっさと逃げ出す方が遥《はる》かに得策です」

「そういわれれば、そうだが……」

「天才、才に溺《おぼ》れるで、カミソリは表面上それらしい理論解決ができたことで、すっかり悦に入ってしまって、深い解釈を忘れてしまったようですね」

「じゃあ、あの密室はどうしてできたというのだ？」

「わかりません。でも、その密室が解ければ、おのずから犯人はわかって来るんじゃないかというカンはあるんですがね」

「しかしともかく三十数年前の話だ。今更調べても、もう手遅れじゃないか？」

「しかし、その事件が今にいたるも、尾を引いている感じです。うまくその尾の先端をつかんで、過去を引っ張り寄せることも可能じゃないかと思うんです。とりあえず、その先端を捜しに、千葉へドライブに行って来ますよ」

「カラバンが転落死したという、清澄山の方にか？」

「ええ、それから彼が泊ったという亀山温泉という所にも寄ってみます。さっき、調べたんですが、温泉案内の本なんかにもろくに出ていない所ですよ。幾つか地図を見たら、やっとぽつんと湯気マークを見付けたんですがね、きっと山の鄙《ひな》びた鉱泉なんでしょう」

「どうしてそんな所に、彼は行ったのかな？　さっきもいったように、家族の者も、彼がそんな所に泊るとはまるで知らなかったというんだ」

「案外、賢明なことをやっているのかも知れませんよ。密談のために料亭や待合、どこかのクラブで会うというような方法は、あとに証拠が残りますからね。それでもなお政治家たち等がそれをやめないのは、根が見栄《みえ》っ張りの俗物だからですよ」

「つまりカラバンはそういう田舎で誰かと会って、良からぬ相談をしていたのではないかというのか？」

「もしそうなら、たいへん慎重です。あるいはそこに行っても、尻尾《しっぽ》をつかませないように隠密《おんみつ》に行動しているかも知れませんが……」

「しかしこんなことに夢中になって、勉強を疎《おろそか》にするなよ。私が今でもこだわっているといっても、大したことじゃない……」

秀一はつまみのピーナッツを口に放《ほう》り込みながら、にやりとした。

「元自由寮の青年も、ナミの親ですね。まあ、御心配なく。あしたは、ちょっと聞きたい講義があるので、あさって千葉に日帰りで行ってみます」

武志は息子がそつなく学校生活を送っているのを知っていた。怠惰に麻雀《マージャン》、ドライヴ、ロックに明け暮れているというのでもない。そうかといって就職手形を落すのにせかせかと勉強しているのでもない。適当に手を抜きながら、実《み》のある内容をとっているようである。

武志の頃は、こう巧みに使い分けのできる学生は少なかった。勉強する時は狂気のようにやったが、何かにのめり込むと、そこに溺れ切ってしまう傾向があった。そのために勉強の方を破滅《ドッペッ》させる者もいた。囲碁にむちゅうになり、碁会所通いで落第した者もいた。旅芝居の雰囲気に陶酔して座員になり、休学した者もいた。情熱的であるというと聞こえはいい。だが実は不器用だったのだ。

武志はいささかの苦笑まじりに答えた。

「わかった。私自身にかかわることだ。少しは軍資金をあげよう」

「エライ！　さすがは苦労人だ。藤木君といっしょに行こうかと思っていますから、そのへんも考慮してください。ただし、これには少し意味もあるんですがね」

藤木弥津子は、秀一の高校時代からのガール・フレンドだった。国立の医大に行っている才媛《さいえん》である。我が息子にしても、過ぎたガール・フレンドだと、武志は密《ひそ》かに思っていた。

彼女の父は武志のいる会社とは段違いの、大商事会社の重役だと聞いている。

「やれやれ、まあ、いいだろう」

実のところ、息子にもいったように、これまでは事件に対するこだわりは、些細《ささい》なものだった。だが今は、しだいにほんとうにこだわり始めているようだった……。

3

「ねえ、木津君、おとといの電話で聞いたカラバンという人の会社、何ていったかしら?」

車が小松川橋のインターチェンジを過ぎると、弥津子は問いかけた。

何度通っても戸惑う首都高速の目まぐるしい分岐を、うしろからせっつかれるようにして秀一が右に左に車を持って行っている間は、弥津子はろくに口をきかなかった。

だがあとはまっすぐに京葉道路という所で、秀一の神経もようやく和んだと見て、彼女は話を始めたのだ。

「メディカル・プリンティングだ。実はきのう、学校の帰り、ちょっとその会社を見物しに行ったんだ。僕は田中社長の遠い親戚でね、東京の大学に勉強に来てるんだけど、きょうまでまったく事故のことを知らなかったふりをして……」

「ちょっとした探偵ぶりね」

「飯田橋駅の鉄道荷物所のすぐそばにある、おそろしく汚く古びた四階建ての小さいビルでね。一階と二階では印刷機がガチャガチャやっていたり、植字工が立ち働いていたりした。廊下や小部屋にいろいろの印刷物が積んであったが、学術論文とか研究関係の小冊子や……ああ、第何回模擬試験なんて印刷された答案紙みたいな物もあった。三階以上が事務室でね。そこの応接室に通されて……社長の千葉の亀山温泉行きの目的なんかもきいてみたんだけど、やはり誰もが、社長の目的どころか、亀山行きの事実さえ知らなかった」

「よく怪しまれなかったわね」

「怪しまれたさ。営業課長なんていう人物は、だんだん険しい顔になってさ、どうしてそんなことをきくのかとか、ほんとうに親戚なのかなんて問い返して来たよ。それでそうそうに退却して来た」

「そのメディカル・プリンティングだけど……私、その名、見たことがあるのよ」

「ほんとかい!?　いや、実をいうと、医学生の君ならひょっとしたら何か手掛りになることを、万が一にでも知っていはしないかという意味もあって、御同行いただいたわけなのだ。それで、見たことがあるって、何で？」

「レッド・ブックという本があって、メディカル・プリンティングの名が、発行兼印刷所としてそれに印刷されていたのを思い出したの」

「何だい、そのレッド・ブックというのは？……ああ、イギリスでは、公務員の名簿のことをいうのを思い出したが……」

「そんな物じゃないわ。日本の……それも或る一部の特殊な人たちに流布されているものなんだけど……ピンク本というのと好対照なの」

「ゲーッ、ピンク本！」

「ピンク本っていったって、エッチな本じゃないわ。ピンクの表紙がついてるんで、そういう名があるの。この本の方は医師国家試験を受ける受験生の間で、密かに高い値で販売されているのよ。内容は次の国家試験の出題傾向や範囲を扱っているものなの」

「まさか問題漏洩《ろうえい》じゃ……」

「ないわ。医師の国家試験の問題作成はものすごく厳重だからと……ほんとうをいうと、そう思いたいというのが本音だけど……出題の傾向や範囲が予測がつくわけはないわ。でも、出題委員の医大の先生たちの専門や得意の部門、講義中に特別に力を入れて話したこと、学校での試験の出題などを調査して、総合したら、何かいい線が出てくるんじゃない？　ピンク本はそれを印刷した本なの」

「何だかそうなると、スパイ戦争みたいだな」

「そう思うわ。でも我が国立医大でも、そんな物を買って来て、教室でみんなで検討しているセコい学生がいるんだから、嘆かわしいわ。レッド・ブックというのは、ひょっとしたらそのピンクにちなんで名づけられたとも思われるけど、紅十《こうじゅう》の紅をとってレッドになったと考えるほうが、ほんとうかも知れないの」

「紅十って、あの評判の紅十医科大学か？」

「ええ、あのいま評判の紅十よ」

弥津子はハンドルを持ったまま自分を見る秀一と目を見交わして、微笑した。

紅十医科大学は名高い高額の寄付金に比例して、不正入試の評判でも名高いところだった。五百点満点で、三十点で入学した学生もあるという噂《うわさ》である。

そのはねかえりが、今は医師国家試験合格率ワーストのトップになって現われている。裏金詐欺のブローカーの逮捕や、それにかかわったといわれるアルファベットの頭文字しかない教授の名が、新聞紙上で騒がれている。

文部省の監察や司直の手が伸びているともいう。だが、具体的な実態は、まだまるでつかめていないようだ。

「それで、そのレッド・ブックには何が書かれているんだい？」

「目的はピンク本が医師国家試験問題の情報なら、レッド・ブックは紅十医科大学受験問題の情報というわけ。入学試験問題の担当教授はだれ、採点や合格決定をするのはだれ、その先生の日常の生活や癖、住所まで出ているわ。あとの方にこれまでの毎年の入学試験問題もついてるけど、何だかこれはつけたりみたい」

「何かいわくありげな内容だな」

「もちろんいわくありよ。私だってそんなアングラ受験書……っていうのかな……そんなものがあるのはまったく知らなかったわ。その本を見せられた時は、私立医大受験のどぎつい正体を見せられたみたいで、ちょっとゲッソリしたわ」

「勉強のできる君のような奴は、エリート面《づら》をしていて、そういう世の中の現実に無関心だから困ると、文句をいってやりたいが、しかし私立医大の受験って、そんなにシビアーでセコいものとは、ぼくも知らなんだな」

「まあ紅十は特別なんでしょうけど、そのレッド・ブックを見せてもらった話というのが、また変わってるの」

「誰に見せてもらったんだ」

「私の家の近くに、黒石病院っていう、ちょっとした総合病院があるのを知っていて？」

「知ってる。君の家に車で行く途中の街道から、赤と青の強烈なネオンサインが屋上に光っている所だろう？」

「そこの院長夫人が、突然、かなりショッキングに豪華な手土産を持って私の家に現われて、……笑わないでよ！……『ここのお嬢様は、優秀な成績で去年、国立の医大にお入りになられたと話を聞きましたので、来年の息子の医大受験について御相談にあずかりたい』っていうの」

「あずかったかい？」

「そのあずかりたいというのが、そのレッド・ブックだったの。夫人がそれを出して、来年の紅十医大の受験問題は、この本を見るとかなり摑めるというので手に入れたのだけれど、どうもよくわからない。うちにも医者やインターンがかなりはいるんだけど、受験ということになるともう専門外だし、遠い昔のことなので見当もつかない。その点、お嬢さんは去年医大に入ったばかりでまだ受験のことをお忘れでないだろうから、きっとわかっていただけると思って持参した。もし手伝っていただけるなら、御満足のいくお礼を差し上げるというの」

「御満足のいくお礼につられたな？」

「そう、それにつられて、何日か本を熟読玩味《がんみ》したけど、ほとんど何にもつかめないの。露川教授は、『本校を志望される方は、理科関係に強いのは当然として、語学にも堪能《たんのう》であることが要求されるでしょうと記者に語った』とか、『理科は小項目の事実を憶《おぼ》えるよりも、大項目と大項目の繋がりを身につけることが重要であるというのが、春木教授の考えである』とか、愚にもつかないことが並んでいるばかりなの」

「ひょっとしたら、それは暗号ブックじゃないのか？」

「あなたらしいナンセンスっていってやりたいけど、実はほんとうのところ、私もそう考えさえしたわ。本文にうしろの方の問題の番号を指定する暗号が隠されていて、今度はそれと同傾向の問題が出るんじゃないかって……。でも、実際のところ、とてもそんなことは考えられないし、第一、あのバカ息子じゃ、問題がわかっていても、正解できるかどうか疑問だわ……」

「あのバカ息子って……その御当人を知ってるのか？」

「うちの近くでは、噂の中の名士なのよ。酔払って、どこかの駐車場に並んでいる車の屋根を連続跳びしてかたっぱしから凹《へこ》ましたり、スナックで店の女の子をビール壜で殴って怪我《けが》させたり、スポーツカーを近くの質屋の生垣に突っ込ませたり……見たところ、品の良いお坊っちゃんタイプなのに、スキャンダルの絶えない人なの。遺伝的なものか、それとも家庭環境や両親の抑圧によるものかはわからないけど、明らかに精神科医の対象の存在ね。でも紺屋《こうや》の白袴《しろばかま》っていうのか、両親はまるでそれに気づかないで、息子は医学生になる資格があると信じてるみたい」

「それでレッド・ブックのことは、どうした？」

「とても話しするようなたいしたことは見つからないと返事したら、じゃあ、わかったことだけでもいい、それからあなたの実際経験でもいいから、本を返却しかたがた、息子と会って話してくれと、麻布のレストランに、半ば強引に席を設けられたの」

「まさかぜひともあなた様を息子の嫁に……なんていう話が出やしなかったろうな？」

「ウフフ、御正解！」

「えっ、出たのか!?」

「間接的にね。『御卒業になって国家試験に合格したら、ぜひともうちの病院に来ていただきたいわ。万が一、息子が医者になれない時は、経営者にでもさせて、あなたを病院長に迎えるという方法もありますものね』ですって」

「ゲーッ。君が病院長とは！」

「慎《つつ》ましいレディーの私も、いささかアタマに来たんで、『私、医師の国家試験を受ける気はありません』っていってやったら、キョトンとした顔をしていたわ」

「そりゃあ、わからないだろう。医大に限らず、今は大学は就職のための手形発行所だ……というのはうちのオヤジの意見の受け売りだが……そんな考えが、今は常識化というより、正当化されているからな。それで、そのバカ息子というのは、いま、どうしているんだ？」

「今年の春、ぶじに紅十に入ったわよ」

「ヒェーッ！　まさか、そのレッド・ブックで入ったんじゃないだろうな？」

「まさかね。バカ息子君は、東城予備校に籍を置いていたというから、おそらくそこを通じてでしょう」

「いま、新聞や週刊誌で騒がれている、紅十医大へのトンネル予備校だな。ここを通じて裏金や寄付金が大学に流れていくという噂だが、まだ確たる証拠はあがっていない……。しかし、そうして医大に入ったのが、将来、みんな医者になるのかい？」

「さあ……はたしてどうなりますことやら。大学は金で入ることも、出ることもできても、医師国家試験は、そう甘くないと思うわ。事実、黒石病院のバカ息子みたいな連中が、トコロテン式に押し出されたあとは行き場がなくて、国試浪人として溜《たま》るいっぽうで問題化しているのよ」

「それで、いいんだよ。いくら溜ったって、そんなのが人の命をあずかる医者になってはかなわない。むしろ問題は、そんなパーを入れる私立医大の入学制度だ。しかも一方では、ほんとうに医学に興味を持っている者、ヒューマンな考えから医師を志している者への道がまったく閉ざされている。君ほどできないかも知れないが、その連中はへんな私立医大に入学する者よりは、はるかに成績もすぐれ、将来性もあるはずだ。そういう意味では君のように頭もあって、経済的ゆとりのある者はむしろ金を使って、私立医大に入り、金はないが才能と未来のある者に、国立医大の席を一つゆずるべきだったのだよ」

「理屈はそのとおりよ。でもね。私立医大は入ってから出るまでに、最低一億六千万くらいの金が必要だというわ」

「一億六千万！」

「いくら有名会社の重役の家だって、そんな金、出せて!?」

「だが、例えば黒石病院のような医師の家なら、出せるというのか？」

「らしいわね」

「もうワカンなくなって来たよ。話をレッド・ブックにもどそう。今までの話だと、どうもその本は謎《なぞ》の意味がありげなアングラ受験書だ。それなのに、どうしてメディカル・プリンティングの名が明記してあったのかな？」

「わからないわ。あるいは足元の暗くない本だという証《あかし》のためかも知れない。ともかく、メディカル・プリンティングに、どういう経緯でそんな物を発行印刷するようになったか、きいてみたらどう？」

「おそらく当社は名を貸しただけだ、本当の依頼者は職業上の秘密でいえないなんていう返事が返ってくるんだろうな。それで思い出したんだが、あの会社にあった模擬試験答案用紙、東城予備校や何かのもあるんじゃないかな？　予備校はそのほかにもテキストだの、願書だのいろいろ印刷物が必要だから、他の物も一手に引き受けているのかも知れない……。そしてその東城予備校は、紅十に繋がっている。匂《にお》ってくるね。藤木君、紅十医大のさまざまの情報を手に入れる方法はないかな？」

「あるわ！　黒石病院のバカ息子をおだててあげたらどうかしら？　あれ以後、彼、道で私に逢《あ》うと挨拶くらいするようになったの」

「ビール壜で殴られるな」

「大丈夫。彼の私に対する眼差《まなざ》しには……アッハハだけど、畏敬《いけい》の念みたいなものがあるの」

「証拠の予見をしてはいけないから、これ以上、何もいわないけど、できるだけ詳しく頼むぜ」

車は京葉道路の千葉南を出た。十六号線を南西におりて、姉崎から左に折れて南下し、国鉄の久留里線沿いに行くと、終点の上総《かずさ》亀山が、亀山温泉のある場所だった。

4

秀一の持っている地図だと、亀山温泉は山の中のひっそりした鉱泉という感じだった。確かに最近まではそうだったらしい。

だが、どうやら最近、川を堰《せ》き止めて谷間《たにあい》にダムができたらしい。水辺に観光ホテルと名のつく白いビルが建っていた。

しかし宿泊客の歩く姿はまったくなく、深閑としている。

新しい観光地をもくろんでいるのだろう。ダムの付近には幅広い舗装道が走り、水上には朱色の鉄鋼アーチ橋や、白塗りの鉄桁橋《てつげたばし》が架けられていた。

人も車の姿もほとんどなく、初秋の陽《ひ》が風景いっぱいに、うららかに降り注いでいた。

秀一たちは駐在所を訪れた。

死体が発見されたのは安房郡であり、亀山温泉のある君津市の管轄外であった。

だが担当の警官が調査のために亀山も訪れていたので、駐在警官も概要の話を聞いていた。

九月十三日午後二時頃、車を運転して、単身で観光ホテルに到着した田中豊は、翌日、午後二時、車でまた出発した。

田中豊がそのまま南の太平洋がわに出て、迂回《うかい》する帰り道をとったのは、さほどふしぎではない。

行きと同じ道を通るのは面白くないし、鴨川から一二八号線に出て北上し、九十九里有料道路、東金からまっすぐに首都高速に繋がる千葉東金有料道路と通って行くと、時間はかえって早くなるかも知れない。

ただ太平洋がわに出るのに、清澄の方に出たのはややおかしい。この道は黄和田畑《きわだはた》に出て、清澄山の西を巻く、細くて古い道である。車のすれ違いもむずかしい所も多い。

亀山からなら、鴨川有料道路を通る方が運転も楽だし、スピードもあがるのだ。

しかし秀一の考えるように、もし田中豊の死が車の事故を装《よそ》おう他殺なら、黄和田畑からの房総丘陵越えの静かな道は、うってつけの現場のように思えた。

駐在の警官は、事故の状況そのものについてあまり詳しいことまでは知らなかった。

ただ、事故は死体の状況その他から、午後五時半前後、死因は全身打撲による即死というようなことは知っていた。

「全身打撲といいますが、やはり致命傷という所があったのでしょう?」

秀一の質問に、駐在警官はちょっと黙った。

「致命傷というのかなんかわからんが、頭をひどくやられていたそうだ。それが命取りになったと聞いたな」

「つまりそこを殴られたとも考えられますね?」

「殴られた? さあ、どうなんかな……」

田中豊に非常に世話になった甥《おい》と名乗る秀一を、駐在の警官はまったく疑う様子はなかった。秀一のいう意味も理解しようともしなかった。

秀一たちはダムを渡る橋を通って、ホテルに行った。

そこで、田中豊は投宿してから出て行くまで、宿を出なかったし、泊り客の誰かと話した事実もないことがわかった。

第一、泊り客と話そうにも、彼以外に客はいなかったのである。温泉は新しい観光地として再出発したばかりの上に、当日はウイークデーでもあったのだ。

温泉にはまだ二つばかりの、小さな旅荘があった。

立看板をたよりに秀一たちは、その二つをまわった。

一軒には、その日は泊り客はなかった。いま一軒には、車で来た若いアベックと、五十半ばの初老の婦人が一人、泊っただけだという。婦人の方は、久留里の親戚を訪ねて、その夕方、亀山に投宿したということだった。

だがその後者の旅荘の主人が、重要なことを証言してくれた。

「……思い出したんだが、あの日の昼過ぎだ。きのうっからホテルのとこに駐車していたお客さんのらしい自家用車が、坂畑橋のまん中あたりに停《と》まっとったな。あそこは眺めのいいとこだから、よそから来た人は、たいていあのへんに車を停めるんだが……」

「あの日というと……つまり清澄で転落事故のあった日ですか？」

「そうだ。折木沢の親戚に用があってな。小型トラックで、二時ちょっと過ぎか、横を通って行って、四時頃に帰ったんだが、その時もまだ停まっていたので、ずいぶん長い間いるもんだ、アベックが中でよろしくやってるんじゃないかと思ったんで、おぼえているんだ」

「アベック？……というと、車の中には二人いたんですか？」

「車の中じゃで、よくはわからんが、一人じゃなかったみたいだ。わかったのはそれくらいのことじゃ。清澄であった事故のことを聞いた時ゃ、ひょっとしたら、あの車じゃなかったかと考えたが、死んだのは五十過ぎの男だというんで、じゃあ違う車かなと思ったんだが……」

車にもどりながら、秀一は興奮していた。

「……考えてみれば、ホテルを午後二時に出てから、現場の五時半の事故までは、時間がありすぎたよ。ここから現場まで三十分もかからないだろう。その間に、一人の人物が現われて、被害者と車の中で会談していたんだ。その人物……いや、犯人といおう……犯人はまっすぐに東京あたりから、この亀山に来たんだ。東京から国鉄列車で亀山まで、乗り換えを含めても三時間もかからずに来ることができる」

「このポンコツ車で来ても、やはり同じくらいの時間だったわね」

「車体はポンコツであることは否定しないが、エンジンは嘗《な》めるように整備してあるから優秀だぞ」

二人は問題の車が停まっていたという、坂畑橋に出た。

広く長い近代的な橋だった。北側は水面から高く切り立つ崖になっている。水没した谷間の木々が、立ち枯れの梢《こずえ》を水面から突き出していた。

確かに景観であった。

橋の上に交通はまったくない。

「こんな所の車の中での密談なら、確かにあとに具体的な証拠は残らない。考えたものだ」

「そのあと、二人は黄和田畑を通って、この道を清澄山から安房天津《あわあまつ》に出たのね」

弥津子は横でドライヴ地図を拡《ひろ》げていた。

秀一は橋を渡って、車を黄和田畑へ走らせた。

しばらく行くと、道はますます細くなる。道を拡げるためだろう。両側の木を伐採する人の影が二ヵ所ばかりにあった。

二十分とたたぬうちに、黄和田畑についた。

道はますます山に入る。

最高標高三百五十メートルを越えないそのあたりは、房総丘陵という名前である。山好きの人の興味をひくものではない。

だがそれだけに未開発で、かえって深山の趣《おもむき》のある所も多い。

ほとんど素掘りに近いトンネルをいくつか過ぎる。黄和田畑を出てからは、まったく車ともすれ違わなかった。人の姿もなかった。

「もう少し行くと、清澄寺に行く道が左にあるはずだ。そこからはぼくも来たことがある。御宿《おんじゅく》に海水浴に来て泊った時に、バスで遊びに来たことがあるんだ。とすると……現場はもうこのあたりかな……」

秀一は車をひどく低速にした。亀山の駐在所で、現場の位置は詳しく聞いて来たのである。

「あっ、あれかも知れない！　道の縁が切り立つ崖になっているし、崩れたらしいあともある。草もひどく乱れているぜ」

秀一は車を停めて外に出た。

弥津子も反対側から出ようとして、ドアの所でもがき始めた。

秀一は車をまわって、反対側に行くと、靴先でドアを蹴《け》りながら、強く引き開けた。

「どこかでロックのメカニックがひっかかっているらしいんだ。車体のポンコツだけは否定できないや」

二人は道の端に歩み寄った。

息を嚥《の》んだ。まさか車がそのまま、崖にひっかかっているとは、思っていなかったからだ。

だが考えてみると、その方があたりまえかも知れない。ひどく壊れた車を、今さら引き揚げてももはや使用不能であろう。第一、この険しい崖の所では、労力と費用の無駄使いにしかすぎない。死体を収容したあとは、すべてを打ち切ったのだろう。

車は腹を上にむけて、やや斜面のゆるい崖の中途に、際どくひっかかっていた。そのうち、また下に落ちて行くかも知れない。

四つの車輪のうち、前と後の二つがふっ飛んで、谷底の木立ちの中にでも消えてしまったらしい。

「やったね！」秀一は少し意味不明の感嘆詞を投げてからいった。「……偽装事故には、まったく絶好の所だ。さあ、行こう！　ちょっと、清澄寺に寄ってみよう」

またトンネルをくぐり、大きくカーブを曲ると、左に分れて、清澄寺にむかう切り通しの道があった。

そこに入って数分と行かないうちに、削り取った崖下の広場に出た。そこが天津から来るバスの終点だった。

斜め前の数軒の土産店兼茶屋があったが、開いているのは奥の寺寄りの一軒だけだった。見物客の姿は一人もない。

秀一は車からバス停標識の時刻表の前に歩み寄った。弥津子もあとから横に来た。

「最終が十八時というから午後六時。事故のあった推定五時半前後とぴったりだな」

「つまり犯人は被害者の頭を何かで殴打して殺し、車に乗せて崖に突き落してから、ここまで歩いて来て、バスに乗って天津におりたのではないかという想定ね」

「バスでおりて行けば二十分くらいだから、歩いたって行ける。だが、そんなことをする者はめったにいないだろう。通りかかった車の人に、すぐ注目されてしまう。それよりはバスに乗る方がまだ人目をひかない」

「それでも、犯人が怪しまれる形で、人前に姿をさらした唯一の時間帯ね」

「そうだ。ぼくが来たのは夏の観光シーズン中だ。それでも夕方、バスでおりた時は十人ばかりの客しかいなかった。この寺のお坊さんや、まわりの住人らしい人もいた。そういった人たちや運転手が、犯人をおぼえている可能性は充分ある。よしっ、町の警察に行こう！」

「また被害者の甥ということで？」

「いや、こんどはほんとうのことをいう。おやじが被害者の親友で、死の原因に疑惑を持っているので……といってね」


「……確かにな……まさか殺人《コロシ》などとは考えないから、そりゃあ、そこまで詳しく調べずに……ただ頭の……何てったっけ……そう、頭部の強打による脳挫傷《のうざしょう》および脳震盪《のうしんとう》が致命傷というような診断で終りにしたんだが……。私は専門家じゃないから、それが誰かに殴られたためかどうかはわからんよ……」

　秀一の話を聞き終った町の署の中年の刑事は、短かく太い腕を胸に組んだ。

「車は詳しく検証したんですか？」

「まあ、概略はな。私ともう一人交通課の巡査部長とでロープをつけて行っておりたんだが、いつまた、車がずり落ちるかわからんので、冷汗ものだった」

「ギアはどこに入っていました？」

「さて……そんなことまでは危なくてとても調べなかったが……」

　状況的なことから、検証がかなり杜撰《ずさん》なことは明らかだった。

「犯人は死体の入った車を外から押して道の縁に持って行ったはずです。とすれば、ギアはニュートラルに入れておくのが、動かすのに楽なはずです。また逆にいえば、車が運転を誤って転落したのなら、ギアはどこかにシフトされていて、ニュートラルにない可能性が多いはずです」

「そうなると、あの車を引き揚げねばならんな……」

　刑事の声は重たく、うなるようだった。

「そうすれば、もっと他の事も発見できるかも知れません。犯人の遺留品だとか……これは可能性は薄いかも知れませんが、犯人の指紋だとか……。それからさっきいった想定だと、当日の終バスに犯人が乗っていた可能性が濃厚です。運転手やその他の人から、できるだけ全部の乗客の身元、それのわからない人は人相や服装を調べてください」

「しかし、人相や服装だけで、誰が犯人ということはわからんだろう?」

「犯人の可能性のある人間を調べ出すあてが、こちらにもあるんです。容疑者が浮かび出たら、その人物とその証言を突き合わせればいいわけです。いざとなったら、証人にその人を実際に見てもらいます」

　刑事はまたあらためて、唸《うな》りをまじえた大声になった。

「しかし、ほんとかね!?　あれが殺人《コロシ》だなんて!　だが……そうなら、これは厄介な話だな……」

どうやら最後の言葉が、刑事の一番の本音のようだった。

天津から九十九里、千葉東金の有料道路を通る帰路のコースは、首都高速の神田橋のインターチェンジにおりるまでに、二時間半しかかからなかった。

途中にろくな遊び場所もなかったので、秀一の懐《ふところ》にはおやじからもらった軍資金があまっていた。そこでかなり気張った食事を神田で食べてから、弥津子を家まで送る。

停めた門の前で、秀一の車のドアは、またポンコツぶりを発揮した。

ドアの下を蹴った秀一は、うなり声をあげてかがんだ。蹴り所をまちがえて、足先をいやというほど痛めたのだ。

「大丈夫!?」

「うむ……まあ、大丈夫だ……」

ゆっくりと背を伸ばした秀一は、急に中空を見詰めた。

「どうしたの!? 怪我は……」

「いや、そうじゃない! 思いついたぞ!」

「何を?」

「事件のことだ」

「足を痛くすると、急に頭脳が働くの? 中国式鍼灸《しんきゅう》みたい」

「もう少しゆっくり考えて、まとまったら君に話すよ」

秀一はつい今の足の痛さも忘れたように、ばかにいきおいづいて車に乗ると、帰って行った。

5

「……つまり、密室の謎が解ったというのかい？」

武志の問いに、息子は自信ありげなはずんだ声だった。

「そのつもりです」

「密室の謎がわかれば、自然と犯人も解るんじゃないかといっていたな？」

「ええ、だから犯人も解ったつもりです」

「すごい名探偵ぶりだな。そしてその名探偵は、カミソリの死も、カラバンの死も他殺で……ひょっとしたらそれも同一犯人の手になるものだとおっしゃりたいわけか？」

秀一の顔が緊張した。

「お父さん……それですよ！　ひょっとしたら……もう一つ類似の事件がありますよ！」

「もう一つ？」

「確かお父さんたちの三高入学直前です。新入生の一人が、入学のために、京都に来る途中で、列車から転落して死亡したという事故があったと聞きましたが……」

「ああ、そういう事故は、当時の殺伐な三面ニュースの中では、良く見かけたものだよ。確か津島市の学生だった……」

「そう、津島ですよ！　お父さん、これも乗物による事故……いや、正確にいえば事故と見せた他殺だったにちがいありません。またそう考えると、今の今まで不明だった事件の動機も……だんだん、とけて来ました！」

「私はますます解らなくなって来た」

だが秀一は半ば考えながらの調子でしゃべり続ける。

「お父さん、ぼくはつい今、犯人は解ったつもりだといいました。だが、それは密室の謎を論理的にといて行くと、必然的に一人の犯人しか浮かび出てこないという意味で、犯人は解ったといったのです。実の所、犯行の動機のほうはまるで不明でした。だが、今、それもどうやらはっきりしてきました。しかし……それを確かにするためには、もう少し具体的なことを調べてみる必要があるようです……」

「しかし、三十年以上も前の事件だ。もうどうしようもないんじゃないか？」

「だが、やはり説得力に欠けます。密室の解明にしても、やはり具体的証拠が一つや二つはないことには、お父さんだって納得しないでしょう。逆にいえば、一つの具体的証拠の方が、まちがった論理にも、すごく説得力をつけるのです。いや、実際に、そのために事件はとんでもない方向にそれて行ってしまったのです」

「何だい、その意味は？」

　秀一は水割りを少し飲む。

「カラバン犯人説は、境の部屋のドアの鍵《かぎ》の複製が見つかったことで、決定的になったのですね。しかしもしそれがなかったら、お父さんたちや警察も、どれだけカミソリの推理を信頼したかということです」

「無くたって、カミソリの推理で、事件は説明がついたと思うが……」

「そうです。説明がついたのです。説明されたのじゃありません」

「つまり、カミソリの推理は間違っていたというのか？　確かにカミソリの天才に対する私たちの認識には、少し信仰的な所はあったことは認めよう。しかし……」

「いや、カミソリはやはり天才だったと思います。天才だったからこそあんな説明ができたと思います」

「何だか私たちが三高生の頃良くやった、修辞学《レトリック》的な哲学論を聞くみたいだな」

「お父さん、お父さんたちが下宿していた民芸調の問題の建物というのは、今はどうなっているのでしょう？」

「さあ……ずいぶん昔の話だ。もう取り壊されてしまったと考えたほうがいいんじゃないか？」

「しかし戦災で焼けなかった京都は、比較的そういう古い家が、良く残っているというじゃありませんか？　もしそれが残っているとしたら、あるいはぼくの推理を裏づける決定的な証拠が見つかるかも知れません。特に事件のポイントともなった、樫材《かし》のドアが残っていないものでしょうか？」

「いささか奇跡《きせき》を期待する感じだが、ライヒに電話してきいてみよう。彼は今でも、岡崎のあの邸《やしき》に住んでいる可能性が強い。とすれば京都はあの悪名高い住所地番の変更もなかったはずだから、アドレスからの電話番号の問い合わせもできるはずだ」

「しかし、その住所をおぼえているのですか？」

「おぼえているわけではないが、京都は知っての通り、古くから区画整理の行き届いた町で、二条岡崎東入ルであることくらいはわかる。もしそれでわからなかったら、このまえいった古い名簿を引っ張り出してくればいい」

父親は電話をかけに、部屋を出た。

もどって来たのは十五分ばかりたってからだった。

父親の明かるい顔を見ただけで、秀一は結果が解った。

「残っていたようですね？」

「何と、あの下宿の建物は、友禅資料館ということになって、残っているそうだ。だから内部はすっかり変わっているが、外形も大きな造作もそのままだし、ライヒの記憶するところによると、出入口の扉も確かそのままのようだったという」

「ありがたい！」

「驚いたことには、有馬夫人も健在で、何とそこの館長の奥さんだそうだ。つまり彼女はそういう関係の人と結婚して、そういう施設を作ったんだそうだ。友禅の歴史的資料や製作過程を展示する陳列室と、講習会を開く小ホールとに分かれていて、夫人もその指導をしているという話だ。そういえば夫人はあの頃から、何か友禅のデザインのようなことをやっていた……。いやあ、久しぶりにライヒの声を聞いて、何とも懐かしかった」

「お父さん、そこに行ってみたいんです。それからバールトの田舎の駒原という所にもです。つれて行ってくれませんか？」

「駒原というと……すると事件はバールトに関係しているというのか？　まさか犯人はバールトだなんていう、名探偵ぶりを始めるんじゃないだろうな？」

「その返事はしばらくは保留させておいてください。いずれにしろ、解決はお父さんにとって、かなりショッキングでしょう。それだけに、まちがいないことを確かめたいのです。今となって、駒原でどれだけのことが得られるかは、大いに疑問がありますが、幸運を期待するつもりです」

奈智子《なちこ》への思慕も、今はもう駒原の蛍の群や夏の夜の蓮沼《はすぬま》と同じように、ただの美しい思い出となって固定されていた。

今さらそこを訪ねても、胸が痛むことはないだろう。むしろ懐しさに楽しく心がはずむだけだと思う。

武志は、京都行きにも心を動かした。

ライヒに会いたくなっていた。それから有馬夫人にも……。

正直にいえば、これまで長い間京都に行かなかったのは、自から避けていたところもあるのだ。

観光都市として脚光を浴び過ぎた京都の、俗悪化や近代化を見るのがこわかったのだ。日本全国のどこの曽遊《そうゆう》の地を訪ねても、その変化に失望させられるばかりのこの頃だった。京都もその災厄を免れていないだろう。それよりは戦後の荒廃の中に、かえって自然の中にひっそりとたたずんでいた京のイメージを、そのまま思い出の中にしまっておきたい……そんな思いがあったのだ。

だが、京都に懐しい人が残っている、懐しい物が残っているという事実が、急に武志の心をかきたてた。

それに……息子と旅をするのも久しぶりである。そしてあるいはこのあとも、もうチャンスは失《な》くなる可能性も大きい。あと一年半もすれば秀一は大学を出て、社会人となる予定なのだ。

ともかく三十年以上も前の不幸な事件が、こうして親子の酒の席の談合や旅行計画という、珍しい状況を作ってくれたのだ。このチャンスを逃したくない。

「よしっ、あしたにでも行こう。もう一度、ライヒに電話して、有馬夫人……いや、今は佐竹と姓が変わったそうだが……佐竹夫人にも連絡をつけて、手配してもらっておこう」

「それから、お父さん、もう一つ知りたいことがあるのですが……」

「何だい？」

「先斗町《ぽんと》にある近家というお茶屋……まだ、あるでしょうか？」

「さあ……それは何ともわからない。先斗町もすっかり昔とは違って、お茶屋を潰《つぶ》したバーやクラブ、料亭、スタンド飲み屋などが多くなっていると聞いた。それにあったとしても、もう代が変わっているだろう。ライヒもそんな所は知るはずはないと思うが……いったいどういう意味だい？」

「事件の解決の鍵は、案外、手近のその近家というお茶屋に、転がっていたのではないかということです。路地の違った空家にお父さんを誘導するというトリックの奇抜さに、どうやら目がくらんで、実際にどれだけそれが可能か、みんなあまり考えなかったのじゃないでしょうか？　先斗町はどうやらお茶屋の密集地帯のようで、家と家との間隔もほとんどないようですね」

「そのとおりだ」

「そんな一軒の空家に、ともかくもお父さんの目をごまかすことができる最低の家具や道具は持ち込まなければなりません。まったく誰にも不審を抱かれずに、そんなことが可能でしょうか?」

「いわれてみると、かなりたいへんな感じはするが……」

「空家の裏口をこじ開けたり、表札や標識をはがしたりにも、かなりの音が出ます。夜、空家の光が点《つ》いていたり、人の動く気配……こういうすべてが、まったく誰にも気づかれなかったのでしょうか?」

「しかし、可能だったから、私が欺されたんだろう?」

「元三高生らしくない非論理的結論ですね。どうもカラバン犯人説にも、そんなふうにカラバンが犯人だからこうだったという、誤れる演繹《えんえき》論がひそんでいるようですね」

「懐しいね。演繹だの帰納だの……」

「その帰納論でいけば、そういうトリックはほとんど無理だったのではないかという結論に導く具体的事実が、いくつかあるんです。カミソリが初めにひとりでその空家の裏口に調べに行った時に、物音を怪しんで、隣の女中が出て来たというんでしょ? そのあと、こんどはお父さんたちと刑事がいっしょに行った時も、そうだったはずです。その前に、お父さんが近家というお茶屋の前で話していた時も、おかみさんが気配を聞いて中から出て来ています」

「いわれてみれば、確かにあの家並の中では、隣近所のプライバシーというのは、むずかしい所があるかも知れない……」

「隣の女中がその空家に出入りがあったら、たいていのことなら気がつくはずだといっていたことなんかも、ひとつの証明になります」

「しかし、私が一軒の家に連れ込まれたことは確かなんだ。この事実はどうなるんだね？」

「考えられることは一つだけです。お父さんの入ったのは、やはり近家という家だったのです」

「まさか……」

「いや、実際にはその方が話は簡単です。現実にその現場を使用しながら、実は他の現場だったと思わせる……真犯人が初めに犯人は自分のように見せて、後で偽犯人を提示して容疑を晴らすという逆を行く方法と同じで、これは効果があります……」

「いわれてみれば、工作もそれの方が楽だな。自分の家の中を模様変えしたり、表札を一度はがしてまたもどしたりしても、人目をひきはしないし、怪しまれもしない。だが……おい、すると、あの近家のおかみは、……」

「共犯者です。事が殺人にからんでいることを知っていたかどうかは疑問です。しか消極的な意味での共犯者であることは確かです」

「しかし、犯人とは知り合いということになるな。ともかく、伊藤という初老夫婦が、もとは家の使用人で、良く知っている間柄だったというのも、まんざら嘘《うそ》ではなかったというわけか」

「もと使用人だったかどうかは疑問です。あるいは友人だったとか、近くに住んでいる知り合いだとか……いろいろあると思います」

「よし、先斗町にも行ってみよう。ともかくライヒに電話をかけてみる」

今度は武志は前より長い時間を置いてから、部屋にもどって来た。

「ライヒはあしたは広島とかに出張で、一日中京都にいないそうだ。しかし、彼は前から一番事件に興味を持っている男だった。私の次に一度は疑われたこともある。それで、もしおまえが何かの興味ある話をするというなら、ぜひとも聞きたいから、有馬夫人の所にはいっしょにあさってに行くことにした。あすは、途中で駒原に寄って、夕方、京都に泊るという予定で、どうだ？」

「けっこうです」

「あえて、おまえが何を考えているか、これ以上はきかないことにしよう。おまえの名推理と楽しい旅を期待して乾杯だ！」

親子はグラスを合わせた。

推理の小径

1

東京駅を朝早く新幹線で出た武志たちは、昼には津島の駅についていた。

駅前はすっかり変わっていた。

武志が来た頃《ころ》は、空の下に土の広場があり、雑貨屋、乾物屋、そして製材所の長い屋根などが点在し、通りの突き当りの津島神社の鳥居さえ望見できた。

だが、今はどこの大きな駅にもある、平凡に同形式の、舗装とビルの駅前風景になっていた。

幾つかの駅前ビル。一階は銀行や土産店、二、三階は喫茶店かレストラン、その間に本屋、観光案内所、洋品店等々が櫛比《しっぴ》し、少し正面からはずれた所に、アーケード商店街が口を開く……。

駅からはタクシーで駒原に行った。

昔は二つも渡船を利用しなければならなかった八開《はちかい》のバス終点の少し南に、今では東海大橋ができていたのだ。

これを渡って三十分もかからずに、駒原に到着する。これでは旅の目的地にはるばるたどりついたという感慨などおこるはずもなかった。

武志は堤防の上の道で、車をおりた。

見渡すと、村のたたずまいの記憶が蘇《よみが》えって来た。変わらぬ昔がかなりそこにあったからだった。

だが、堤防の下の木立ちは消えて、その下には派手な色のスレート瓦《がわら》の小さな家が、数軒建っていた。

しかし、そこから村落の奥にむかう道筋に変わりはなかった。ただ、幅が広くなり、白じらと舗装がしてある。

昔のたたずまいを必死に捜しながら道を行くと、行く手の高台に奇異なものを見た。石門に鉄扉を前に控えた数階建てのコンクリートの建物であった。

そこが菱川の邸《やしき》のあった所である。楼門のあとはない。古びた高い石垣だけが、昔を主張していた。

振り仰いだ門標に、〝駒原公民館〟とあった。

「こういうことだろうとは思ったが、やはり失望だな……」

武志はつぶやきながら階段をあがった。

中が見えてくるにつれて、彼は胸が躍るのを感じた。

昔の菱川家の敷台玄関と、その左手のいくつかの座敷を含む正面からの主要な構えが、改造こそはされているが、コンクリート建築の横に、離れて残っていたのである。

どうやら板敷きの床の、集会所になっているらしい。

武志より先に秀一が口を開いた。

「へえー、いいじゃありませんか。古き物を保存しようとしているんですよ」

感慨を胸に静かに沁《し》み透《とお》らせながら、武志はしばらくそこにたたずんだ。

二人は階段をおり、まっすぐに菱川の分家の邸にむかった。秀一が一番に希望した訪問先である。

高台の横の蓮沼《はすぬま》は、周辺の田んぼといっしょに消えて広いグラウンドになっていた。

だが、菱川の分家は、石垣の上に、高い土塀をとりまわして、昔のままに残っていた。

昔を懐しむのは老人趣味だと思いながらも、武志はやはり安堵《あんど》を感じないわけにはいかなかった。

応対に出て来た中年の女性に菱川良平の安否をたずねると、元気だという答が返って来た。バールトの父親の弟にあたる。

女性が取次に奥に消えると、親子は目頭で、訪ね当てた人間の健在を喜び合った。あとは老耄《おいぼれ》ていないことを願うだけである。もう七十も半ばを過ぎているにちがいないのだ……。

希望はかなえられた。菱川良平は矍鑠《かくしゃく》としていた。ひどく大きな声を出す。そしてたった一度きりであったのに、奈智子《なちこ》といっしょの武志の訪問さえおぼえていた。むしろ武志の方が、あの時会ったのは本当にこの人物だったのか、こんな元気のいいしゃべりかたをしたのか……と、記憶をまさぐっていたくらいである。

「……そうですか。もうあれは三十何年も前の話になりますかな。ここもすっかり変わってしまいましたわ。まあ、公民館の集会ホールになった本家の建物と、わしの家だけが、昔ながらにがんばっているというところですわ」

老人は屈託なかった。

「いや、ここのお邸に入って、何かほっとして、へんなことには、今、故郷《ふるさと》に帰った思いがしています」

それは武志の正直な気持ちだった。

「自然も、家もすっかり変わってしまいました。人間もです。例えば菱川家ですが、兄の達平は死ぬ、娘の奈智子は家出する、そして最後には一造が家を畳んで出て行ってしもう……。菱川を名乗るのは、この付近では私の家だけですわ」

「菱川君は現在はどこに？」

「おや、するとあんたも良くは知っておられんのですか？」

「そうなんです」

「いや、実をいうと、私もようは知らんのです。十五年ばかり前ですか、一造の母親も死んで、その時、弔いに東京に行って会ったのが最後でした」

「大阪ではなく、東京だったのですか？」

「初めは大阪でしたが、五年ばかりして東京に移りました。風の便りによると、その後、何でも色々の経営に手を出して、たいへん羽振りがいいとか、前の家から大きな邸に引っ越したとか、そんなことは聞いていています。いや、幼い頃は、そういう大きなことはすると思えん、小っちゃくなっていた子なんですがの。父親……私の兄ですが……この達平の教育が厳しゅう過ぎたんですわ。しかし、そこはやはり血ですな。兄が死ぬと、解放されたんでしょうかな。とたんに、駒原を畳んで大阪に行くなどと、思い切ったことを言い出すようになりましてな……」

「菱川のお父さんは、いつ頃亡くなったんです？」

「ええと、二十七年ですわ。癌《がん》です。膵臓《すいぞう》癌とかで……。それがもう五、六年前から、本人だけが知っとったということが、あとでわかりましてな。名古屋の病院で、診断してもろうたらしいんです。けど、自分の兄のことをこういうのは何ですけどな、ともかく冷たいくらいにきつい性格の男だったもんで、誰《だれ》にもいわずに、じっとこらえておったらしいですわ」

　秀一が口を入れた。

「菱川さんがここを畳むといったのはいつ頃です？」

「兄が死んで一年くらいたってからですかな。九州の大学を出てからは東京に行ってしもうて、こっちにはめったに顔を見せんようになってましたからな。まあ、無理もない話といえば、そうですわ」

　いってから、菱川老人はへんな人物からの質問に、ちょっと戸惑いを見せた。

　少し後《うしろ》めたかったが、武志はあらかじめ息子と打ち合わせていた嘘《うそ》を、いわざるをえなくなった。

「いや、倅《せがれ》が作家志望でしてね。私がこの輪中《わじゅう》の村で過ごした昔の経験を話したら、ひどく興味を持ちましてね。そこの自然や人間を背景にして、小説を書けないかというのでつれて来たのです」

　老人は茶を音をたてて啜《すす》ると、皺《しわ》の顔をいっそう綻《ほころ》ばせた。

「しかしこんな村の自然や人間を書いても、今ははやらんでしょう。菱川家の没落などというのも、あまり面白い話でなし……」

〝菱川家の没落〟などという、こんな土地の老人の口から出そうにもない言葉に、武志はようやく思い出した。

そういえばこの家の主人は本好きだったのである。奈智子は叔父《おじ》の家から良く小説を借りて来るといっていたし、この邸を訪れたのも彼女が本を返しに行くためだったはずだ……。

その意味では嘘の弁解は、壺《つぼ》にはまっていたといえる。

菱川老人は秀一の小説取材という理由に、何の疑いも持たないようすだった。進んで話を続けた。

「……ともかく一造は久しぶりに、村に帰ってくると、ばたばたと話をとりきめて、母親といっしょに大阪に行ってしまいました」

「久しぶり……というと、長い間、村には帰って来なかったのですか?」

秀一は熱心なようすで質問した。

「そう……兄の葬式の時に帰って来た時は、まだ九州の大学を卒業しておらなかったはずで……。蛮カラ学生みたいな髭《ひげ》もじゃで、すっかり変わってしもうて、見違えましたわ。ともかく学校に入ってからは……つまり三高に入ってからは、一度も村にもどって来なかったはずです。もっともこれには理由もあるんです」

「どんな?」

「わしも詳しい事は知らんです。だが、ああいう性格の強い兄ですわ。何かの事で息子と激しく衝突して、以後はずっとあまり仲がようなかったらしいですな。これは何も息子ばかりじゃありませんわ。娘もやはりだんだん父親に反抗するようになって、やはり飛び出してしもうたですわ……」

横で話を聞きながら、武志はようやく思い当っていた。

そういえば、武志がこの駒原でバールトと顔を合わせたことは一度もなかったのである。

リア王もそうだったはずだ。

バールトは休暇になると、いつもここには帰らずに東京に行っていた。

奈智子がここの生活を嫌悪して、反撥《はんぱつ》的だったのもそれでわかる。

「……兄は決して悪い人間ではなかったのですが、性格がきつ過ぎて、ごり押しの所がぁったんですわ。まあ、一造の方がその点は、ずっと人間に幅がありますわ。ここを畳む時にも、初めはわしの所に菱川本家の家督を継ぐ気はないかと、前もっていって来たりしましてな。この辺のしきたりで、本家に家督相続の男がいない時は、その当主の兄弟が継ぐことになっとりますから、筋道を通した話だったんですが、あんな大きな邸を保って行くのは大儀な話ですわ。それでそれは断って、その代り、かなりの家財や不動産をわけてもろうて、治まったわけですわ」

「菱川一造という人が三高に入った頃、この村に同い歳《どし》くらいで、やはり勉強ができる子がいたそうですね？」

「時川の子供のことをいっておられるのですな。ええと……何という名だったか……そう、増夫といったな。かなり貧乏な小作の子でしたわ。しかし、勉強はようできてな。一造と仲の良い友達だったこともあって、兄はその増夫に上級学校に行く援助をしてやっておったようですが、かわいそうに一造といっしょに東京に行って、最後の勉強の仕上げをしておった時に、急病で死んでしまっての……」

「その時川という家の家族は、この村にまだいられますか？」

「ええと……おらんですな。確か一人、妹がおったはずですが、これは両親がほとんど続けて死んだあと、確か名古屋かどこかに行ってしもうたはずで……」

「菱川一造さんや時川増夫さんの中学時代の先生という方が、このあたりにいらっしゃいませんか？」

「さてな……そういうことになると、わしもようわからんが、このへんの子で中学生は、たいてい一里ばかり西の高須町の学校に通っておったはずで……それで先生も何人かはこの近在におって……ああ、有頭《ありとう》先生。この先生も、ついこの近所に住んでおったがの……あの頃、先生をしておったかな……。ええと、戦争中は確かに先生をしておったし……いや、まちがいない。有頭先生は一造の担任もしておって、一造も良く遊びに行っておった……」

「その先生の家は、どこでしょう？」

「しかし、三年か四年前に亡《の》うなりましたわ」

「御遺族の人は?」

「それだったら、まだおられる。奥様と息子さんが二人おって、二人とも名古屋に出ておられるが、奥様がひとりでまだこの村に住んでおられる」

「どのあたりか、道を教えてください」

老人に鎮守の森を裏にまわって、四、五分行った所だとその場所を教わると、秀一はもう辞去の礼をいっていた。

意外に早い話の打ち切りに、武志は驚いた。

老人の家を出ると、武志は息子にきいた。

「あれだけで、よかったのか?」

「ええ、充分でした。お父さんからも、役に立つことを色々きき出してもらいましたから」

「私がかい?」

「そうです」

「しかし、突然出て来た時川増夫とかいう少年のこと、あれはどういう意味なのだ? 昔、渡船の中でそういう少年がいたという話を聞いたことは、おまえにもいったが……」

「ともかく事件に重要なかかわりを持つ人物のように思えます」

「しかし、ずいぶん昔に……私たちが三高に入るよりもっと前に死んでいるのだぞ」

「だから重要なのです。これから行く有頭という先生の所で、運良くもう一つの事実が突きとめられれば、結論が出せると思います」


カラー・アルミサッシがむやみに目につく、近頃建てたばかりらしいプレハブ作りの箱型の家が、有頭未亡人の住まいだった。

未亡人は家の横手の、金網張りの雞《とり》小屋の前で餌《えさ》をやっていた。六十がらみの背の低い女性だった。豊かな白髪である。

父親に初めの事情説明はまかせてから、秀一はたずねた。

「菱川一造さんは、中学生の頃、よくここに訪ねて来たそうですが？」

「ええ。けど、そういうことなら、増夫さんの方が、よーけ訪ねて来たのとちがいますかなもし。ようでける子やったで、主人も特別、目をかけて、勉強も教えたりしておったでなもし」

「菱川一造さんは勉強はどうでした？」

「菱川のお坊っちゃまは、それほどようでける子やなかったで、そりゃあもう、増夫さんとはえらい違いやったなもし。そやから、菱川のお坊っちゃんが三高に受かりなさった時は、主人はそれなら死んだ増夫も合格まちがいなしで、村から二人も三高生が出るはずやったと、ひどうくやしがっていたのを憶《おぼ》えておりますわ」

「菱川一造さんが合格後、ここを訪ねて来たことは？」

「ありませんわ。何や菱川の旦那《だんな》様とえらい喧嘩《いさかい》をしてしもうて、村に帰りたがらんようになってしもうたと……そんな噂《うわさ》でしたわ。けど、こんなことがありましたわ。菱川のお坊っちゃまが三高に入られてそんなにたたん頃でしたわ。帽子に白線の入った高校生の人が訪ねて来られてなもし、出た時は、あれ、お坊っちゃんがとちょっとまちごうたことがありましたがなもし」

これは秀一にとっても、思いがけない話だったらしい。たずねる言葉に、せっかちな調子が籠《こ》もった。

「何という名の三高生でした？」

「さあ、それは……」

「何しに来たのです？」

「何や菱川のお坊っちゃんか、時川の増夫かのどっちかが中学時代に書いた物は手元にないかとか、そんな話やったとおぼえております」

武志から思わず声が漏れた。

「リア王だ！　菱川に頼まれて作文帳を取りに来た……と、そういうようなことだったのですね？」

老婆は餌の糠《ぬか》に汚れた片手を、中空に持ち上げて考え込んだ。わりあい強く首が横に振られた。

「いんや、そういうことではのうて、何かお坊っちゃんか、時川の子供が書いた物があったら、何でもええから欲しいということでしたわ。その時、主人は学校に行っておっておらんだったので、私が代って話を聞いたのでようおぼえておりますし……そうや、思い出しましたわ！　そのあと、しばらくたってからですわ、菱川の旦那様がそのことで、訪ねて来られましての……」

秀一が鋭くたずねかえした。

「つまり菱川一造さんのお父さんがということですね？」

「そうですわ」

「そのあとというのは、ご主人が菱川一造の作文帳を三高生に渡したあと、ということですね？」

「へえー」

「それで、菱川一造さんのお父さんは、どんなことをたずねたのです？」

秀一はいらだたしく、先をせかす。

「さあ……主人との話のことですで、私はよう知れへんですわ。ただそのあとずーっとたってから、また別の三高生の人がその作文帳のことで、ききに寄られてなもし。主人がどうしてあんなもんで、皆が騒ぐのかようわからんとふしぎがっていたのをおぼえておりますわ」

「ずーっとあとというのは、三、四ヵ月あとということですか？」

「さあ……もう昔のことで、ようおぼえておりませんわなもし……」

「あとで訪ねて来た三高生というのは、背が高く、顔の細い……」

「まるでおぼえておりませんわ」

「どうもおじゃましました」

老婆の家の庭を出ると、武志が待ちかねたようにたずねた。

「秀一、いったいこれはどういうことなのだ？　何か話が食い違っているようだが……」

「つまり、リア王がここに来たのは、これまでの話では、バールトに頼まれて、同人誌か何かに載せる作文を取りに来たはずだった。ところが今の話だと、リア王はそういうことではなく、バールトか時川増夫かが書いたものはないかという、漠然とした感じで来たという食い違いですね」

「時川増夫というのは、どういう意味なのだ？　しかもそのあと、バールトの父親がそのことで何かききに来たり、状況からするとカミソリらしい三高生が訪ねて来たり……。あの盗まれた作文帳が事件にそんなに重要な意味を持っているというのか？　私は講義のノートを盗むのを誤魔化すために、ついでに盗んだのではないかと考えていたのだが……」

「むしろ話は反対でしょう。作文帳を盗む目的を誤魔化すために、講義ノートも盗んだと考えるのが正解のようです。考えてみると、もともとこれはおかしな話なんです。もしカラバンが犯人だとしたら、ノートを盗んで何の意味があるんです？　偽学生の彼には、試験を受ける資格もなければ、それで進級するというような見込みもないんです」

「そういわれればそうだが……」

「カミソリの推理では、このノート等《など》の盗難の件は、巧みに省略されています。だが、何かの意味があったのです。いま、ぼくにははっきりわかりました。犯人はバールトの作文帳の方が狙《ねら》いだったのです」

「しかし、バールトの話だと、南紀海岸に行った時の紀行文か何かが書いてあっただけだというんだが……まさか、マーゲンに何か関係があるというんじゃないんだろうな？　今、思い出していたのだが、卒業の前の年の夏休みだ。マーゲンの故郷の田辺で、ライヒともいっしょになって、近くの岬《みさき》に遊んだことがある。海岸に立って荒々しい岩壁の様子を見ていた時、私はふとバールトの作文のことを思い出していた。彼は中学時代にそこに行ったことを、作文にしたといっていたからだ」

「ほんとうにそんなことが書かれていたかどうか疑問です。あるいはそうだったかも知れませんし、そうでなかったかも知れません。ともかくその内容はどうでもよかったのです」

「どういう意味だ？」

「問題は内容ではなく、筆跡だったのです。つまり中学時代の菱川一造の筆跡だったのです」

「筆跡？」

「つまり、菱川一造の中学時代の筆跡が、三高生になった菱川一造と、まったく同じものかどうかを比較するために、リア王は作文帳を手に入れたのです」

「ちょっと待て。ついて行けないね」

「結論から先にいったほうが、速いでしょう。お父さんたちの知っていた菱川一造はほんとうは菱川一造ではなく、偽者だったのです」

武志の足が停《と》まった。

「何をいい出すんだ!? バールトは菱川一造ではなく偽者!? じゃあ、本当は誰だというのだ!?」

「死んだと思われている、時川増夫なのです」

「ひどく飛躍した話だね」

「結論から先にいったから、そう思えるだけです。実際にはすべての状況がそのことを教えています。そして事件の根はここにあったのです」

「川の方に歩こう。休む所があるはずだから、そこでゆっくり話を聞こう」

2

しかし、川の方に行くまでに、話が中断するはずもなかった。

「秀一、確認したいのだが、私たちの知っているバールトは、初めからバールトではなかったといっているのだな？」

秀一の返事は確信に溢《あふ》れていた。

「そうです。菱川一造は時川増夫といっしょに受験準備のために東京に行った時、死亡したのです。そしてこの時点から、時川増夫が菱川一造に擦り替わったのです」

「しかし、そんなことをしても、菱川のおやじさんなどにすぐばれてしまう」

「いや、おやじさんの承知の上……というより、実際はおやじさん……つまり菱川達平氏が時川増夫にそう命じたのです。ですから、この擦り替えは、少なくとも菱川達平一家は皆知っていたのです」

「しかし……何のために？」

「菱川本家の家督相続のためです。ついさっきも分家の当主の菱川良平氏がいっていましたね。この辺のしきたりでは、家督相続は男子の直系相続法が、いまだに通用していると……」

「ああ、そのことは、昔、私がここを訪ねた時、奈智子さんとの話にも出た……」

「菱川達平氏は昭和二十二年頃には、すでに自分が癌で、余命いくばくもないことを知っていたという事実も、ぼくたちはさっき良平氏の口から聞きました。しかし状況がこのままだったら、何も起こらなかったかも知れません。ところが、本家を継ぐべき息子の一造が、東京で受験勉強中に死んだとしたら、どうなります？」

「しきたりというやつで行けば、本家にはあとは女の奈智子さんしかいないから、達平氏が死ねば、分家の弟の良平氏に行くということになるのか……」

「財産慾《ほ》しさというような利得は抜きにしても、家を継ぐ、また守るといった日本人の封建的伝統精神は根強いものだ……なんていうのは、むしろお父さんの方が詳しいはずです」

「ああ。それに奥さんや奈智子さんの行く末もある……」

「時川増夫はかなり貧しい家庭で、それより以前からも、色いろと菱川本家の世話になっていたようです。本家の主人におまえの方が死んだことにして、菱川一造になれと命じられれば、嫌とはいえなかったはずです。いや、それによって、一生豊かな生活が保証されるなら、喜んでそれに応じたはずです。以後の状況からみても、彼が積極的にそれに協力したことはわかります」

「しかし……それにしても、大それた企《たく》らみだ」

「確かにそうです。しかし菱川達平氏が強烈な性格で、いったん決心したことは頑固にやり通す人だったことは、皆が認めています。時川増夫と菱川一造の擦り替りが具体的にどのようにおこなわれたかは、良く調べればかなりわかってくるでしょうが、そんなにむずかしいことではありません。荼毘《だび》は東京で行ない、骨だけが駒原に帰って行った……というような方法がおこなわれたのでしょう。しかし、菱川一造となった時川増夫が、駒原に帰るわけには行きません。彼は故郷に帰らずに、そのまま三高の試験を受け、みごとに合格します」

「なるほどね……。私にもわかってくる所がある。話に聞くと菱川一造は昔の中学生時代は、さほど勉強のできるようすではなかった。それに比べて時川増夫は評判の優等生だったらしい……」

「受験には顔写真が要りますが、これは時川増夫はそのままの自分の顔を使えばいいのですから問題ありません。いや、顔ばかりではなく、自分の実力と人格で受験して合格したのですから……考えてみると、これは替玉受験というような卑劣で不正なものではありません」

「バールトは生まれ落ちた時の姓名が、別のものに変わったというだけだ。姓名なんていうのは、認識と区別のための呼称だという考えだってできる。バールトが時川増夫でも、菱川一造でも、私たちにとっては、彼はやはりあの才能のある親友のバールトだ」

「しかし以後の警戒のために、彼は受験の前から、不精髭《ひげ》をはやし始めて、自分の顔の正体を隠すようにしました。例えば京都の町を歩いている時、時川増夫を知っている人間に会っても、それと解《わか》らないようにしたのです」

「彼のバールトの由来の髭は、蛮カラ高校生のそれとは別の意味があったのか……」

「バールトが本当の菱川一造でなかったことを教える事実は、まだ幾つもありました。京都に来てからも、菱川家が常宿にしていた旅館には、バールトは一度も訪れなかったといいます。もちろん故郷の駒原に帰ることはしませんでした。一つ面白い状況証拠もあります。お父さんたちが奈智子さんの存在を初めに知った、バールトが大切そうに持っていた写真です。弟が姉の写真などを、そんなふうに持っているとは考えられなかったお父さんたちは、初めはそれはバールトの恋人かと考えましたね。今から考えれば、それは当たっていたのかも知れません」

「つまり……バールトはまったく肉親でない一人の男性として、奈智子さんが好きだったと……」

「思慕していた……そんな感じだったと思います。奈智子さんはこのあたり第一の素封家の深窓《しんそう》のお嬢さんです。時川増夫……いや、これからはバールトという呼び方で通しましょう……彼は水飲み百姓の息子です。とても結ばれるような見込みはありません。バールトが菱川達平のとんでもない計画に加わった理由の中には、恩ある実力者の強制とか、将来の安定した生活の保証といったほかに、そんな奈智子さんへの思いがあったかも知れません。それによって、奈智子さんは姉となって、もっと自分に近い存在になるのです」

「しかし、単なる架空の設定による幻想だな」

「いずれにしても、恋愛というようなものが成立しないなら、それでもよかったのではないでしょうか?」

「だが、偽りの姉と弟というにしても、実際にいっしょに生活できはしない。いったい、バールトはいつまで故郷に姿を見せないつもりだったのだろう?」

「大学を出て社会人になるまでは、姿を現わさないつもりだったと思います。中学生から成人になる間は、男女とも、もっとも肉体的にも変化のはげしいものです。七、八年もたって、菱川一造だといって現われたら、あるいはちょっとへんに思う者はあっても、まさか人間が変わっているなどというとんでもないことを考える者はいません。こういう村の人ですから元来そういう点はのんびりしているでしょうし、批判を持たずに、あるがままに現実を受け入れるというのが日本人の土俗の精神です。第一、菱川家のみんなが、バールトを一造と認めているのですから、何かを疑う余地などありません。げんに達平氏の死で、久し振りに帰って来たバールトを見た良平氏でさえ、蛮カラ学生みたいな髭もじゃで、すっかり見違えてしまったとさっき告白しているのに、そうかといってバールトが偽者だとは、露ほども疑っていないのです」

「父親の葬式の時に、久し振りに帰って来たバールトは、危険な賭《か》けのテストを受ける思いだったというわけか？」

「そのとおりです。だが、それに合格すれば、以後はそれからの菱川一造が真の菱川一造になるわけです」

「それじゃあ、菱川達平の一族は、皆が皆、その陰謀に加わっていたということになる……」

「加わっていたというより、当主の達平氏に強制されて従っていたというほうがいいでしょう。だが、奈智子さんがそういうことにたまらない批判……というか、嫌悪を感じていたことは、お父さんがここを訪れた時の彼女の言動や、その後の行動でも確かです」

「そうなのか……」

武志の溜息《ためいき》は深かった。

二人は五メートルばかりの幅の川に出た。武志には蛍の思い出の川である。

しかし今は白じらとしたコンクリート板の壁で護岸され、人工用水路の趣きだった。これで蛍が生息する余地があるのか……。

あたりを見まわした武志は、岸にどうやら腰をおろせそうな草地を見つけた。

秀一に教えて、そこに並んで坐《すわ》る。

まわりの景色に記憶はあったが、何かもっと視界の広い感じだったような気がする。郷愁の籠もった記憶の中では、風景はひどく拡《ひろ》がるのかも知れないが……。

　奈智子と坐った丘はどこにあるのか、もう見当もつかなかった。

　武志はつけた煙草《たばこ》の煙を、いささかの溜息混りに吐き出しながらいった。

「しかし、秀一、死んだ者を生き返らせ、生きている者を殺して、人間を入れ替え、それを永遠に押し通そうとするような……そんな大それた計画が、どこまで成功すると、達平氏は考えていたのかね？」

「もちろん、十年先、二十年先迄《まで》、氏が綿密に考えていたとは思われません。しかし、息子の急死で、今、何か手を打たなければ、菱川の家督は弟に行ってしまうという逼迫《ひっぱく》した状況だったのです。達平氏はかなり自信に溢れた、強引な実行力の持ち主だったようですから、すぐ行動に移りました。しかしそれが、大それた計画だったことは確かです。そういう計画はあとからあとから、ボロが出てくることは避けられません。そして、それを繕《つくろ》うために、必死に手を打たねばならなくなって来ます。その初めの打開行動からして、血腥《ちなまぐさ》いものになってしまったのも、無理のない話です。あの、津島市の学生の列車からの転落事故です」

「おまえの考えだと、突き落して殺したのだという？」

「津島市はここからすぐ近くです。その学生は本物の菱川一造と知り合いだったか、あるいは顔くらいは知っている疑いがあったのでしょう。そんな存在の人間が、バールトといっしょに三高に入ったらたいへんです……」

「待ってくれ！　まさかおまえはバールトがその学生を殺したと……。いや、その上に、リア王を殺したのも、そのあとの殺人もバールトなどというんじゃ……。それじゃあ、バールトはまるで殺人鬼だ！」

秀一は淡々とした調子を装《よそ》おった。そして肯定や否定で答えなかった。

「津島の学生の事件は、誰の手で行われたか、ぼくは明確にはいえません。菱川達平氏自身だった可能性もあります。しかし、氏の歳を考えたり、その学生に自然に近づける立場というようなことを考えると、やはりバールトであったほうがいいように思います。しかし、リア王の事件の方は、これは状況的にバールト以外には考えられません」

「しかし……」

父親の言葉を、息子は強引に覆い被《かぶ》せた。

「だが、バールトを殺人鬼などと考えるのは酷です。達平氏の強制と、今更引っこみのつかない状況の中で、そうせざるをえなくなったのではないかと思います。いや、陰謀の中心人物である達平氏自身でさえ、踏み込んだ泥沼から足が抜けなくなり始めたというのがほんとうでしょう。この津島の学生と同じような状況のエピソードを、もう一つぼくは聞いています」

「まさかまだ別に殺された人間が……？」

「いや、これは、その場で、無事に治まったことですが、お父さんたちが入寮直後、生徒各自で自己紹介をした時です。カラバンが自分は桑名出身だと名乗ると、バールトはひどくびっくりしたということでしたね？」

「ああ、カミソリが事件の謎《なぞ》解きをしてくれた時にその話が出た。バールトは桑名は自分の故郷のすぐ近くだから、そのへんの消息なら知っているはずだが、まるで聞いていなかったので驚いたのだといっていたが……そうか、おまえの考えるような計画を実行中のバールトだったら、当然、そのへんの調べはついていたはずだ。それなのに、いきなりそんな伏兵が飛び出したので、びっくりしたのだ」

「おそらくバールトは、すぐに達平氏に連絡して、真相を調べなおしてもらったことでしょう。当然、カラバンは偽学生らしいとわかったはずです。だが彼はあえてそれをばらすことはしませんでした。後めたい物を持っている彼等《かれら》としては、藪《やぶ》を突ついてどんな蛇が出てくるかわからないことをするよりは、何事も平穏無事にしておいたほうがよかったからです。しかしさっきもいったようにこんな大それた計画ですから、そう平穏無事というわけにもいきませんでした。お父さんやリア王が、奈智子さんの存在を知って、休暇中に突然、ここに現われたりしたことなどもそれです。達平氏がもっともひやひやしていたのは、奈智子さんのことだったでしょう。頭の良い、批判的な奈智子さんは、父親のそういう陰謀がたまらなく嫌だったようです」

「うん、さっきから、それを思い出している。ここの自然は好きだが、人間は嫌いだといったり、この村の封建性を批判したり……。確か私の方が事件の核心に触れるような、昔の天皇家の皇位相続のことなどを持ち出してしゃべった記憶がある。だが私には、彼女の真意を読み取る能力はなかったようだ」

「確かにボンと渾名《あだな》された資格はありますね。しかし、リアリストだったリア王は、現にあった事実の中から、陰謀に気づいたのです。彼が偽者正当論を言い出したのが、冬休みにここに来たあとあたりからだということでも、事実は一致します」

「すると、彼の偽者正当論というのは、カラバンのことではなく、バールトのことだったのか!?」

「そうです。バールトに心を開いている友人だったら、誰でもが偽者正当論のような事を考えるでしょう。げんにさっきもお父さんは、生まれ落ちた時の姓名が別のものに変わったというだけで、私たちにとってバールトは、やっぱりあの才能ある親友のバールトだと、熱心にいっていましたね」

「リア王はそれで悩んでいたのか?」

「リア王の偽者正当論は、友人の間にかなり広く拡がっていたようです。バールトの耳にももちろん入ったことでしょう。不安になったバールトは達平氏に連絡をします。すぐにリア王が有頭先生の所から作文帳を持って行った事、それが今リア王の机の上にある事等もわかります。事態はもう放《ほう》っておけなくなりました」

「バールトが同人誌に出すための資料として作文帳を持って来てもらったのだといった時、『えっ？』という感じはあったのだ。そんな同人誌の話は聞いたこともなかったし、リア王は大学では経済学部、バールトは法学部を志望するはずで、文学的な志向はまるでなかったのだ」

「カミソリもあとから、その作文帳のことには気がついたようです。しばらくたって、またそのことで有頭先生の所に訪ねて来たのは、カミソリに違いありません」

「待ってくれ！　するとカミソリは犯人はカラバンではなくバールトであることを知っていたというのか？」

「そうです。彼は事件の調査で桑名に行ったといっていましたが、実は本当の目的はここを訪ねることにあったのです。そして有頭先生の所で、自分の考えが間違いでない状況証拠の一つを手に入れました。しかし、実際は、もっと決定的な証拠を手に入れたはずです」

「何だね？」

「お父さんを欺《だま》して先斗町《ぽんと》に連れ込み、アリバイをなくすように工作した老夫婦というのが、バールトの両親だったという証拠です」

「すると……あの私が案内した初老夫婦というのは……」

武志は途中で絶句した。

「そうです」

「しかし、どうしてカミソリはそれを確認したのだね？」

「話は単純です。カミソリは市電から、夫婦を案内していたお父さんの姿を見たというんでしょ？」

「そうか！　そしてここに来れば、菱川夫婦があの時と同じ人物だったことは、すぐわかる！　おい、秀一、待てよ！　すると、カミソリは事件の真相に、気が付いていたということになるぞ!?」

「そうです。すべて知っていたのです」

「じゃあ、なぜカラバンが犯人だなどといったのだ？」

「カミソリが天才だったことに間違いはありません。調査するうちに、事件の真相を正しく摑《つか》みました。だが、ここで、お父さんの知らないうちに、状況が一転したのです。簡単にいえば、カミソリが菱川達平の陰謀の中に抱き込まれてしまったのです。いや、カミソリばかりじゃありません。どうやら、カラバンもその中に取り込まれてしまったようです」

武志の言葉が躓《つまず》き勝ちになるのも当然だった。

「つまり……カミソリは……真相を知っていて……あえて私たちをまちがった解決に導い

たと……」

「だからカミソリは天才だったために、天才的なタッチで、間違った推理を巧みに作り上げたのです。そしてその嘘の推理はお父さんたちを納得させました」

「しかし……なぜ、カミソリがそんなことを……」

「その頃、彼の家は、父親の失踪《しっそう》で、窮乏のドン底に追い詰められ、学業ももう中断するしかないという……そんな状態にあったはずですね？」

「そうなのか……」

「ところが新学期が始まると、どうやら学業を続けるメドができたと、学校にもどっています」

「他人の経済生活の微妙なプライバシーのことだ。私はあえてその理由をきこうとはしなかったのだが……」

「カラバンの方を抱き込むことは、もっと簡単だったはずです。偽学生のことをばらすぞと脅かされれば、もう逃げるほかはありません。第一、進級試験の合否が公表されたその頃となっては、もう偽学生生活も長くはないという意識がカラバンにあったのではないでしょうか？　それなら菱川家から相応の報酬をもらって、犯人の替え玉人形《ダミー》になり、身を隠す方が賢明です。ともかく、カミソリの作り上げた推理は巧妙でした。特にリア王のいっていた偽者正当論を、バールトでなくカラバンに擦り替えたこと、犯人が奥の部屋へ隠れたという仮定で、密室を説明づけたこと等はしたたかなものです」

「確かにその二つと……そうだ！　鍵《かぎ》の複製の問題がある！　カラバンの下宿で見つかったやつだ。これはどうなるんだね？」

「その鍵は事件のあとで作られたというだけです。つまりカラバンを犯人のダミーにして、事件解決に持って行こうという陰謀がきまってから、急いで作られたものに違いありません。カミソリやバールトは事件のあとも、良くお父さんの下宿に出入りしたのでしょう？」

「もちろんだ」

「だったら、お父さんの机の引き出しにあったという、境のドアの鍵の複製を作ることは、簡単なはずでした」

「それは確かだ。カラバン犯人説の時にも、私はそれが可能であることは認めている。私たちには興味のない鍵だったから、ホソ番からあずかったあとは、放りっぱなしのようなものだった」

「……ということを、カミソリの推理の時に、もっと深く考えてもよかったのです。だったら、犯人のカラバンが、何もわざわざ複製なんか作る必要は無かったと気づいたはずです。だって、お父さんのあずかっている鍵を、犯行前に引き出しからちょっと失敬して、犯行後また返すということさえすればよかったのですから……。第一、複製した鍵を、カラバンが逃亡の時に、これ見よがしに、あとに残して行ったのもおかしな話です」

「そういわれればそうだが……」

「カミソリがカラバン犯人説に到達する前の行動には、良く考えてみると、ずいぶん不合理で、間の抜けた所があります。例えばカミソリは桑名から帰って来てから、学校の事務所に行って学籍簿を調べて、カラバンの偽学生を確かめたといっています。そんな手間のかかることをする必要なんかありません。最初から学校に行って学籍簿を調べれば、ドンピシャで田中豊の名なんか無いことはわかるはずです」

「それなのにどうして、そんな不自然な説明をしたのだろう？」

「偽推理を成立させるための根回しに、時間を稼ぎたかったのだと思います。カミソリが事件の真相に到達したきっかけは、おそらく先斗町の家の擦り替えトリックあたりがきっかけではなかったかと思います。カミソリは一応それを説明したあとも、これには何かもっと別の意味がありそうだといっていたのじゃありませんか？」

「そういえば、確かにそんな記憶がある」

「現実上はやはり家の擦り替えはむずかしいと悟ったカミソリは、近家のおかみさんの身辺のことを洗います。そして駒原の菱川家と繋《つな》がりがあることに突き当ります。カミソリは駒原に飛んで行きます。カミソリの推理の中に、リア王は桑名に行って、偶然、カラバンの偽学生の事実を突きとめたのではないかという説明がありましたね。だが、これはおかしな話です。だって以後の警察の調べで、カラバンは桑名にいた形跡がないと解ったのでしょ？　それなのに、なぜリア王がそこでカラバン偽学生の証拠にぶつかるというのです？」

「そのとおりだな。すると、ひょっとするとカミソリ自身も桑名に、カラバンの事を調べには行かなかったかも知れないな」

「ええ、おそらくカミソリはまっすぐ駒原に行ったと思います。そしてお父さんを罠《わな》に陥《おと》し込んだ夫婦は、バールトの両親だと知ります。また有頭先生の所に行って、リア王がバールトのノートをもらいに来たことなどを知ります。おそらくはこのあたりで、カミソリはしだいに事件の輪郭を摑んで行きます。また村で色々と話も聞き、菱川達平氏はカミソリに接触して来たのではないでしょうか？　秘密を守るために、達平氏もバールトも、ずいぶん神経質《ナーバス》になっていたようです。近家の身辺を調べまわっていたカミソリが、秘密の一端を摑み始めていたことは、すでにキャッチしていたと思います。そのカミソリが駒原に現われたのでは、もう観念しなければなりません。しかし、菱川側はカミソリの泣き所を知っていました……」

「カミソリを殺しても良かったのでは？」

「そう続けて血腥い事を続けたのでは、状況がますます不利になると読んだのかも知れません。あるいは賢明なカミソリを自分の方に抱き込めば、今後大いに利益になると計算したのかも知れません。それにカミソリの方でも、もうその時にはすでに、命を狙われまいとする防禦策《ぼうぎょ》をうっていたということも考えられます。例えば万が一の時のために、真相を書いた手紙を誰かにあずけるというようなことです。詳しい事はぼくの推理の範囲の外にあるのですが、ともかくカミソリは菱川側と手を結んだのです。カラバンが偽学生であることをカミソリが知ったのは、この時かも知れません。今は協力者となったカミソリは、切れる頭で、それを利用しての事件の偽の解決を考え出しました。彼は京都に帰って来ました。考えてみると、彼はすぐに調査の成果のカラバン犯人説を皆に公表すればいいのに、それから数日の間をあけているのでしょ？」

「うん、そういう記憶がある」

「彼や達平氏はその間に、偽解決の根回しをしたのです。カラバンを抱き込む、物資置場のドアの鍵の複製を作る、バールトを京都に呼び寄せる……」

「バールトを呼び寄せる？」

「カミソリの偽推理を援護射撃するためです。吉田山にまた皆が集まって、カミソリの絵解きを聞いた時、バールトはカミソリの偽推理を肯定する努力を、色々としたのじゃありませんか？」

「そうだったかな？……」

「もう一度、思い出してみるといいですよ。カラバンの犯行の動機も、考えてみればずいぶん弱いものです。密室の必然性もあまりありません。それなのにともかく天下の三高生を瞞着《まんちゃく》したのですから、バールトとカミソリは二人で協力して、かなり巧みに話を展開していったにちがいありません」

「だが、すると……バールトの家の者は、皆達平氏に協力していたと……」

「協力していたというより、さっきもいったように、強制されていたというところでしょう。お父さんが菱川夫妻を案内した時、奥さんの方はひどく無口で、何か意志のない人間のような所があったというのも、それでわかるような気がしませんか？」

「心ならずも、そうせざるを得なかったというわけか……」

「奈智子さんの方は、もっと反抗的で、父親の企みに反対し、批判していました。しかし、ともかく達平氏は奈智子さんの父です。やはり従わざるを得ません」

「いわれてみれば、奈智子さんにあった色々の不可解な言動が良く解ってくる」

「リア王の事件までは、その悩みもたいしたものではなかったと思います。しかし、事件以後は深刻なものになりました。達平氏から見れば、奈智子さんはいつも危険を孕《はら》んだ存在でした。そんな達平氏が、リア王殺しの計画を彼女に漏らしたとは思われません。だが、彼女は父親のそばにいつもいる存在でしたし、頭の良い人です。すぐに事件の概略の真相は、摑んだにちがいありません。いや、ひょっとしたら、バールトから達平氏に来た連絡の手紙のようなものを、盗み読みしたのかも知れません。陰謀の秘密を漏らさないためには、二人はいつも緊密な連絡が必要だったはずですからね。奈智子さんはバールトからの自分宛《あて》の事件報告を見て、京都に飛んで来たようにいいました。しかし、実際は達平氏とバールトの間に交わされた秘密の手紙でも盗み読んで、飛んで来たのではないでしょうか？　バールトからの手紙だけの話としては、お父さんに会った奈智子さんは、事件のことを、あまりにたくさん知り過ぎていた感じではありませんでしたか？」

「奈智子さんの事なら、何でもまざまざと憶えている。確かにそういう感じはあった」

「いや、奈智子さんが事の真相を知っていたという、もっと別の状況証拠もあるようです。その時、奈智子さんとお父さんの間で、名古屋の伊藤という謎の夫婦の話も出たのでしょう？」

「ああ」

「しかし、その夫婦がどうやら名古屋在住らしいとお父さんが見当づけたのは、それより数時間前に、吉田山で皆と会った時だったはずです。とすれば奈智子さんがその夫婦が名古屋在住とまでは知るはずがないのです」

「そうなるか……」

「奈智子さんは実際には、事件の真相のすぐそばにいた人なのです。だが、仕方なく沈黙していました。しかし、お父さん迄が罠にかかっている事を知ると、矢も楯《たて》もたまらず京都に飛んで来ました。そして父と恋人の両方を何とか立てることのできる必死の手段を、陰に回ってうとうとしたのです」

「わからなかったな……」武志の声は重くくぐもった。

「奈智子さんは、これは根の深い陰謀だ。最後まで油断できないといっていたのは、その意味だったのだな……」

「彼女は何度も真実を、お父さんに打ち明けようと思ったのではないでしょうか？　いや、もしカミソリが先斗町で、お父さんの容疑を一応晴らさなかったら、きっと思い切った手段に出たと思います」

「奈智子さんから、以後、あまり連絡もなかったのもわかるような気がする」

「お父さんへの申し訳なさで、きっと苦しみ続けていたと思います。そして窮極には、家出という形をとってしまったと……ぼくは考えるのですが」

「思い出した。奈智子さんが家出した時だ。バールトがやって来て、彼女はおやじ似の性質で、時どき思い切ったことをやる。何もかも忘れて突進する、というようなことをいった。今にして思えば、これには深い意味があったのだ。バールトが『おやじ似』といったのは、自分は彼の血を受けていないが、奈智子さんはほんとうの子だという意味もあったのかも知れない。また思い切ったことを、何もかも忘れてやるといいながら、菱川達平の大それた企みを考えていたのかも知れない」

「バールトは苦しみながらも、けっきょくは、ずるずるとその大それた企みの軌道の上に乗せられて、殺人までするようになったのではないでしょうか。人間の馴《な》れというのは恐ろしいもので、ついには殺人というものにまで馴れていったのです……」

「おまえのバールトへの同情論は嬉《うれ》しいよ」

「リア王事件の解決をでっちあげることで、バールト、カミソリ、カラバンの三人は、以後、企みの上での結び付きという黒い関係ができて、それは達平氏の死後も続いて行ったようです」

「それが今度のカラバンの死や、カミソリの死というのか？」

「そうです」

「しかし、三人は以後はどんな結びつきをしていたのだ？」

「ぼんやりとした物は摑めているつもりですが、もう少し待ってください。今、藤木君に調査を頼んでいるんです。ひょっとしたら今晩あたり、もっとはっきりしたことがわかるかも知れません」

「しかし、秀一、まだ大きな問題が残っているよ。バールトがリア王を殺す動機は認めよう。それを裏づける状況証拠や、色々の人物の行動も認めよう。だが、それではバールトが具体的にどのような方法でリア王を殺したというのだ？　彼にはアリバイがあった。また犯罪現場は密室を構成していた。その点が解けなければ、私は納得しない。いや、そうでなければ、バールトの犯人説さえ、まだ納得したくない気持ちだ」

「それは、京都へ行ってからにしてください」

二人は川岸から立ち上がった。

3

四条河原町は、若い男女の姿に溢れていた。修学旅行の学生たちとわかる群も多かった。そういえば今は、その最盛期のシーズンなのだ。

交叉点《こうさ》を東に入り、高瀬川をほとんど見落しそうになりながら大橋に近づく。武志は先斗町の入口を見つけるのに、いささか迷った。目にも耳にも喧噪《けんそう》な雰囲気が、小さな入口を覆い隠している感じだったのだ。

「……昔はひっそりと口を開いていて、かえって大きな感じだったがね……」

息子にいってから、武志はこの旅では、あまり『昔は……』という言葉は使わないようにしようと自戒した。昔を知っているのは、当然、年寄りだけなのだ。

だがそれにしても昔と比べると……何と繁華なたたずまいになったことだろう。特に東側は会館、レストラン、料亭、喫茶店と賑《にぎ》やかで、光が道に溢れ出ている。

西側にはまだお茶屋のたたずまいも多い。だが、もう紅殻《べんがら》格子は見かけない。路地口にかかっている番号標識は、丸板に緑のペンキ塗りの雅趣のないものになっていた。上に矢印と×印があって、下に〝通り抜けできる〟、または〝通り抜けできない〟とある。

お茶屋も少なくなっている。だが玄関上にある千鳥灯や、千鳥の絵のある舞妓《まいこ》、芸妓《げいぎ》の表札に変わりはない。

「夜の新宿の猥雑《わいざつ》さや、銀座のとげとげしさがなく、しっとりした感じがいいですね」

秀一がいった。

これでも確かにそうなのだろう。しかし昔はもっと……といいそうになって、武志は言葉をひかえた。

むこうから舞妓が歩いて来た。修学旅行らしい女子高校生の群が、羨望《せんぼう》を交えた熱い眼差《まなざ》しで立ち停まって見送る。

前にいた若い男が、あとずさりをしながら、カメラのシャッターを連続的に切り始める。危うく武志にぶつかりそうになった。

武志はまた路地の番号と、奥の様子を交互に調べ始めた。やがてうめきが漏れた。

「秀一、こりゃあ、だめだ。番号が前とは違っているようだ。路地奥のようすもすっかり変わってしまっている」

「この道はどこまであるのですか？」

「三条にある瑞泉《ずいせん》寺にぶつかって終りだ」

「そこまで行って、もう一度もどりなおして、大体このへんの距離だと見当がつきませんか？」

「やってみよう」

通りの北はずれまで行って、二人は逆もどりした。

右手に駐車場のあるあたりを過ぎると、武志はうめいた。自信の無い声が出る。

「このあたりの右手かな……」

秀一が路地口から中を覗《のぞ》き込んだ。

「あそこに〝菊野〟という看板の出た小さな飲み屋があるでしょう。あそこに行って、きいてみたらどうです?」

「いい考えかもしれない。このへんは現役や元の芸妓が、茶屋を改造して営業している所が多いという話だから、案外いい話が聞けるかも知れない」

〝菊野〟は、客が七、八人入るのがやっとという、こぢんまりしたカウンター式の飲み屋だった。先客が二人ばかりいた。

四十がらみ、下ぶくれの丸顔の、愛想の良いおかみさんが、一人で店をとりしきっていた。いささかくたびれてはいるが、それなりに色気もある。

武志は昔、三高生で京都にいたことを話してから、実はその時、ひどく世話になった、この町の人を探していると問いかけた。

「へー、三高さんどすか?」

今でも〝三高さん〟という言葉が通用し、それでおかみの顔がますます丸く和《やわら》いだことに、武志は驚いた。

「……それで探しておいでやすのは、どなたはんどすか？」

「お茶屋さんをやっている家でね、近家というんだ」

「へー、そのお茶屋さんなら、知っとります。うちも元は芸子どしたんどすえ。もう一本下がった路地に、近家さんという姓のおかーさんがおいやして、芸子はんを二人ばかり抱えはっていたのを憶えとります。そやけどこの先斗町の路地も、昔は五十なん本もおしたのが、今では三十本ばかりになってしもうて、そこん路地も失《の》うなってしもうたんどすえ」

「失《な》くなった？　するとその近家というお茶屋さんもですか？」

「へえー、今は大きなレストランの建物が建ってしもうて……」

「しかし、その近家というお茶屋の人のことは憶えていますか？　例えばそこのおかあさんというのは、どんな人だったかというようなことは？」

「へえー」

「どんな人でした？」

「どんな人やしたいうても……」

　おかみは武志のいささか漠然とした質問に、多少、当惑の表情だった。

　武志は具体的にいうことで、おかみの返事を誘った。

「わりあい小造りの、ちょっと顔が小さくて、神経質そうな……」

「へー、そうどす。お客さんのお言やはるのは、いつ頃のことどす？」

「昭和二十三年頃なんだが……」

「そんなら、うちはまだ下地《したじ》っ子どしたが、確かに近家さんのとこには、そういう少しこわーいおかーさんがおいやしたことを、ようおぼえております」

秀一が父親の顔をちらりと見て、代って質問した。

「そのおかあさんは今は……？」

「確かもう二十年以上も前に亡《の》うなって、抱えさんもちりぢりになりはって……うちもあとのことはよう知らんのどすえ」

「その近家さんのおかあさんは、この土地……つまり、京都の人だったんですか？」

「さあ……そんな細かいことは、ようはおぼえておりまへんけど……ああ、そうや！　思い出しましたえ。抱えの芸子はんの中に丸江はんいわはる、うちとうまあい（気の合う）のねーさんがおいやして、いつか、『うち、おかーさんと、おんなじ故郷《くに》やわね』いうてはりました。その故郷《くに》いうのが……ほら……お蛤《はまぐり》さんが名物の……」

「桑名」

「あっ、そうどす！　桑名どす。そこから何や電車で少し行った在やいうてはりました」

秀一は父と顔を見合わせた。

「今はそこの人たちは、どうしてます？」

「さあ……もうずいぶんの前の話どすよって、わかりまへんな」

だが、それでもうすべてはわかったようなものだった。

親子どうしの話が始まった。

「秀一、どうやらまちがいなく、駒原の近くの人のようだな。菱川家とその家とは知り合いで、おまえが考えたように、けっきょく私はその近家というお茶屋に入ったようだ」

「やはり事件を解く手がかりは、その時には、案外、目の前に転がっていたのですよ」

「バールト犯人説は、状況的にはますます動かせなくなった感じだな……」

父とともにホテルにもどると、秀一は藤木弥津子に電話を入れた。二度かけて、二度とも不在だった。

そこでこちらの電話番号を教えて、待つことにした。

九時近くになって、ようやく待ち望んだ電話がかかって来た。

弥津子の声ははずんでいた。

「まずは大成功よ。バカ息子殿が大協力をしてくれて、学校の教職員名簿を手に入れて持って来てくれたの。その中の理事長の名が……びっくりなの……」

「待ってくれ！　ぼくの方からいってみようか？　菱川一造の名があったんじゃない

か？」

　弥津子は少しがっかりした声になった。

「なあーんだ、わかってたの？」

「今迄の調査で、彼が犯人である確信が持てたんだ……」

　秀一はその概要を話した。

「わかったわ。今から私が話すことは、その後日談としてピッタリよ。つまり三人は以後も社会の裏の企みで結び付くことに馴れて色々のことをやって来たらしいわ。そして今の企みは、紅十《こうじゅう》医大の裏口入学組織というわけ。私が調べたことを話すわ。私、問題のバカ息子君に、私の知り合いで、あまり受験に自信がない子が、あなたの学校に入りたがっているんだけれど、先輩として、何か参考になることがあったら教えてくれないかってカマをかけたの。すると、彼、急に誇らしげな顔になってね、ずいぶんはっきりしたことをしゃべってくれたわ」

「どんなことだ？」

「彼、まず、その学生は東城予備校に入っているのかときいたわ。それで、入っていないというと、彼、ちょっともっともらしい顔をして、それだとたいへんだけど、それでも見込みない話ではない。ともかくレッド・ブックを買いに、発行所に行ってみることだと教えてくれたわ」

「やはりな。メディカル・プリンティングというのは、裏口入学のための陰の仲介の役をしているんだ」

「そのとおり。バカ息子君は、まるで新聞やまともな週刊誌なんか読んでいないみたいで、自分の学校が今、社会的に騒がれているということも知らないようすなの。平気な顔で、とんでもない秘密を漏らしたわ。ともかく、メディカル・プリンティングに行ってレッド・ブックを買うと、むこうで住所氏名をきくから、それを教えておくといい。数週間も待つと、むこうからもっとお役に立ちそうな本があるからといってくるから、その時、親といっしょに行くといいというのよ。つまり、この前、私がバカ息子君のオフクロさんに相談を受けたのは、このむこうからの連絡がある間のことだったらしいわ」

「つまりその間に、このカモは見込みありそうな財力があるかどうか調べるんだな。そしてオッケーとなると、メディカル・プリンティング……もっと絞っていえば社長のカラバンがトンネルの役をして裏金を学校に流す。こうしておけば、事が起こっても、直接、学校が矢面《やおもて》に立つことはない」

「学校の誰がそういうことを引き受けて、入学を保証してくれるのかしらときいたら、それはわからないけど、校長や部長といった先生ではなくて、もっと違った偉い実力者という話だといってたわ」

「つまり理事長といったところだ」

「まず、御正解ね。きょうの夕刊を見たら、よくわかるわ」

「きょうの夕刊？　何が出ているんだ？」

「紅十医大不正入学事件も、いよいよクライマックスに、さしかかったらしいの。京都の新聞はどうか知らないけど、東京の新聞では、たいていの新聞が、社会面のトップよ」

「概略はどういうことなのだ？」

「教授の一人が、受験者の合否は教授会でのみ決定されるはずなのに、実際の合否発表は理事会の手で大幅に変更されていた。またそれを了承せざるを得ない圧力をかけられたと、内部告発の爆弾宣言をしたというの」

「ここまで来れば、何かの形でそういう破綻《はたん》が来ると思っていたよ。理事長の名は出ているのかい？」

「それはまだね。理事長代理とかいう人の談話が出てるものはあったけど」

「どんなことをいっていた？」

「医大の試験は色いろと誤解を受けやすいので、教授も理事も受験希望者に繋がりを作ったり、会ったりすることは極力避けるように打ち合わせて自粛をしている。だから、裏金を受け取るような人はいなかったと信じているし、当局でお調べになれば、それははっきりするはずだ。小林先生は……告発をした先生だけど、何か大きな誤解をしていらっしゃるのではないかという趣旨よ」

「当局がお調べになっても、メディカル・プリンティングの名はなかなか出て来ないかも知れない。もし出て来ても、窓口になっていたのは、状況からみると、カラバン一人らしい。そしてそのカラバンはもうこの世にない。おそらくバールトは証拠になるような書類も全部亀山《かめやま》温泉に持ってこさせて、始末してしまったのだろう」

「カミソリの方も、やはり似たようなことなのかしら？」

「今となっては、まったくの想像を働かすほかはない。だが、大島の療養所の建設か何かにからんでの不正かも知れない。どちらにしても、医事がいつもからんでいるみたいだ。カラバンはメディカル・プリンティング社の前にも、新潟で医療器具の商売をやっていたそうだし……。どうやらバールトをトップにして、カミソリ、カラバンの三者の間は、昔から医事関係で結びついていたらしい。バールトは大阪から東京に出て来て、それに手をつけ始めたのだろう。だが、黒い結びつきの最終的な運命は破局しかない。カミソリは切れる男だっただけに、逆にいえば危険な存在だった。リア王事件の秘密もバッチリ握っている。初めに邪魔になってくるのは、やはりカミソリだ」

「カラバンの方は、その点ではオツムテンテンの方だったみたいね」

「ああ、三高にも入れなかった男だし、利口でないタイプの男によくある、気張る事だけで、自分を大きくみせようとしていた所がある。だが、状況が危機を孕んで来ると、カラバンのような人間はすぐに落ちるタイプだ。そこでやはり始末されてしまった……」

「何だかずいぶん厳しい話ね」

「藤木君、明日にでも京都に来ないか？　いずれにしても、明日には一応の解決はつくはずだ。終ったら、いっしょに京都見物をしてもいいし、その時、事件のことを詳しく話すから」

「あしたは、ちょっと落しておきたくないゼミがあるんだけど……」

「いいさ。どのみち、ほんとうに時間があくのはあさってからだ」

「じゃあ、あしたの夕方にでも、また電話するわ」

電話を切ると、秀一は父に声をかけた。

「お父さん、下のロビーにおりて、新聞を見てみましょう」

武志は横で息子の電話の概略を聞いていた。

廊下やエレベーターで、補足的な話をしながらロビーに出ると、親子はかたっぱしから新聞を開き始めた。

東京ほどではなかったらしいが、それでもほとんど紅十医大の不正入学試験の記事が出ていた。

中には市内で起こった信用金庫強盗事件といっしょに、二本柱のトップ記事で扱っているものもあった。

一紙だけ、見出しに〝理事長へも黒い疑惑か？〟と報じているものがあった。

だが、伝聞か推測によるものだろうか、せっかくの特種記事にも自信がないようだった。扱いはひどく小さく、内容も稀薄《きはく》で、理事長もＨ氏とアルファベット扱いであった。

息子の横で大きく溜息をついて、武志は立ち上がった。

「少し散歩してくるよ」

4

翌日、昼ちょうどに、武志は秀一とともに、フランソアでライヒと落ち合った。

フランソアは、今もなお健在だったのだ。

建物の表も、内部の様子も、そして調度も、ほとんど変わりがなかった。いや、それどころか人までもが……。

ほぼ同時に入って来たライヒに、武志はすぐにきいた。

「おい、あの入口のカウンター近くに立っている女性。あれは、ひょっとしたら……」

「ああ、わかるか。おれたちがいた頃と同じママや」

「そうか。ふしぎなものだな。その存在さえ、まるで忘れているくせに、こうして顔をそっと見ていると、とたんに思い当たる記憶がよみがえってくる……」

秀一の方は未知の国に憧《あこが》れ、家産を蕩尽《とうじん》することを夢見ていた話題の人物ライヒから、冒険児の姿を見つけ出すのに、いささか苦労していた。

輸入物らしい良い布地に、きっちりした仕立の服を着こなしたダンディーズムに、わずかにその面影を感じ取ることができるくらいだろうか……。

肥《ふと》ったなとか、白い物はおまえの方が多いとか……そんなやりとりをお互いに終ると、武志は語調を改めて、息子のきのうの謎解きを話し始めた。

聞き終ったライヒの顔はしばらくは茫漠《ぼうばく》としていた。やがて唸《うな》るような声が漏れた。

「バールトがな。しかし、話を聞くと、なるほどすべての状況が一致するわ……。いや、実は数年前や。ある会合で、南波さんに会《お》うたことがあるんや。ほら、あの事件を担当した刑事や」

「もちろん、おぼえている！　元気なのか？」

「あれから数年後に、警察官はやめたんやそうや。どうもああいう畑は、あの人の体質に合わんかったらしい」

「確かにどこかにそういう感じがした」

「今は京都ではかなり大きい製薬会社の重役なんやがな。ともかく彼もいうていた。どうもあの事件は、カミソリの推理ではどこか納得いかない感じがあったと……」

「頭の悪い人ではなかったからね」

「カラバンがつかまらんかったのも、自分のそういう疑惑の気持ちが、追及の手をどこかでゆるめてしもうた感じがあったと告白していた……」

久能は腕時計を見た。

「おっ！　つい時間が長うなってしもうた。佐竹夫人は二時から、会館で講習をしなければならんというてたから、これだとぎりぎりの時間になるわ！」

三人は急いでフランソアを出ると、タクシーをつかまえた。

「どうや、久し振りに見る京都の感想は？」

タクシーの中で、久能は武志にきいた。

「他の都市から比べれば変わっていない。特に道筋はまるで変わりがない」

「変わりようもないけどな」

「だが、今の日本では、珍しいことだ。しかし、どこに行っても道が舗装されているのは気にくわない。他の都市ならともかく、京都には土の道が良く似合うんだ」

車は河原町通りをまっすぐに上がってから、今出川通りに出て右折した。

加茂大橋を渡って、百万遍の交叉点を抜けると両側は京大である。

ずいぶん新しい建物もある。見馴れた木造建築も、頑迷《がんめい》なたたずまいぶりを見せて残っている。

ただあちこちに左翼的スローガンやアピールを大書した色文字のポスターや看板が、神経に喧噪である。中には壁に、じかへの殴り書きもある。

「何か殺伐なことばかりが書いてあるな」

武志のぼやきに久能が答えた。

「左翼学生の牙城《がじょう》やからな」

秀一が厳しい批評を入れた。

「話に聞くと、自由寮だって一種の解放区という感じでしたからね。だったら伝統にすぎないでしょう」

久能が答えた。

「それを私たちは今のような解放区にしなかったところが、誇ってもいいことだと思うんやがな」

いい解答だと武志は密《ひそ》かに思った。

車は銀閣寺通りに入る。

奈智子を見送った桜並木の疏水《そすい》もすっかり整備されていた。それに沿って、右手に広い自動車道が走る。

武志がたずねた。もっと早く出てもいい話題だった。

「有馬……いや、今は佐竹夫人というのか……あの一家は、元気なのか?」

「一家というても、奥さんの他は育子さんだけやが、彼女はほら……イラストレーター……あれになって、有馬育子という名で、色々の雑誌や本に出ているそうや」

秀一が口を入れた。

「ぼく、その名なら、知っています」

「そうだろう。かなりの売れっ児《こ》なのだそうだ」

「夫人自身は？」

父の口調に、どこかおずおずした所があるのを、秀一は面白く思った。

「ああ、元気や」

「再婚したとすると……ホソ番は……？」

「ああ、以前、彼女を世話していた元の店の番頭とかいう……ぼくはその男を見たこともないんで、ようは知らんが、彼女の身辺からは消えてしもうておるらしい……」

「今の御主人というのは？」

「学者だよ。美術史ではかなり有名な人や。二つばかりの大学の講師もしている。友禅資料会館を作ったのも彼なんだ」

「彼女は……やはり老けたろうな？」

「まあ、会ってみるがええ」

久能は少し謎めいた調子でいった。

道を途中で左に折れて疏水を渡り、また右に折れると、すぐに懐しい土塀が見えた。

すっかり補修されてきれいになっているのが、武志には物足りなかった。

「門の前を過ぎて、資料館の入口の方で停めてくれんか」

久能は車の運転手に命じた。

資料会館の入口というのが、武志たちが昔使っていた裏の潜《くぐ》り戸の所に開いていた。

太い原材木を民芸風に使った棟門《むなもん》である。

資料会館の名の書かれた表札が、控え目に掲げられていた。

引き分けの唐戸は開けられたままで、中の木立ちのむこうに、わずかに蔵の屋根が見える。

武志の心ははずんだ。ここでもまた、故郷《ふるさと》に帰った思いがした。

庭木立ちはあの頃より良く茂り、良く手入れされていた。その中を二曲りほどうねる道を抜けると、建物が眼前に拡がった。

屋根も壁もきれいに改修され、色も違っている。だが、原型はそのままだった。

武志たちの部屋があり、また蔵の入口にもなっていた右手の扉の前には、茶室風の方形の小屋が建てられ、窓口がしつらえてあった。資料展示館入場の切符売り場らしい。

その他の新しい構築物としては、反対の左側にとりつけられた、もっと幅広の扉だった。

どうやら展示館と区切られて、その方に教室やホールがあるようだった。

「お父さんはすごい所に下宿していたのですね」

秀一が感心した。

「今から考えてみれば、そういうことになるな」

近づく武志たちを中から見ていたらしい。扉が開いて和服姿の女性が出て来た。

淡い藤《ふじ》色の濃淡の斑《まだら》を模様にし、裾《すそ》と肩のあたりに辻《つじ》が花の絞りをもったいないほど軽くあしらった着物も、それを着る人も、またその人の身につけた歳も……すべてが庭の風景の中のものであった。

身につけた歳……といっても、まだ五十には手の届かない感じである。実際は武志よりも、六、七歳は上のはずだから、五十七、八ということになる。

微笑する。どんな微笑をしても、どこかに淋《さみ》しさが出るのも少しも変わらない。

歳をとることの楽しさを教えてくれるこの女性に、何かの誉《ほ》め言葉をと武志はあせった。

だが、何も出てこなかった。

自分の無能力が腹だたしくなる。まるで昔の高校生に返ったような思いだった。

かなり型通りの久闊《きゅうかつ》を叙し終ると、夫人はいった。

「申し訳ありませんが、すぐ講習が始まりますので、失礼しなければならないんですが……夕方、六時半頃、絶対、もう一度、家の方にいらっしゃってください。主人ともお引き合わせしますし、粗餐《そさん》におつきあいいただきたいんです。約束ですよ。お調べの方は、展示室のチケットの女の子にいってありますから、どうぞ何でもごらんになったり、お言いつけになってください」

夫人は教室の入口の方にもどって行った。

苦労の多い人生を、悲しみ、また堪《た》え、そして時には惑乱しながらも、外にはいつも深く静かな人であった。

だが彼女は過去のすべてを自分を豊かにする物として、取り込んでいたことが、今初めてわかる。

その芯《しん》は、たおやかに強健だったのだ。

武志はふと嵯峨野《さがの》の竹を連想していた。

三人は展示館の入口の方に歩み寄った。

入口の扉は入館者の出入りのために、外に大きく開けられていた。下端に重たそうな木の押《おさ》えが置かれている。

一目見て、扉が昔のままであるとわかった。沈んだ茶褐色の色も、銀色にくすんだ輸入物の把手《とって》や錠前ももとのままである。昔の物は頑固な堅牢《けんろう》性を誇っている。

秀一が嬉しそうに声をあげた。

「これだけ完全に残っていれば、きっと見つかりますよ！　ぼくの考えさえ正しければ……」

彼はドアに歩み寄ると、扉の内側の面に目を近づけた。

驚くほど短かい時間ののちに、秀一から声が漏れた。

「見つけたようですよ……」

彼の目は地上から一メートル二、三十センチ、ノッブよりやや扉の内側にずれた面に行っていた。

彼は服の裏ポケットから、ボールペンを取り出すと、その先端で木の表面を突つき始めた。

「何をしているんだ？」

「三十年以上たっても頑として残っていた、決定的な証拠を、いま掘り出しているのです。ほら、見てください！」

秀一は二本の指先をその箇所に近づけると、何か小さい物を摘《つま》み出した。

マッチ棒よりやや太目の丸い棒だった。長さは二センチ弱である。木釘《きくぎ》といっていいだろう。扉とまったく同じ色の茶褐色である。

扉の方にはそれが抜かれたあとの、小さな穴があった。深さも二センチとない。

「これは……どういうことなのだ⁉」

「これが密室の謎を解くすべてなのです」

「しかし、深さもわずかだ。むこうに突き抜けていないのでは……糸を引っ張り出して、何か操作するといったことはできなかったはずだ」

「こんな厚くて頑丈な扉に、そっとむこうまで穴をあけるのは不可能ですよ。第一、そんな穴だったら隠し切れません。トリックはそういうものじゃありません」

「じゃあ、この同色の小さな木釘を塡《は》め込んであった穴というのは、どういう役目をしたのだ？」

「この事件のトリックは、そもそもは自由寮の火事から始まったのです」

久能が微《かす》かな溜息を頭に付けて、口を入れた。

「おい、おまえの息子さんもやはりカミソリと同じような名探偵や。突飛もないことから絵解きを始めるというのが、彼等の十八番《おはこ》や。ここで立ち話もなんやから、銀閣寺から疎水沿いにでも下がって行きながら、話を聞かせてもらったらどうや」

武志はためらった。

「しかし、秀一、ここはもう、これだけでいいのか？」

「ええ、大丈夫です」

久能がまたいった。

「おれたちの良く歩いたあの疏水沿いの道は、今は〝哲学の小径《こみち》〟という名がつけられているんや。君の息子さんにそこを〝推理の小径〟にしてもろうて、話を聞こうや。途中に幾つかの喫茶店もあるから、そこで休んでもええ」

武志たちは邸の外に歩み出た。話を続けながら……。

5

「秀一、それで、その自由寮の火事という話だが……それがいったいどうしたというのだね？」

「リア王は寮の火事の時に、たいへんなパニックに襲われて、思慮分別も、人間行動も、ほとんどなくなってしまうような状態になったという話でしたね？」

「そのとおりだ。便所の中に閉じ籠められて、扉に体当りして出て来いという私の声で、やっとのことで飛び出したまではよかったのだが、その場にへたりこんでしまった。東京大空襲で、大火傷《やけど》をしたおやじさんを抱えて逃げ惑った経験が、心に深い傷跡を残したらしい」

「藤木君に聞いたんですが、それは精神病的症状で、フォビアとか恐怖症とかいうそうです。通常人ならさして気にもかけないことを病的に恐怖するんです。患者はその強迫観念を追い払うために極端に積極的な行動をするか、あるいは逃避しようとして極端に消極的な行動をするかだそうです。だがこんな理屈っぽいことは抜きにしましょう。もしあの頃、リア王があの下宿の部屋で、火事だといわれて、逃げようとしたが、何かの事情でドアが開かなかったとしたら、どうすると、お父さんは思います？」

「窓は全部厳重な格子が入っていたのだから、やはり残された逃げ口はあのドアだとすれば……そうか、おまえは、あの寮の火事の時のケースのように、ドアに体当りするといわせたいのか!?」

「自由寮の火事のエピソードを知っていた犯人は、その蓋然《がいぜん》性に目をつけたのです」

「つまりドアに体当りをするという蓋然性にか?」

「そうです。もしその時、そのドアにクラーレを塗った針が植え込まれていたらどうでしょう?」

「植え込まれていた?」

「ええ、あの扉の小さな穴の木釘状のものが抜かれて、代りに注射器の針が先端を部屋の内側にむけて植え込まれていたのです。リア王はすごい力で体当りするでしょうから、針は腕に深ぶかと刺さります……」

武志は思わず足を停めた。

「そうなれば……確かにクラーレは強烈で、あの兎《うさぎ》の時なども、刺しただけで効果がすぐにあらわれたから、リア王は……なるほど、そういうわけだったのか!」

「リア王は、いってみれば、自分で自分の腕にクラーレの針を刺して死ぬように、計画されたのです」

「なるほど。これは驚いた!」無意識にまた歩き出してから、武志は大声で続ける。「なるほど、これは思いつきだ！」

「ぼくも実は、ばかげたことから思いついたのです。ぼくの持っているポンコツ車です。ドアの調子が悪くて開かなくなる時があります。藤木君を送った時も、やはり駄々をこね始めました。それで靴先でドアを思いっ切り蹴《け》って、足先をいやというほど痛くしたのですが、その瞬間、事件の部屋のドアもこんなふうに……と、ぱっと閃《ひら》めいたのです」

「おい、秀一、待て！　おまえは『何かの事情でドアが開かなかったら』といったな。だが、リア王はポケットの中にちゃんと鍵を持っていたんだぞ。なぜそれを使わなかったんだろう？　錠が壊れていたなんていう話は願い下げだぞ。別にそんな話は聞いたこともない……」

「壊れてはいませんでした。しかし鍵穴に鍵が入らなかったとしたらどうでしょう？」

「鍵が入らなかったというのは……？」

「例えば穴の中に、びっちり紙を詰め込んでおくのです。火事だということで、この前のように完全に自分を失っていたリア王に、鍵の入らない原因を確かめる余裕などありません。次に彼のとる行動は、自由寮の火事の時の便所の時と同じような、ドアへの体当りです。実はそんなふうに紙が詰めてあった証拠は歴然と残っていたのです。穴に残っていた紙の小片です。ただ、その時は、鍵を突っ込んであったポケットの中の紙片でもくっついて、それが穴に残っていたんだろう……と、そんなふうに軽く考えられて、見過ごされてしまったようです」

三人は銀閣寺参道の下に出た。ここから疏水は鈍角に折れて、ほぼ南にむかう。

武志が昔、奈智子と歩いた道だ。

いま、その始まりに立て札があり、ここを〝哲学の小径〟と呼ぶとある。

何か観光化された、笑止な思いがする。だが、武志にそんなことを深く考えている余裕はなかった。

川添いに歩き始めながらきく。

「秀一、密室殺人トリックの大もとはわかった。しかしまだ不明の所がたくさんある。おまえはリア王が火事だと知ったら、ドアに体当りするといっているが、あそこは火事なんかになっていないんだ」

「犯人の……ここでは偏見を持たないで推理するために、もう一度犯人は不明だということにして、その犯人の手順を初めから追ってみましょう。犯人が犯行を決意してまず着手したことは、久能さんの家に飾ってある原住民の矢から毒を採取することだったでしょう。これはすでにその当時に説明のついていることで、比較的簡単なことでした。その次にすることは、あの扉に注射器の針の部分を入れる穴を作ることです。しかしこれも小さな錐《きり》でも隠し持って行って、下宿訪問のすきにあけられればいいことでした。同じように、その穴にさっき摘み出したような、カモフラージュの木釘を塡め込んでおくこともむずかしいことではありませんでした。犯人は慎重だったようですから、あるいは二、三回にわけて穴を作り、そのたびに木釘を埋め込んで、完全な穴にしたのかも知れません。少しくらいまずい工作であっても、あんな広い面積の扉にそんな小さな変化があることなど、お父さんたちが気づくはずもありません」

「クラーレの入手といい、扉に工作をするチャンスといい、やはり犯人はバールト以外……いや、おまえの今の推理法からいけば、私たち仲間以外にはいなかったわけだ」

「そうです。いよいよ犯行の日です。犯人はお父さんを長い間外で引きまわして下宿から遠去《ざ》けるように、共犯者に工作させました。どうやら状況からみると、その第一目的はお父さんのアリバイをなくすことよりは、お父さんを下宿から遠ざけることにあったようです」

「つまりリア王を、部屋にひとりぼっちにさせておきたかったのだな」

「そうです。犯行方法の第一目的が、むしろ第二目的の陰に隠れてしまっていることがもう一つあります。密室です。この前、密室の必然性ということをいいましたが、実際をいうと、この事件では第一目的を達成するためには、必然的に現場は密室になってしまうというのが真相だったのです」

「何だい、その第一目的というのは？」

「アリバイです。犯人が自分のアリバイを確かにするためには、現場は自然に密室を構成する可能性が強くなってしまったのです。殺人計画はこのへんがとてもうまく絡み合っていて、事件を厄介にしたのです。お父さんを現場から遠去けたい。としたら、そのアリバイも不確かにして、罪を押っ被せてしまう。現場が密室仕立てになるなら、それでもお父さんに罪を押っ被せ、かつ事件を複雑難解にしてしまう。そういうことだったのだと思います……」

久能が川に添った道のやや下にある、山小屋風《コテイジ》の喫茶店を指さした。

「おい、あそこに良さそうな所がある。佳境に入ったらしい話は、あそこでゆっくり聞かせてもらおうや」

三人は川添いの小径をおり、ちょっとした舗装道路を横切った。

今まで来る間にも、かなりの数の喫茶店、そば屋、ファンシー・スーヴェニール店、紙細工《ペーパー・クラフト》のモビール店などがあった。すべて観光客目当て……それもいってみればアンノン族目当てといった店のしつらえである。

武志が奈智子と歩いた時は、もちろんそんな物はまるでなかった。そうかといって楽しくないというのではなかった。むしろないことの方がより楽しかったのだが……。

しかし今の武志はそんな感慨に浸っている余裕はなかった。

秀一の話の先を急《せ》く気持ちで、喫茶店に入る。

飲み物を註文《ちゅうもん》すると、久能は取り出した外国煙草を秀一にすすめた。

「いや、ぼくはやりませんので」

秀一は断わる。

武志は、昔、久能がカミソリに洋モクの貢《みつ》ぎ物をしながら、推理の先を促していたことを、ふと思い出した。

今はそれがカミソリから息子に代っていると思うと、妙な感じである。

「秀一、話の先を続けてくれ」

父親が代って久能の煙草をもらうことにして、話の先をうながした。

「犯人がいま説明した密室のトリックを実行するためには、犯行の少し前に、リア王の部屋を訪問することが必要でした。そしてそういう訪問をしたのは……」

「バールトとそれからこの久能だ」

久能が深い微笑を見せて、口を入れた。

「そういう意味では、私も容疑者というわけや」

秀一は平然とした表情だった。

「そうです。しかしもし久能さんが犯人なら、犯行時間にがっちりしたアリバイを作るのが当然でしょう。だが、その頃は家にいたというだけの、証人の無いアリバイしかありませんでした」

「つまり、私はアリバイがなくて、かえって身の潔白が証明できたというわけや」

「久能さんが犯人でないという状況証拠はまだあります。犯人は犯行後に、犯行隠蔽《いんぺい》のために、現場に行く必要があったのです。だが、久能さんは行っていませんでした。犯行前にも後にも現場に立ち合っていたのは、バールトだけでした」

武志の声には、ようやく納得の調子が濃くあらわれ始めていた。

「動機ばかりでなく、実際の犯行の状況からも、バールトが犯人である可能性がここではっきりするわけか……」

「そうです。バールトは久能さんと五時半頃までいっしょに下宿にいて、帰ります。この間に、バールトは自分の偽者を立証する作文帳を、秘《ひそ》かに他のノートといっしょに盗んだり、クラーレの痕跡《こんせき》を残した注射器のピストンや、自分の財布を、坐机のずっと奥の方に隠したりします。そして帰り際に、扉の穴に填め込んだ木釘を抜いて、クラーレをたっぷり塗った針を差し込みます」

「注射器の筒を机の下に入れたのは……つまり、犯人がほんとうに注射をしたと思わせるための工作か？」

「もっと正確にいえば、犯人が現場に直接来てリア王を殺したと思わせるためです」

「自分の財布を机の下に押し込んでおいたのは、あとから現場に来る口実を作るためか？」

「もちろん、それもあります。だが、そのほかにも、もっと重要な意味もあります。しかし、そのことはあとで説明することにして……。バールトの行動を追いましょう。バールトは久能さんと銀閣寺通りの市電の駅で別れると、実際にはもう一度下宿に引き返したのです」

「どうして?」

「まだやるべき下準備があったからです。もう昔のことなので、久能さんも銀閣寺通りでどういう別れかたをしたか詳しくはおぼえていないでしょうが、ともかくバールトは停留所に立ったか、停まっている電車に入ったかしてから、久能さんの姿が消えるのを待って、また下宿に引き返したのです」

久能は軽くうめいた。

「うーむ、確かにおぼえておらんな……。しかしおそらく乗ったふりをして、またおりたんやないかな。銀閣寺通りの終点は、たいていがいつも上がって来た車輛《しゃりょう》が、発車の時間待ちをしていた風景が目に浮かぶ……」

「バールトは下宿にもどると、外から秘かにドアの鍵穴にびっちりと紙を詰めました。それから建物の裏にまわって、自動発火装置が燃え上がるようなしかけをスタートさせました」

「自動発火装置?」

父の反問に、息子は片頬《ほお》を歪《ゆが》めて微笑した。

「少し大袈裟《おおげさ》すぎるいいかただったかな。今となっては、もうはっきりしたことはわかりませんが、一定時間がたつと油でも染み込ませた紙や布が、パーッと燃え上がるようなしかけだった思います。その時間を調節するのは、当時のことです、今のように簡単にタイマーなど手に入らなかったでしょうから、蠟燭《ろうそく》か何かじゃなかったかと思います。石油缶《かん》か何かに発火物といっしょにそれを入れて、ある高さの所まで蠟燭が短かくなると、計画した時間に火が発火物に燃え移り、パーッと燃え上がるしかけです。これですべての準備は完了です。バールトは東山五条の竹川という家に麻雀《マージャン》をしに行きます。あとはセッティングした時間に、財布を忘れたということを口実に、電話をかけたのです。財布をわざと部屋に隠していったのには、この意味もあるのです……」

当時から、事件について人一倍関心を持っていた久能である。熱心に、秀一の説明に入り込んでいた。

「しかし電話をかけたいうても、本当は自分の財布を探してくれとか、取りに行くとか……そんな話じゃなかったんやな？」

「そうです。火事だ、すぐ逃げろというようなことを、差し迫った声でいったにちがいありません。これも今だったら、建物の外でテープレコーダーを使うというような方法もあったのでしょうが、その頃はそんなものはなかったのでしょ？」

「私たちの時代は、犯罪も非文化的だったんやな」

「だが特殊な事情から、珍しくも下宿の部屋に電話があったのです。バールトはこれを利用したのです。電話の内容は、こんなふうなものだったにちがいありません。私は近所の者だが、裏山が火事になって、火が建物の方にどんどんおりて来ている。すぐ逃げなさい……と」

「バールトとは名乗らなかったんか？」

「失敗した時のことを考えれば、そういって、作り声でしらせたほうが安全でしょう」

「バールトの声と感づかれる心配は……」

「その心配はあったかも知れません。その時は悪い冗談で済ませばいいのです。そのために絶交されたとしても、まさかそれが殺人を目的としたものだったと、気付かれるわけもありません」

「ようできとるわ」

「推理小説にはその犯行が齟齬《そご》をきたした時には、その時点でもはや命取りになるというような計画が多いようです。だが、この犯行では、そういった点もよく考えられている所が、その他にもあります。話をバールトが電話をかけた所にもどしましょう。リア王は電話を聞いて、慌てて西の裏側の窓を見ます。

　自動発火装置の火が燃え上がっています。窓は曇りガラスだったようですから、はっきりしたことはわかりません。ただ赤い色が一面に動いています。火に対して恐怖症のリア王は完全にパニックに襲われます。窓を開けて火を確かめる余裕などあるはずもありません。ともかく逃げようと、鍵を取って、出入口の鍵穴に差し込もうとします。だが、紙がビッチリ詰まっていて不可能です。といって屈《かが》み込んで、穴の中を確かめる余裕はありません。いや、もし万が一、そうしたとしても原因を確かめられたかどうか疑問です。もう一歩ゆずって、原因がわかったとしても、そんな物をかき出す余裕はなかったでしょう。ともかく、この前の自由寮の火事の時のように、ドアに体当りしてみることです。リア王はドアに体をぶつけます。一度目で針が腕に刺さったか、それとも何度目かのあとかはわかりません。ともかくすごい力で、ドアに体をぶつけたのですから、針は深ぶかと服の上から刺さるはずです」

「つまりこれは遠隔操縦による殺人というわけや。そしてそれで自分のアリバイができる……」

「しかもその遠隔操縦はおのずから密室を構成して、事件を複雑にすると同時に、入口の鍵を持っているお父さんか有馬夫人以外に犯人はいないという状況も作るわけです。あるいはリア王は扉を開くのに成功して、やっとのことで外に脱出したところで倒れるという事態が起きて、密室の状況は構成されないかも知れません。だがそれでも犯人がわにさほど不利になることはありません。事件は密室でなかったというだけのことです。計画に少しくらいの齟齬があっても、犯人は安泰だというさっき話した点が、ここにもあります」

「だが、事は計画どおりに進行して、何の齟齬もなかったわけや」

「大筋ではそうです。だが、小さなミスはいくつかありました。例えば建物の外に残っていた、何かが焦げた匂《にお》いでした。初めの頃は、犯人が盗んだノートを燃やしたのではないかとも考えられました。そして、カミソリの推理では、この点はまったく省略されていました……」

「私はカラバンが盗んだノートを燃やしたんやないかと、何となく考えたんだが？」

「講義のノートを盗んだって、その直後に燃やしてしまえば、何の意味もないと思います。第一、この前もいったように、偽学生のカラバンが、ノートを盗んだって、何の役にもたちません。もともと試験など受けられないのですから」

「つまり、その匂いというのは、火事に見せるため、バールトが燃やした紙や布だったというわけか？」

「そうです。小さなミスとしては、鍵穴にほんの少し残った紙片もあります。だが、大して重要視されなかったからよかったのです。鍵が穴に入らないため、かなり固く詰めてあったにちがいありませんから、最後に念入りにかき出そうとしていたのでしょう。だが、小さくて見落したか、あるいはそこまでは間に合わなかったかでしょう」

「間に合わんかった？」

「ええ、お父さんが下宿にもどって来る前に、それを終えることができなかったという意味です。電話をかけたあとの、バールトの行動を追ってみます。バールトは計画予定の時間どおりに、東山五条の家を出ると、急いで現場に行きました。ドアを叩《たた》いて、何度か呼んでもリア王の応答がないことで、リア王の死をほぼ悟りました。そこで用意したピンセットか何かの尖《とが》った棒のようなもので、詰め物の紙をあらかたかき出して、穴から中を覗きました。そして倒れている死体の足の部分を見て、まず死亡はまちがいないと確認しました。次にバールトのやったことは、発火装置を、ともかく捜査の手が伸びないと確信できる遠い所まで持って行って、一応、それを隠すことでした。それからまた鍵穴の所にもどって行って、残っているかも知れない紙片を今一度きれいに清掃しようとしました。ところがここで、ちょっとしたタイミングの食い違いが起こったんです」

「どんな食い違いや?」

「当時のお父さんたちは、散策《カスミ》とかいって実に良く歩いたようです。昔は一般の人でも、ずいぶん遠距離を歩くことが日常的だったと聞いていますから、あまりお金の無い学生ならもちろんのことだったでしょう。そのために、バールトもお父さんはテクシーで下宿に帰って来るように計算していたのかも知れません。ところがお父さんはアルバイトで少しリッチだった上に、またちょうど都合良く市電が来たので、それに飛び乗りました。そのため、ずいぶん早く下宿に来てしまったようです。鍵穴の掃除に夢中だったバールトは、お父さんがかなり近くに来るまで気がつきませんでした。はっと気付いた時には、今更ドアの前から立ち去るわけにはいかなくなりました。そこですばやい変り身で、異変の発見者としての芝居をうち始めたのです」

「もし木津君が来んだったら、鍵穴の後始末をしてから、すぐに立ち去る気でいたというわけか？」

「いいえ、そうではありません。一度、物陰に身を隠し、お父さんが事件を発見するのを見計らって、いかにも今来たように歩み出す計画だったにちがいありません」

「どうしてそんな必要があったんや？」

「まだ一つだけ、やり残していることがあったからです。そしてこれだけは、部屋のドアが開いたあとでなければできなかったのです。だから、バールトは事件発見直後にその場にいなければならなかったのです」

「そのやり残していたことというのは？」

「ドアの穴を隠すことです。さっき見たように、直径三ミリもない小さい穴ですが、事件が密室となればそんな物でも目をつけられるかも知れません。バールトは夕方、部屋を出る少し前に、塡めておいた茶褐色の木釘を抜いて、注射器の針を植えつけました。今度はその穴にもう一度木釘を塡めもどす必要があったわけです。しかしこの作業は簡単でした。お父さんたちは交代でドアの前に立ったり、また離れたり、警察が駈《か》けつける迄は、ドアの前や庭の中をうろうろしていたそうですから……」

「ようわかった。動機の面からも犯行の面からも、こうぴったり話が合うのでは、バールト犯人説は疑いない。昔、カミソリの話を聞いた時は、それはそれですばらしいと感心した。だが、今、君の息子さんの説明を聞くと、恐ろしく色褪《あ》せて、矛盾に充《み》ちたものとわかるわ。しかし、木津、これからどうするんや？　バールトはまだ生きてるんやぞ!?」

　腕時計を見ていた武志が、慌てて顔を上げた。

「えっ？　ああ、それだが……今でも私は彼の友人だと信じている。そんな私に彼を裁くことはできるはずがない。第一、事件はもう時効になった三十年も前の話だ……」

「法律的にそうであっても、罪は罪や。第一、カラバンのことはどうなるんや？　それからカミソリのことは？」

「そこまでは私にはわからない。天と彼自身とが、それを裁くことに任せたい気持ちだ。さあ、ぼつぼつ出ようじゃないか。この旅行の第一目的が終ったところで、ついでに京都で一軒寄りたい所があるんだ」

　武志は話題から逃げようとしているようだった。

「しかし、佐竹夫人の所には、夕方、行くのだろ？」

「もちろんだ」

「じゃあ、私も一つ用を済ませてから、夫人の所で君と会うか？」

「秀一、ホテルにもどるにはまだ時間があるだろうから、この川沿いにずっと下がって行くといい。法然院は過ぎたが、西側に安楽寺、霊鑑寺といった寺や大豊神社、若王子神社といった所があるし、突き当った所が禅林寺で、最後には南禅寺に出る」

武志は昔のアルバイトの知識をいささか披露した。

手に手に観光案内らしいパンフレットや地図を持った、若い女性のグループがどっと入って来たところで、三人は立ち上がった。

6

〝紅萌《も》ゆる丘の花〟の丈高い自然石の記念碑を振り仰いでいる後姿は、バールトに違いない。吉田山頂だった。

武志は声をかけた。

振り返った顔に、昔のバールトを見付けるのに、武志はかなり戸惑った。あの髭《ひげ》の下は、こんな顔だったのかと、今にして思うのである。

武志はその髭が、実は自分の顔を隠すための意図もあったのだという、息子の推理をふと思い出していた。

三高OBや関係者によって吉田山に建てられたこの記念碑は、三本の大きな自然石を中心にして、低い岩が輪状に取り囲んでいた。

二人はその岩の上の一つに腰をおろす。バールトが口を開いた。平静な声だった。というより、そう装おっていた。

「西の方から上がって来たんだが、人家がずいぶん上まで延びて来ているし、山頂近くに幼稚園迄あるので、これはだめかと思ったが、ここまで来ると昔の面影がある」

「私は北の東今出川通りから上って来た。こっちの方は昔ながらの山道の雰囲気が横溢《おういつ》していたよ」

バールトに紅十医大理事長を思わせるものはなかった。

背広もいいものではない。ネクタイは……かなり野暮でさえある。

高い背の肩には、疲れた陰が漂っているように見えるのは、武志の気のせいだろうか。

「よく来てくれたな」

武志の言葉に、バールトは苦々《にがにが》しく微笑した。

「よく来たというのではないんだ。実は逃げて来たようなもんだ」

「逃げて来た？」

「ああ、すべてからだ。前からそうしたかった。だが、できなかった。しかし、きのうの夜の君からの電話で踏ん切りがついた。だから、むしろ肩の荷がおりた気で、喜んで逃げて来たといえるくらいだ」

武志はバールトの心境が、ぼんやりとわかる気がした。それならば、これからの話もしやすいだろう……。

「いま、有馬夫人の所に行って来たところだ」

「そうか。あれだけのことが解った息子さんだ。やはり……見付けたろうな？」

「ああ、見付けた。扉の穴をな」

「そうか。あれ以来、あの扉はずっと気になっていた。だが、あれ以上、あの穴を隠すことは不可能だった。といって、有馬夫人にあの扉を取り換えさせるような口実も見付からず、いっそあの建物自体全部が取り毀《こわ》しにならないものかとも願っていたのだが、そうはならなかった。それで息子さんはどう説明した？」

初めこそいささかの身構えもあったバールトだった。だが、いったん打ち明けてしまえば、もうこだわることはないという様子になっていた。

それで、武志も気楽になった。秀一の推理をこだわりなく話し始めた。

話の間に、かたわらを何人かの人影が過ぎた。

犬を連れた若い娘、ジョギングの中年男、袴《はかま》姿の禰宜《ねぎ》……。

遠くの方から、幼児たちの甲高い声があがるのは、バールトのいった幼稚園からだろうか。

もちろん三高生の姿など現われるはずもなかったが、京大生の訪れる姿もまるでないのはいささか淋しい。

だが、それだけに、山頂の静かさは、深刻な話にはむいていた。

話を聞き終ったバールトは、何本目かの煙草の煙をゆるやかに吐き出してから、口を開いた。

「頭のいい息子さんだ。カミソリの再来だ。実をいえば……カミソリが同じ推理で私たちに迫って来た時、私はもう下《お》りようとさえ思ったのだ。もうあの時には、私は陰謀にくたびれ果てていたというのがほんとうのところだったんだ。だが、達平氏は疲れを知らなかった。自信ある強引さで事を押し進めて、カミソリさえも巻き込んでしまったのだ」

「やはり金で……か？」

「ああ、彼の学資や故郷の家族の面倒を見てやるということでな。貧乏っていうやつは怖《こわ》い。カミソリもこれには打ち勝てなかったんだ。罪人《つみびと》の告白は弁解にしかならないが、それでもあえていわせてくれ。私もそれに負けたんだ。息子の一造になってくれ。そうすれば、おまえの未来は永久に約束されたようなものだ。具体的なこと、細かいことは皆、こちらから指示する。そういわれて、実際のところ、深くも考えずその話に飛び付いた。だが、陰謀というやつは、でかければでかいほど、根深ければ根深いほど、次から次へと繕いをしなければいけなくなってくるものだ。そのためには殺人さえも避けられなくなって来る。達平氏に操られた傀儡《かいらい》の私は、すぐにそれに手を染めざるを得なくなってしまった。その第一が……」

「列車から転落死した津島の学生か？」

「今更隠しはしない。私がやったのだ」

「カラバンやカミソリも、やはり息子のいうように……」

「私だ。陰謀に慣れ、陰謀で結びついた人間たちは、また別の陰謀を企むものらしいな。陰謀というやつがいつかは自己崩壊をするとわかっていながら、もはやそれでしか生きていけなくなるものらしい。私とカミソリ、カラバンは、社会の裏側で結びついて、さまざまの成功を手に収めることで生活するようになってしまった。だが、カミソリは頭が良かっただけに、冷静でもあった。そういった生き方の未来を見極め始めた。私はまた必死の繕いをしなければならなくなった。カラバンはその点はまだ扱いやすかった。頭の働きも素速くなかったし、批判的な考えをする奴《やつ》でもなかった……」

「彼は名古屋の弁護士の息子とか……？」

「ああ、そこの一人息子で、高校に合格したと家まで欺して、学資をもらって京都に来たのだ。ただし合格したと詐称《さしょう》したのは二高だったそうだ」

「遠く離れた仙台か」

「ほんとうに受験したのは名古屋の八高だったそうだが、彼にいわせれば問題なく滑ったそうだ」

「二高、三高、八高と、忙がしい奴だ。よほどナンバー・スクールに憧れていたらしいが、それにしてもおかしな男だな」

「それだけに抱き込みやすい男だった。君の息子さんの推理したように、半ば脅かし、半ば報酬で協力を求めたら、犯人の身代《ダミー》りとして協力することを承諾してくれた。以後、彼は私の良き協力者……というよりは、良き傀儡となって働いてくれた。ちょうど達平氏と私の関係が、今度は私とカラバンの関係になったといってもいい。けっきょく私もまた、達平氏の影響に毒されてしまっていたのだ。もし今度の大学の不正入学騒ぎが起こらなかったら、私と彼の仲はまだ続いていたかも知れない」

「だがそれにしても……」

途中で絶句した武志のあとを、バールトはすばやく引き取った。

「殺すことはなかったというのだろう？　そのとおりだ。さっきもいった。弁解はしない。私は殺人鬼というやつだ。だが、クールな殺人鬼ではなかった。といって、にたり笑いをして手を上げる殺人鬼でもなかった。何かうしろからいつもいつもせかされて、眼前に次から次へと現われる障害を必死に薙《な》ぎ倒していくような殺人者だった。何度、下《お》りたいと思ったか。だが、菱川一造としていったんスタートしたこの企みの道は下りることも、引き返すことも、立ち停まることとさえも許してくれなかった……」

「最初の企らみだが……せめて三高に入らずに、もっと遠い地方の熊本の五高とか鹿児島の七高とかに入れば良かったのに。そうすれば津島の合格生を殺すこともなかったろうし、君の正体がばれる危険性も少なかったはずだ」

「あとで、達平氏も私もそれに気付いた。だが、何といっても三高は輝かしい憧れの的《まと》……今様にいえばステータス・シンボルだった。本当の一造君は実際の所、三高に入れるだけの能力はありそうにもなかった。それだけに達平氏は私が三高生になって、菱川家の名を輝やかしくすることにたいへん期待したし、ぼく自身も三高合格に憧れた。そのために、二人とも問題点を見忘れてしまった。あとからそれに気づいた時は、もう手遅れだ。次から次へと手を打たねばならぬ立場に追い込まれていったんだ」

「三高卒業後は、遠い九州に行ったのもそのためか？」

「そうだ。だが、それ以後、現在に到《いた》る迄、本当の意味で心の休まる暇《いとま》はなかった。偽りの身分と企みの生活にすっかりくたびれてしまっていた。きのう君からの電話の声を聞いた時、そして真相が突きとめられたと知った時、私は体に溜《た》まった黒い澱《おり》がどーっと流れ出し始めたのを感じた。来る日が来たのを感じた」

「一つだけ確かめておきたいことがある。奈智子さんのことだ……」

「わかっている。奈智子さんは父親に、菱川本家存続のために協力を強制された。あの人はむきになって反対した。だが、けっきょくは協力はしないが、企らみの秘密だけは漏らさないということしかなかったのだ」

「息子がいうには、君も奈智子さんを好きだったのではなかったか、換え玉の企みにオッケーした心理の中には、そんな要素もからんでいるのではなかったかというんだが？」

「ああ、否定はしない。正直にいえば、君を罠に陥し込もうとした行動の中にも、君と彼女の仲に対する嫉妬《しっと》もあったかも知れない。だが今はすべてが脱《ぬ》け落ちた気持ちだ。そのフランクな心境で、彼女の事で、もうひとつ、告白と詫《わび》をしなければならないことがある」

「何だ？」

「彼女の家出だ。私たちの企みの中で、一番不安だったのは、いつ彼女がすべてをぶち撒《ま》けるかわからないということだった。リア王の事件以後、彼女の様子はますます危険になって来た。だがさすがの鬼の達平氏も自分の娘にだけは、打つ手を知らなかった。彼女は君への偽りの態度を、それ以上、保ち切れない限界に来て、家出をした。達平氏は慌てて私の所に飛んで来た。奈智子さんが家出をしたとしたら、きっと君にすべてをぶち撒けた手紙を出しているのではないかと思ったからだ」

「だが、来なかった」

「いや、ほんとうは来たのだ」

「来た!?」

「すまない。達平氏はすぐ君の所に行って、奈智子さんからの手紙が行っていないか、下宿の門の郵便受けを見てみろ、また君にも確かめろと命じた。私は飛んで行った。私の行った時には、どうやらまだ手紙は来ていないようだった。だが、明日《あす》、明後日《あさって》のいつ来るかわかったものではない。といって私が、一日中、君の下宿に頑張って監視しているわけにもいかない。そこで私は家庭教師のアルバイトに出ているカミソリの所に飛んで行って、以後の見張りを頼んだ。もうその頃には、カミソリは君の下宿に引っ越していたからね。カミソリは体の調子が悪いといって、その翌日、下宿にいたままで、学校に行かなかったのを憶えていないか？」

「そういえばそんな記憶もある」

「実はその日の午後早く、君が学校から帰る少し前に、彼女の手紙が来ていたのだ。カミソリは君が帰るほんの少し前に、郵便受けからそれを回収していたのだ」

三十余年の歳月は、武志に怒りを誘わなかった。ただ呆然《ぼうぜん》たる思いだけだった。

「そうなのか……」

「奈智子さんは君への裏切りを深く詫びていた。そして父親の企みのすべてを明かしていた。もしそれでも許してもらえるなら、冷泉《れいぜい》通りの宿に葉書でいいから返事を出してくれとあった」

「菱川の家が常宿にしていたあの旅館か？」

「ああ」

「彼女はそこに泊っていたのか？」

「いや、そこではない。そこを手紙の中継地にしようとしただけだ。しかし、京都市内のどこかにはいたらしい。それから何度か、君からの手紙が来ていないか、電話で問い合わせが宿にあったが、どうも市内かららしかったと宿の人がいっていたそうだ」

しだいに怒りの泡が、腹の中に立ち昇って、はじけ始めた。

「ひどい話だ」

「すまない。だが、こちらも真相がわかれば破滅だ。それもその時になると、達平氏や私ばかりではない。カミソリやカラバン迄もが巻き添えになる状況になっていた。企みはだんだん膨《ふく》れ上がってくるばかりだったんだ」

「奈智子さんからその後の連絡は?」

「何度か宿に連絡があったあと、プッツリ途絶えたそうだ」

「私の怒りをかって、絶縁されたと思ったのだ」

「……だろうな」

「以後は?」

「もう何の音沙汰《おとさた》も無くなった。達平氏も以後はしいてあの人のあとを追おうとはしなかった。下手に捜し出せば、藪《やぶ》を突ついて蛇を出しかねなかったからな。また奈智子さんの方も親戚《しんせき》、知人の誰一人にも消息を寄せなかった。その点は父親に良く似ていて、いったん決心したら、断固とした人だったらしい」

「じゃあ、今もって何の消息もつかめないのか?」

「いや、そんなことはない。三十年以上もたてば、いくら広い日本でもそれなりに彼女の消息に巡り会う機会にぶつかるものだ。木津、こんなことを私の贖罪《しょくざい》といっても始まらないかも知れないが、七年ばかり前に、私は偶然のことから、彼女の消息をつかんだ。ここにその住所がある。ともかく君に渡しておく」

バートルトは胸ポケットの手帳から、名刺大の一枚の紙片を取り出した。

兵庫県姫路市の住所とマンションの名が書かれて、栗原奈智子とあった。

「栗原……とあると、結婚したのか？」

「良くは解らない。だが、家出して十年ばかりたってからだ。駒原の役場に戸籍謄本の取り寄せと籍を抜く依頼があったと聞いているから、その時、結婚したのかも知れない。私の正直な気持ちをいえば、それ以上知るのは恐《こわ》かった。だからもう追求しなかった」

いつの間にか、太陽が雲に隠れていた。何か急に秋めいたひそやかな冷たさが感じられる。

「君はこれからどうするのだ？」

武志の怒りもわずかでおさまっていた。過去はあまりにも冷たい重さを持っているらしい。

バートルトは苦《にが》く微笑した。武志は不意にそこに昔の彼を見た。

「わからない。だが、現実の状況は、すべてが見切り時だと告げていることは解っている。

さっき東京を出る時だ。仕事の仲間の一人に電話をしたら、田中の死に警察が改めて不審を持ったらしくて、千葉県警の刑事が、田中の家に訪ねて来たといっていたよ。事件の真相が遠からず解ることは目に見えている。ともかく電話をくれてありがとう」

「感謝されるのも妙な話だが……」

「いや、ほんとうに感謝したい。こんなにフランクな気持ちで、こんなに若い熱っぽさで自分自身を告白したのは、初めてのことだ。場所といい、何か高校時代にもどった思いがする」

「その気持ちで、これからをやったらいい」

「いや、人殺しにこれからはないよ」

「しかし……どうするんだ？」

「ともかくもう学校には帰らない。家にも帰らない。あるいは……いや、それはいうのはやめよう。私にそんな勇気はないかも知れないから……。君は行くところがあるんじゃないか？　だったら、行ってくれ。私は今しばらくここにいる」

武志は咽《のど》まで出かかった言葉をおさえて、立ち上がった。

7

「栗原さんはちょうど一年ばかり前に亡くなられたのですが……」

「栗原奈智子さんがですか？」

「そうです」

　出入口のドア横の表札を見た時から、微かな不安が、武志の胸に拡がっていた。だが、不安といっても、彼女の名がないのは、転居のためだろうくらいのものだった。こんな苛酷《かこく》な事実を突きつけられるとは、思いもかけなかった。

「失礼ですが……栗原奈智子さんとは、お知り合いで……？」

「ええ、この部屋にいっしょに住んでいたのです」

　歳よりは若くは見えるが、ほんとうは四十を過ぎていることは確からしい女性は答えた。目に武志の正体を探る色は隠し切れない。

「長い間……？」

「ええ、八年近く……」

「失礼ですが、栗原さんの旧姓は……ごぞんじでしょうか？」

「ええ、かなり長い間ですから……」そして彼女は武志の一抹の希望も押し潰《つぶ》した。「菱川と聞きましたわ。でも、奈智ちゃんは……栗原さんは、あまりそういう娘時代のことは口にしたがらなかったので、私も良くは知らないんです。結婚生活時代のこともそうです。あまり仕合わせじゃなかったのかも知れません。奈智ちゃんて、ふだんはとてもソフトな人なのに、そういうことになると、びっくりするほど頑固な所があったんです」

「御主人の栗原さんは……」

「私が知り合って、いっしょにここに住むようになった時には、もう亡くなっていて……私も良く知らないんです」

「奈智子さんは、ここでは何をなさっていたんです?」

「大学予備校の国語の先生を。私もそこで英語を教えているんですが……。あなた様は……?」

「奈智子さんの結婚前の友人なんです。きょう、突然、奈智子さんのここの住所を京都で知って、急に訪ねて来たのですが……」

相手の目が輝やいたのに、武志は意味を読み取ったような気がした。だが、それ以上、そのことをきくのが怖い気がした。つい話題を逸《そら》してしまう。

「何でなくなったのですか?」

「癌なのです。膵臓癌で。まるで自覚症状がなくて、入院するとすぐに……」

「家族の方は……?」

「息子さんが一人きりで……。もう二十過ぎで、東京でコンピューターのプログラマーをされているとか。奈智ちゃんの死にやっと駆けつけたという有様でした。それで、極《ご》くささやかなお葬《とむ》らいをして……。他には親戚の方も、誰もお見えにならなかったんです。奈智ちゃんの詳しいことをお知りになりたいなら、その息子さんに会われたほうがいいかも知れません。東京の住所をお教えしますわ。お葬式の時にもらった名刺がありますから」

「お願いします」

　女性は奥に消えて行った。

　簡易な鉄骨プレハブ作りの二階建てのアパートだった。北むきの廊下はベランダ状に突き出て、吹き曝《さら》しになっていた。

　京都を新幹線で出る頃から落ち始めた雨は、ここではかなりの吹き降りになっていた。振り返ると、顔に時々、冷い雨粒がぶつかる。

　縦横に電線が張り渡された空のむこう、雨に霞《かす》んで小さく白鷺《しらさぎ》城が見える。

　武志は感情を押し殺して、視線をその方向に放っていた。

　女性がもどって来て、名刺を渡した。武志は手帳のページの片方にそれを置いて、写し始めた。

　東京都中野区……。

　武志の鉛筆を持つ手が、ふと停まった。

〝栗原武志〟とあったからだ。

京都のホテルに帰ったのは、午後八時をまわっていた。

秀一はポケット・ウイスキーを前にして、テレビを見ていた。

「有馬夫人の所に行ったのですか?」

「いや、急に長びく用事ができてね。夫人やライヒの所に電話して、明日に伸ばしてもらった」

「へーえ、あんなすばらしい人をスッポカして、仕事第一ですか。だから、お父さんの世代はエコノミック・アニマルといわれるのですよ」

いいながらも、秀一はテレビから目を離さない。

「そうじゃないんだがね……」

「バールトにしたってそうですよ。どうしてあんなにシャカリキに金を集めなければならなかったのかな。さっき、ニュースでいっていましたが、理事長菱川一造は新聞記者のインタビューにも一切応ぜず、代理の事務局長にいわせれば、行く先も解らないというんですが、どこまで本当なのか……」

「そうかい」

答えながら、武志は自分でもふしぎに思うほど平穏な気持ちだった。何か幸福感さえあった。

秀一と別れてからの話をしようかしまいかと、今迄迷っていた気持ちもふっ切れた。自分だけの胸におさめておこう……。

上衣《うわぎ》を取って、洗面所に入ると、突然、息子の大きな呼び声が飛んで来た。出てみると、秀一がテレビを指さしていた。ニュースだった。

「……館で行われた恒例の全国寮歌祭には、全国の旧制高校ＯＢが相集い、青春の血を再び滾《たぎ》らせて、例年にない盛り上がりを見せました……」

バックの音が盛り上がって、濁《だ》み声の、叫ぶような合唱が聞こえた。

〽　嗚呼《ああ》玉杯に花うけて……

一高東寮寮歌である。

全員、袴姿の脚を大きく拡げ、両手を腰に当てている。武志より歳上の者の方が多そうである。

水割りのコップを持ちながら息子はいった。

「寮歌というのは、どうしてこう漢熟語の美辞麗句が多いんでしょうね。そのわりに、内容はどこか空虚みたいで……」

画面がワイプされると、〝紅萌ゆる丘の花〟であった。

全員三高の制帽に制服である。中身だけは年がいっている連中ばかりだ。

〽
紅萌ゆる丘の花
早緑《さみどり》匂う岸の色
都の花に嘯《うそぶ》けば……
片手を斜めに力強く振り、皆の目は中空に行っている。すべての顔に興奮がある。
秀一がまた批評した。
「何だか青春を懐かしんでいるというより、一声《ひとこえ》、一声で彼方《かなた》に押し流しているようですね」そしてとどめの痛烈の一刺しをした。「それに悪いけど、いささか醜悪ですよ」
武志は答えようとしてやめた。
今は嬉しいほど、安らかな気持ちだったからだ。

解説

大山誠一郎

〈トクマの特選！〉での梶龍雄の復刊第一弾『龍神池の小さな死体』は大好評をもって迎えられました。第二弾は当然と言うべきか、本作『リア王密室に死す』。なぜ当然かと言えば、『リア王』は『龍神池』に匹敵《ひってき》するハイレベルな謎解きミステリであり、『龍神池』とはまた異なる梶龍雄の魅力を伝えてくれる傑作だからです。

私が本作を最初に読んだのは三十七、八年前の中学生のときで、図書館にあった講談社ノベルス版を借りたのでした（どちらが先だったかは覚えていませんが、『龍神池』も同じ頃、同じ図書館で借りて読んだと記憶しています。なんと素晴らしい図書館だったことか！）。当時は身近にミステリファンもおらず、ミステリのガイド本に載っていたわけでもないのに本作を手に取ったのは、タイトルに謳《うた》われている「密室」に惹かれたからでしょう。

そのとき具体的にどんな感想を抱いたかはもうほとんど憶《おぼ》えていないのですが、ユニークで独創的な密室トリック、主人公たちの青春模様、意外な探偵役、取り返しのつかない

「時」の重み――それらはずっと記憶に残り続けたので、強いインパクトを受けたことは間違いありません。その後、二十代、三十代になって他の梶龍雄作品を読む機会にも恵まれましたが、本作は数年前まで入手できず長らく再読しなかったにもかかわらず、梶龍雄作品のベスト3の中に常に入れていました。それほど感銘《かんめい》を受けたのだと思います。

今回、解説のお話をいただいて、三十七、八年ぶりに本作を読み返すことになりました。評価が下がったらどうしようと思っていたのですが、もちろんそんなことはなく、再読でさらに評価が上がりました。記憶していたよりはるかに巧緻《こうち》に作られていたからです。

本作の舞台は昭和二十三年、春にはまだ早い季節の京都。第三高等学校（三高）の一年生、ボンこと木津武志は、下宿に戻ったところで同じ部屋に住むリア王こと伊場の遺体を発見する。現場は施錠《せじょう》されており、合鍵を持つ者は武志などごくわずか。武志は犯行時刻、アルバイトで老夫婦の京都案内をしていたが、アリバイの証人となる老夫婦はなぜか見つからず、武志は友人殺害の嫌疑《けんぎ》をかけられてしまう。自分は無実だからこれは密室殺人だ。彼は親しい先輩や友人に相談するが……。

昭和二十五年に廃止された旧制高等学校は、現在の高等学校とは異なり、今で言えば大学の教養課程に相当する三年制の教育機関でした。帝国大学を中心とする官公立の旧制大学に進学するための予備教育を行うという役割から、入学はかなり難しかったようです。その中でも特に難関だったのが、一高から八高までのいわゆるナンバースクール。そのうち、武志たちの通う三高は現在の京都大学教養課程に相当します。

もっとも、武志たちの青春に華やかさはほとんどありません。終戦からまだ三年足らず、日本中が貧しく、学生たちの大半も生活のためアルバイトに明け暮れています。おまけに、旧制高校伝統の自由放縦な雰囲気の下、皆、かなりの奇人変人ぶりを発揮。ボン、リア王、カミソリ、ライヒ、マーゲン、バールト、カラバンなどとあだ名で呼び合い（まるで『十角館の殺人』！）、寮生活の中でも勝手な生活テンポで暮らし、それぞれ独自の人生哲学を持って実践し、青臭い議論を繰り返す……。旧制一高出身の高木彬光が名探偵・神津恭介の学生時代の事件を扱った『わが一高時代の犯罪』でも同じような生態（こちらは昭和十三年が舞台）が描かれているので、これは実際にそうだったのでしょう。

旧制高校なので男ばかりなのですが、まったく女っ気がないわけではなく、武志とリア王の下宿先の女主人・有馬夫人や、バールトの姉の奈智子がいますし、京都らしく先斗《ぽんと》町《ちょう》の女性も登場します。ことに奈智子は武志の想い人となり、物語の中で大きなウェイトを占めます。とはいえ、基本的には女っ気に乏《とぼ》しい、貧しく、自由放縦で奇天烈な青春です。そうした中で、鋭敏な頭脳を誇《ほこ》る先輩、カミソリの主導のもと、仲間たちは武志の無実を明かすために頭を絞ります。

事件はやがて一つの収束を迎え、そこで前篇は終わります。驚いたことに後篇は一気に三十数年後の現在へ飛び、そこである人物によりようやく事件が解決されます。昭和二十三年の前篇が問題編、三十数年後の後篇が解決編ということもできるでしょう。幾多の伏線が回収されて意外極まりない事件の構図が浮かび上がり、幾人もの人々の隠れた思いが明らかになるさまは圧巻《あっかん》です。

中学生の初読時は、自分より数歳上の旧制高校生たちが交わす小難しい議論はよくわかりませんでしたが、彼らの生態がとても面白かったのを覚えています。三十七、八年後の再読では、同じく京都で過ごした自分の大学時代を振り返って、少し似ているところがあると苦笑したり、ここまで無茶苦茶ではなかったと呆れたり、懐かしい地名がいくつも出てきて嬉しくなったり、終戦から間もない時代の学生は本当に大変だったのだなと驚いたり、青春小説としてもより楽しむことができました。

そして感嘆したのは、作中の旧制高校生たちの生態がミステリの仕掛けと結びついていること。普通ならばおかしいと怪しまれてしまうことが、旧制高校生たちの奇行で巧妙にカモフラージュされているのです。作者の抜群のミステリセンスが発揮されています。

昭和二十三年の前篇と三十数年後の後篇という二部構成は、真相をもっとも効果的に見せるためだと思いますが、同時に、若き日の姿を描かれた男女たちがその後どんな人生をたどったかを語る役割も果たしています。ここのくだりは初読時にも中学生なりに「時」の重みを感じましたが、再読時は、後篇の武志に近い年齢になったという個人的事情も手伝って、ひときわ胸に迫るものがありました。また、拙作は過去を舞台にしたり、過去の事件を回想するかたちを取ったりすることが多いのですが、そうした好みを作り上げたのは、中学生のときに読んだ本作だったのではないかと今回初めて気づきました。

　タイトルにも謳われている密室は、再読する前でもトリックをはっきり憶えていたほど独創的でインパクトが強いものです。そして再読して、密室トリックが単に独創的なだけでなく、いくつもの伏線に支えられていることにあらためて気づきました。意外極まりない事件の構図についても同様です。

　そう、伏線こそが梶龍雄作品の最大の特徴なのです。伏線の量が他のミステリ作家の倍はあるのではと思うほどですが、特筆すべきは、伏線を回収するときに読者が思い出せるということでしょう。いくら伏線の量が多くても、細かすぎて読者の記憶に留まらず回収の際に思い出してもらえなかったら、伏線としては失格です。一方で、あからさますぎると、読者に見破られてしまう。細かすぎず、あからさますぎず――梶龍雄作品の伏線はこのバランスが絶妙ですが、それは、伏線が物語の中に溶け込んでいるからです。だから、読者におかしいと気づかせずに記憶に残らせることができる。本作でも、読後、鮮やかな伏線の数々をたちどころに思い出すことができるでしょう。

　本作の好評を受けて、作者は旧制高校生を描いた作品をさらに生み出しています。第二弾は『若きウェルテルの怪死』（昭和九～十年、反戦運動を背景に、考古学者の邸宅に寄宿する二高生の死を描く）、第三弾は『金沢逢魔殺人事件』（昭和十一年、四高生たちの連続目潰し殺人事件を描く)、第四弾は『我が青春に殺意あり』(『青春迷路殺人事件』改題。昭和十一年、一高対三高の野球試合を背景に、一高生と三高生の推理行を描く)。それぞれ舞台や謎解きの趣向を変え、読者を楽しませてくれます。

梶龍雄作品の「伏線」と並ぶもう一つのキーワードは、「青春」だと思います。梶龍雄作品は現代を舞台にした作品と過去を舞台にした作品に大別できますが、いずれでも若者の視点で描いたものが結構な数を占めているのです。その場合、現代を舞台にした作品では、シラケ世代と呼ばれた執筆当時の若者を意識して、やや斜にかまえた視点で描くことが多いですが、過去を舞台にした作品では、それとはがらりと変わり、ナイーブな少年や青年の視点で描いています。それはしばしば、年上の女性への思慕を伴い、どこか甘美な痛みをもたらします。『リア王』ならば友人の姉、奈智子への想い。江戸川乱歩賞受賞作の『透明な季節』でも、終戦直後の闇市を描いた『ぼくの好色天使たち』でも、昭和二十年の平家村で事件が起きる『奥鬼怒密室村の惨劇』でも、そうした思慕が描かれています。こうしたナイーブな語りはノスタルジーとあいまって、作品に清冽《せいれつ》な魅力を与えています。『リア王』は『龍神池』とはまた異なる梶龍雄の魅力を伝えてくれると解説冒頭で述べたのは、そうした清冽さです。そして、ナイーブさゆえの思い込みが真相を覆い隠す役割も果たしているのが、実に心憎い。

貧しくて、自由放縦で奇天烈で、清冽な青春。胸に迫る「時」の重み。怒濤《どとう》の伏線回収と意外極まりない事件の構図――それが、『リア王密室に死す』です。〈トクマの特選！〉での復刊をあらためて寿《ことほ》ぎたいと思います。

二〇二二年八月

本書は1990年4月徳間文庫から刊行された『リア王密室に死す』の新装版です。作品はフィクションであり実在の個人・団体などとは一切関係がありません。なお、本作品中に今日では好ましくない表現がありますが、著者が故人であること、および作品の時代背景を考慮し、そのままといたしました。なにとぞご理解のほど、お願い申し上げます。

（編集部）

徳間文庫

梶龍雄 青春迷路ミステリコレクション1

リア王《おう》密室《みっしつ》に死《し》す

〈新装版〉

2022年9月15日 初刷

著者 梶《かじ》龍《たつ》雄《お》

発行者 小宮英行

発行所 株式会社 徳間書店

東京都品川区上大崎三－一－一 〒141－8202

目黒セントラルスクエア

電話 編集〇三(五四〇三)四三四九

販売〇四九(二九三)五五二一

振替 〇〇一四〇－〇－四四三九二

印刷 大日本印刷株式会社

製本

ISBN978-4-19-894776-7 （乱丁、落丁本はお取りかえいたします）